ハヤカワ文庫 SF
〈SF2236〉

ケン・リュウ短篇傑作集4

草を結びて環《たま》を銜《くわ》えん

ケン・リュウ

古沢嘉通・他訳

早川書房

8360

MEMORIES OF MY MOTHER
AND OTHER STORIES

by

Ken Liu

Edited by
Yoshimichi Furusawa
Translated by
Yoshimichi Furusawa and others
Published 2019 in Japan by
HAYAKAWA PUBLISHING, INC.
This book is published in Japan by
direct arrangement with
BAROR INTERNATIONAL, INC.
Armonk, New York, U.S.A.

目次

草を結びて環《たま》を銜《くわ》えん

烏蘇里《ウスリー》羆《ひぐま》

The Ussuri Bear

古沢嘉通訳

一九〇七年二月十一日

われわれが延辺《えんぺん》の満州族の村に到着したころには、露西亜の探検隊はすでに一日まえに立ち去っていた。

この五日間、われわれは彼らに追いつこうとして、長白山脈《ちょうはく》の深い雪と濃い原始林を突っ切ってきた。機械馬のすばらしさは、刻々明らかになっている。

このみごとな被造物を見よ。一米《メートル》幅の格子状の檋《かんじき》を履かせた鉄の脚が自信たっぷりに雪をとらえ、前進する様子をじっくり見るがいい。五人の男と八百瓩《キログラム》の補給品を易々と運ぶその滑らかな歩みに驚嘆せよ。鯨油を差した無摩擦関節がまったく無音で曲がり伸びる様子に驚くがいい。機械馬が危険なクレバスを飛び越える際に重なり合う金属板が滑動する音を聞け。綿雪が四方八方から降り積もる間、馬の体内で律動する内燃機関に暖められたクロム製外殻《スキン》に手を走らせた際の、ブーンという音を伴ったぬくもりを感じよ。

現在の探検隊が犬橇《いぬぞり》を使用することなどとても想像できない。犬には餌と休養が必要だが、機械馬には無用だった。同行隊員に手綱を取らせているあいだ馬の背で交互に休息を取りながら、われわれは休まずに進みつづけてきた。

「イーリン」わたしは満州族のガイドに呼びかけた。ガイドはまだ十六歳で、ほんの子どもと言ってよかった。「おまえが言っていた場所にはあとどれくらいしたら着くんだ？」

「たぶんお茶を沸かして飲むくらいの時間で着くよ、中松《なかまつ》博士」そう言いながら、イーリンは目にかかったぼさぼさの黒髪を横に払った。「すぐさ、もうすぐだよ」

イーリンが日本語を知らず、わたしは満州語を知らなかったので、われわれは中国語で会話せざるをえなかった。

プシュ、、、ーッ。機械馬たちは口に取り付けられている排気弁をひらいた。長白山の火口から立ち上っている煙のように、白い蒸気が凍てつく満州の外気のなかを上っていく。

この探検隊の費用を負担している帝国陸軍は、十頭の一〇型機械馬を支給してくれた。一頭を製造するのに小型砲艦とおなじくらいかかる。将来満州で起こるであろう避けがたい第二次日露戦争を予想して、寒冷気候での作戦行動に向け、設計されたものだった。わたしの任務の一部は、機械馬の実地試験だった。

これまでのところ、機械馬は試験にみごとに合格しているとわたしは思った。

「着いたよ」イーリンが言った。「ここが父さんとぼくが去年の春、あの熊を見たところさ」

われわれは森を抜け、空き地に出ていた。その中央に大量に積み重ねられた骨があった。

四十年ほどまえになるが、いまでもあの夜をまるで昨日のことのように覚えている。なにかが砕ける大きな音で目を覚ました。上体を起こし、目を見開くと、目に映っているものを理解できなかった。一部屋きりのわが家の東壁が消えていた——そこで、吹きすさぶ嵐が月明かりに照らされた渦巻く雪となって目に映った。

「丈吉《じょうきち》、逃げろ!」父がわたしに呼びかけた。

父はわたしのまえに立ち、雪越しにはっきりとは見えない、なにかの影からわたしを隠そうとしていた。母は父のまえに倒れ、ぴくりとも動いていなかった。わたしが見ていると、その影は近づいてきて、人間のように立ち上がり、父のまえにぬっと立ちはだかった。影は唸った。その声にわたしは震え上がった。毛に覆われた巨大な黒い頭部、鋭く白い歯が見えた——前歯は鍵のように奇妙な溝が入っており、伸ばされた前脚は致命的な抱擁を予兆させていた。

わたしは悲鳴をあげた。

父は叫んで、突進した。構えた槍が熊の心臓を狙っていた。だが、熊はそんな大きさの生き物にしては信じられないほどの速さと敏捷さで父を横殴りにした。槍は爪楊枝のように易々と折れた。一瞬ののち、父はぬいぐるみのように宙を飛んでいた。熊の前脚で父の頭はすでに潰されていた。

わたしは動き方を忘れた。熊はすり足で近づいてきた。腐った肉と獣の汗の臭いがすさまじかった。わたしは自分が山の麓に座っているような気がした。肉と毛皮と死でできた山の麓に。

わたしは目をつむり、死ぬのを待った。熊の熱い息が顔にかかった。

白い閃光のような苦痛が走り、なにも感じなくなった。

後日、救援にきてくれた人の話では、その夜、大人の男女や子どもを合わせ、二十六人の村人があの熊に殺されたという。わたしは父と母と右腕を失った。

こんにち、北海道西岸の入江の奥の、わたしの村がかつてあったところにいけば、わが家があった場所に犠牲者の名前を刻んだ石碑が立っているのを目にするだろう。

わたしは亡くなった両親の墓参りと誓いのため、数年おきにそこを訪れている。

あの熊の行方は杳《よう》として知れなかった。

わたしは骨格の一方の端から反対の端まで動きまわり、個々の骨を吟味した。

烏蘇里羆《ウスリーひぐま》——Ursus arctos lasiotus——は、アメリカ大陸の灰色熊《グリズリー》の祖先だ。獰猛で力の強い捕食動物であり、生息地域でほかに匹敵するものはない——シベリアトラから定期的に獲物を奪い、ときにはまさにその大型の猫科動物すら殺すのだ。北海道では、原住民のアイヌは、羆を神として崇拝していた。

わたしがこれまでに目にしたことがあるなかで最大の羆は体重六百五十瓩《キログラム》あった。生きてわたしの目のまえに立っていた羆はその三倍の重さはあっただろう。

「烏蘇里《ウスリー》羆にしては大きすぎる」わたしは火器係の伊藤四郎《いとうしろう》に言った。

伊藤はうなずくと、戦《おのの》いて口を閉ざした。

北東亜細亜では、巨大熊の伝説が数多くある。アイヌは山の主である熊神の言い伝えを持っている。満州族と朝鮮民族は、長白山脈の峰近くに住む巨大熊の伝承を語る。中国人は大熊をションジン、すなわち熊精と呼ぶ。

それらの伝説では、巨大な体軀を別にして、熊はその獰猛さと、魔法に近い治癒および再生能力の持ち主であることが特徴とされている。とりわけ突拍子もないのは、連中は極めて知的で、望めば人間の姿形を取ることも可能だと思われている点だ。

それらの話の迷信じみた要素をわたしはあまり信用していない。あらゆる熊はときおり後ろ脚で立ち上がるものであり、そのような姿勢を見て、恐怖に戦《おのの》いた農民が魔術的な変身だと見間違えるのは想像に難くない。

だが、伝説のべつの側面には真実の一端がある。中国人は熊の胆《い》の薬物としての効用を大いに信用しており、傷がすぐに治る熊は科学者になんらかの利用方法を教えてくれるかもしれない。陸軍はそのような知見だけでなく、軍用に頭のいい熊を馴致し、訓練する可能性にも興味を抱いている。機械馬のように、熊の兵士は、辺境の満州という厳しい条件での勝利を得るための決定的因子になりうるかもしれなかった。

それがわれわれの探検の表向きの目的だった。

わたしは自分の右手の指を目のまえの大きなあばら骨にそっと走らせた。わたしの右手は金属製だった。義手は本物の腕より大きく、分厚く長くて、だらんと下げると膝下まであった。作動装置が空気の抜ける音を立てると、クロム製の指を折り曲げ、繊細な枹《ばち》で特大の木琴の音板を叩くかのように骨を指で軽く叩く。その音はくぐもっており、熊の骨があまり古いものでないことを示していた。おそらく腐肉獣が肉をこそげ取っていったのだろう。

骨の姿勢が奇妙だった。熊が仰向けになっているように骨が並んでいた。顔は上を向き、後ろ脚はまっすぐ伸ばされ、人が眠っていたかのように前脚を胸のまえで交差していた。

だが、わたしがもっとも興味を抱いたのは、熊の歯だった——上顎にたった一本残っている歯は奇妙な溝がついていた。まるで鍵のようだ。わたしは身を乗りだして、その歯を見つめ、子どものころの記憶と照らし合わせようとした。

方位磁石を取りだし、熊の頭部が真南を指していることを確認する。

これは野生の獣の死に方ではなかった。

「去年の春、父さんとワピチ（大型のシカ）の群れを追っていたとき、この空き地に一頭を追いこんで、そのとき、これを見つけたんだ」イーリンが言った。

「この骨を動かしたのか？」

「証拠として指の骨と歯を何本か取ったけど、それ以外は手を触れていないよ」

「村の者でまえにこれを見たのはいるのか？」

イーリンは首を横に振った。

「延辺村以外にここに近い村がないのは確かだな？」

「確かさ」

わたしはイーリンを下がらせ、骨の吟味をつづけた。イーリンはたぶん本当のことを話しているだろう。もしほかの村人がこの熊の骨を目撃していたら、もっと骨を持っていったはずだ。骨の彫刻や、漢方薬の材料として金になりうる。秘密にしておくのは難しかっただろう。イーリンと彼の父親は外した歯を奉天《ムクデン》で売った。そのせいで、われわれはこの骨が見つかったことをはじめて知ったのだ。

わたしが溝つきの歯の一本を目にし、ただちに探検隊の派遣を要請した。

ゆえにこの骨の奇妙な姿勢の原因として、人間の介在をまず確実に除外できた。

わたしの胴体ほどの大きさのある、熊の空っぽな頭蓋骨の虚ろな眼窩《がんか》を覗きこんだ。記憶にある影と比べようとする。

伝説が真実でありうるのだろうか？　この頭蓋骨に人間の心とおなじくらい知的で、相手に死をもたらそうと断固たる意思を秘めた心が収まっていたなんてありうるだろうか？

わたしは腕の骨の一本を手に取った。

これだけ長い歳月が経ったあとですら、右腕の幻肢を感じられた。あの夜、熊に奪い取られた腕を。

幻肢を持ち上げると、断ち切られた神経のインパルスが超小型蓄電器を充電させ、共振回路経由で信号を増幅する。次にその信号は、ギアを制御するために取り付けられている電磁石を動かし、蒸気機関が精妙な歯車列に送りこむ動力の方向を変えて活塞《ピストン》駆動の鋼鉄の腕が、わたしの幻肢の望む姿勢を取る。

わたしは幻の指を握り締める意思を送りこんだ。金属の指がそれに応じる。幻の指をもっと強く握りこむ意思を送りこむ。何百ものギアが回転し、手の活塞《ピストン》が全出力を発揮し、不意に、手のなかの熊の骨が粉々に砕けた。

記憶のなかにある歯を剥きだした熊の表情は、この骸骨の歯を剥きだした表情と完全に一致した。

この熊は何十年もまえにわたしの家族を襲った熊だ。

結局のところ、わたしは家族への誓いを守れなかった。熊はすでに死んでいた。

「中松博士」イーリンが空き地の端から呼びかけた。「これを見て」

わたしは近づいていった。イーリンは雪から死んだ男の手が突きでているのを指差していた。

「やはり、ロシア人はわが隊より先にいったんですな」林大毅《はやしだいき》は、われわれの整備兵だ。

「だからといってどうってことない」と、衛生兵の阿部銀之助《あべぎんのすけ》。「この様子を見れば」

われわれは雪を掘り探った。最終的に六人の死体の残骸を発見した。

一体はほぼ完全に残っており、片手だけが欠けていた。ほかの死体はそれより損傷が激しかった。最後の死体は、一本の脚の付け根だけが残っており、染みでた血が凍って細かいつらら状になっていた。

阿部銀之助はしゃがんで、その凍った血を手で温め、嗅いだ。

「二日は経ってません」阿部はきっぱりと言った。咬み傷と、死体が潰されている様子を詳しく調べる。「これをした熊は骨になった熊ほどは大きくないです。ですが、それでも、千瓩《キログラム》近くはあるはず」

わたしは身を屈めて、咬み傷を自分でも調べた。冷気が傷痕を驚くほど細部までわかるくらいに保存していた。個々の歯でできた線状の傷すら見分けることができた――鍵でこそげ取ったような痕だった。

「今夜戻ってくるだろうな」伊藤四郎が言った。

「なぜです？」林大毅が訊く。

「この熊はまだ餓えている」わたしが答えた。「食料を新鮮なまま保つ氷箱として雪を利用しているんだ。露営の準備をして、防衛線を張ろう」


林大毅が焚き火のまわりに円を描くように十頭の機械馬を並べた。頭を外に向け、後ろ脚をわれわれのほうに向けた形で。

ちらつく焚き火の光のなかで、機械馬はじっと立っている。本物の馬なら当然するであろうそわそわした動きやいななきをすることなく。ボイラーの出力を低く抑えるよう設定されていることから、機械馬の外殻の温度は冷え、降雪にまもなく覆われ、雪の彫刻と化すだろう。

だが、クロム製の鼻孔からは白い蒸気が出つづけ、顔にかかる雪を溶かし、冷え冷えとする夜気のなかを上っていった。機械馬の目が体内の奥深くの熱源で赤く光っている。

わたしは馬から雪を払い落とし、それぞれの臀部《でんぶ》をひらいて、整然とした様式で穴があいている筒状の紙を取りだし、あたらしい筒に取り替えた。古い筒は行進用のものであり、あたらしい筒は防御用だった。

「その穴はなんの役に立つの？」イーリンが訊いた。

「自動ピアノを見たことがあるか？」わたしは問うた。

イーリンはうなずいた。「熊の歯を売りに父さんに連れられて奉天にいったときに見たよ」

「おなじ原理なんだ。穴はピアノの楽譜のような指示だ。ラヴレース・コードと呼ばれている。野営地の外からなにかが近づいてきたなら、見張りをしている人間がここを軽く叩いてやると、機械馬は乗り手なしで作動させられる。紙に書かれている命令に従って、侵入者と戦うよう動くのだ」

イーリンは機械馬の金属の皮膚におずおずと触れた。彼がこの馬たちにあらたな敬意を抱いたのをわたしは見て取った。たんなる使役獣ではない。

伊藤四郎が夕食用に兎を六羽、銃で撃った。阿部銀之助はその兎を焚き火で炙るように据えた。われわれは輪になって座り、雪を溶かして淹れた茶をなみなみとついだカップに口をつけながら、待った。

「出来上がりました」伊藤四郎が言った。

わたしは金属の手を炎に伸ばし、兎肉を取ると、焚き火のまわりのみなに配った。

「中松博士」イーリンが自分の分け前を受け取りながら訊いた。「金属の手を持つのって、変な感じがするの？」

「もう慣れたよ」

イーリンはわたしの手にじっと目を据えたままだったので、わたしは笑みを浮かべ、触ってもかまわないことを示唆した。

イーリンが機械馬に触るのとおなじ様子でわたしの手と腕に触ろうとしているのを見て、わたしは奇妙な感覚を覚えた。まるで赤の他人の目を通して自分自身を見ているかのような感覚だった。


熊の襲撃は、天皇が将軍から権力を奪取した明治維新の数年後に起こった。

わが家は北海道出身ではなかった。父を含め、将軍に忠誠を誓っている武士は、北海道に移り住み、別の国家を樹立しようとした。

「帝《みかど》は、われらが異人の機械を使い、異人のように考えることを学べと望まれている」父は言った。「帝は日本をもはや日本でなくしようと望まれている。われらは違った道を進まねばならぬのだ」

わたしは父の叡智に心安んじ、うなずいた。

やらねばならないことがたくさんあった。家を建てるため、木を切り倒し、作物を植えるため野原を伐採した。最高の刀を鍛えるため刀鍛冶の炉用の炭を焼いた。夜、安心して眠れるように、居住地を安全にするため、熊や狼を狩った。

そのころの楽しかった思い出をまだ忘れずにいる。オモチャの刀を手に父にまとわりつき、想像上の熊に刀を突き立てていた。

だが、天皇は父とその同胞を放っておかなかった。西欧の銃で武装した百姓たちの集団である皇軍が北海道にやってきて、侍たちを包囲し、名誉の欠片《かけら》もない戦いで、大半の侍を虐殺した。父は幸運にも逃れ、母とわたしとともに名も知れぬ村に潜むことにした。

だが、熊が父を見つけた。

旧敵への同情心を示すため、天皇の兵たちは孤児になったわたしを東京に連れ戻した。

当初、わたしは教師たちが教えようとしたことを学びたくはなかった。黙って座り、左手で空っぽの袖を押さえていた。

「日本は日本のままでいなければならんのです」わたしはかたくなに父の言葉を繰り返した。

「日本は日本のままでいるため変わらねばならん」教師たちは言った。「さもなくば砲艦に乗った外国人たちに、われらは肉切り台の上でバラバラの肉塊とされてしまうだろう」

子どもの抵抗は長くは保《も》たない。最終的にわたしは正規の現代的な教育を施され、あたらしい腕を次々とあてがわれた。

最初、わたしの腕は木を削ったものだった。何百年ものあいだ、四肢を失って不自由な体になった者に与えられた腕とおなじように。着物の右袖を充たすのが関の山の代物だった。

やがて日本という国が西欧列強から蒸気と機械の秘密を謙虚に学ぶにつれ、わたしの腕は変わりはじめた。

十歳になったとき、わたしは時計仕掛けの腕を与えられた。いっぱいの発条《ばね》とギア、それに左手で回すことができる一本の鍵がついていた。その鍵を回すと右手の鉄の指を開閉できた。わたしは英語と仏語から翻訳された数学と科学研究書を学び、その間、雨後の筍のように工場や作業場がまわりで次々と生まれた。

二十歳のとき、わたしは蒸気駆動の腕を与えられた。嵩張《かさば》って重たく、ボイラーにときどき火傷させられた。水と石炭を常に補充しなければならなかったが、それでも力が強く、頑丈だった。友人たちと力比べをしたり、欧州や米国行きの船に乗るため、港に行く際、彼らの重たい荷物を運んでやったりした。彼の地でわれわれは西欧科学の最新の知識を学ぶことになっていた。わたしが米国に発つとき、港に停泊している、英国の船を手本にした帝国海軍の新しい砲艦に手を振ったものだ。

三十歳のとき、わたしは生物学博士として日本に帰国した。腕ははるかに軽く、頑丈になっており、蓄電器に蓄えられた電気駆動になっていた。二、三の釦《ボタン》を押すと、腕を曲げ伸ばすことができ、二、三のつまみを捻ることで、指を開閉したり、どんな位置にあるものも摑めた。街中のだれもが日清戦争の勝利と、台湾および韓国の併合を祝っているときにその腕を宙に振っていたのを覚えている。われわれは上昇気流に乗っていた。工場のてっぺんの排気口から勢いよく噴き上げられる蒸気さながらに。

四十歳のとき、ついにいま使っている腕を受け取った。わたしの意思に直接従うはじめての腕だった。電線や部品がわたしの神経と筋肉に埋めこまれ、ギアと梃子《レバー》は蒸気タービンに動力を得ていた。わたしやほかの者たちが満州での対露西亜戦勝利──人の記憶にあるかぎり亜細亜の国が西欧強国に勝ったはじめての戦いだった──に信じられぬ面持ちで喜んでいると、喜びに打ち震える心臓から鋼鉄の指の先端に異常電流《サージ》が流れるのを感じた。わが国が封建的後進国から明治天皇の聡明なる治世の下、世界の列強へと変貌するのと同時に、ついにこの異物が、この機械仕掛けの物が、科学の光によって、わたしの一部へと変貌したのだ。

だが、その間ずっとわたしは一度もあの熊のことを忘れなかった。

米国に滞在中、わたしはあちこち旅をしてまわり、灰色熊の習性を研究し、彼らに関する言い伝えを学んだ。そして帰国後、長い時間をかけて北海道を縦横に動きまわったが、家族を襲ったあの熊の痕跡はいっさい見つからなかった。とはいえ、あの熊が死んだとは信じていなかった。この世のどこかにまだ生きていて、わたしをあざ笑っているのが感じられた。

そしていま、熊はわたしとおなじように故郷の地を離れ、世界を彷徨《さまよ》い、子孫を増やしたように思えた。

「充分だろう」わたしはイーリンにそう言うと、腕を引いた。「もう遅い。休む時間だ」

伊藤四郎が最初の見張り番を引き受けることに同意し、ほかのみなは眠った。

この五日間の溜まりに溜まった疲労がどっと押し寄せてきて、ほぼ即座になにも考えない眠りの抱擁に包まれたのをわたしは歓迎した。

悪夢を見て目を覚ました。

一瞬、なにを見ているのか理解できなかった。月明かりの下、破れた紙がいたるところにあり、吹きすさぶ風にあおられた雪とともに舞っていた。

そのとき、九頭の機械馬の臀部下の垂れ蓋があいて、垂れ下がっており、本来コード筒があるべきなかの空間が空になっているのに気づいた。

黒い影が最後の馬の隣にうずくまっている。

わたしは凍りついた。動き方も話し方も忘れてしまった。

影が馬の隣から立ち上がった。後ろ脚で立っている熊だった――大きな熊だ。いままでに目にしたことのある烏蘇里羆《ウスリー》とおなじくらいの大きさだった。

熊の隣でひとりの人影が動かずにいた――伊藤四郎だ。熊は伊藤が見張りだったので、まず最初に彼を殺したにちがいない。

機械義肢に電気的なチリチリといううずきが走って、わたしは茫然自失の状態から我に返った。「林！」呼びかけた。「阿部！　イーリン！」

林大毅がわたしの隣で体を起こした。銃を手探りする。

一瞬で熊はわたしの隣にやってきた。熊が唸る。わたしは身震いした。

熊は前脚を一閃し、林大毅が水から飛びだすトビウオのように宙を飛んでいき、冷たい満州の月明かりに照らされた降雪のなか、優雅な弧を描いた。

熊は露営地にあるあらゆるものを摑み、放り投げた。箱や布に包まれたもの――その一部は寝袋に入った阿部銀之助とイーリンかもしれなかった――が壊れた玩具のように遠くへ投げ飛ばされた。熊は颱風《たいふう》のようだった。止められない自然の力だ。

わたしは混沌から転がって逃れ、気づいてみれば最後の馬の隣にきた。まだ戦闘命令が残っている最後の一頭だ。

わたしは手を伸ばし、馬の首についているスイッチを軽く叩いた。

次の瞬間、わたしもまた宙を飛んでいた。柔らかな雪に着陸したとき、両方の太ももに焼けつくような痛みを感じた。立ち上がろうとしたが、もはや自分の脚は言うことを聞かなくなっていた。

熊が唸り声をあげ、雪のなかをわたしに向かってのしのしと進んできた。腐ったような息と汗の臭いがした。熊の目とわたしの目は二、三寸の近さにあった。たとえ動けたとしてもどこにも逃げ場はなかった。

熊が口をあけ、ふたたび唸り声をあげて、わたしに向かってきた。なにも考えぬうちにわたしの右腕がまえに突き出され、鋼鉄のこぶしが巨大な鼻面を捕らえた。熊はわたしの腕の力に驚いて、痛みに後退した。だが、鼻から血を振り払うと、即座に立て直し、わたしに襲いかかってきた。

われわれはもつれあい、わたしは金属の指で熊の腕を摑んだ。握り締める。骨を砕こうとした。だが、熊はなにも感じていないかのように身をかがめると、その体重でわたしの機械の腕をゆっくりと地面に押しつけていき、その場に釘づけにした。

わが鋼鉄の指を見たところ、自分が分厚い木の枝を握っていることに気づいた。熊に騙されたのだ。偽の腕のふりをして棍棒でわたしに殴りかかったのだった。

わたしは目をつむった。熊にまんまと出し抜かれた。熊のようにふるまわない熊に。わたしは目のまえにいた父のように死ぬだろう。胸にかかる圧力は圧倒的で、わたしは息ができなかった。

突如、熊が苦痛の唸り声をあげ、わたしにかかった重さがなくなった。

目をあけると、機械馬がやっと稼働したのがわかった。馬は前脚を高く掲げ、かたく踏みしめられた雪を勢いよく踏みつけた。

熊は少し後ろ脚をひきずっていた。機械馬に蹴られた背中に膨れあがる瘤が見えた。熊はこのあらたな脅威に、この機械の敵に立ち向かおうと、警戒しながら後ろ脚で立った。獣と機械がたがいに突進し、雪のなかでぶつかった。爪が金属の表面をこする耳障りな音がし、同時に熊の荒い息と馬のボイラーから発せられる息んだいななきが聞こえた。二頭はおのれの力を相手にぶつけた――かたや古代の悪夢、かたや現代の驚異。

次第に馬が優位に立ちはじめたようだった――熊をとてもゆっくりとうしろに押しやっていく。熊は力をこめ、ふんばろうとしたが、そうすることで両脚が震えはじめた。熊は数歩あとじさりをしたが、唸り声をあげ、後退を一時的に止めたものの、数秒後、またあとじさりをした。

わたしは笑みを浮かべた。所詮、筋肉は活塞《ピストン》の敵ではない。

だが、熊が方向を変え、わたしのほうに後退してくるのに気づいて、わたしの笑みは凍りついた。悪賢い獣は、わたしが動けないのを知ったうえで、負けているふりを装っていた。動けない以上、両者がまたいでいけば、わたしは熊の脚か、馬の蹄のどちらかに潰されてしまうだろう。

馬はその企みに気づかず、容赦なく前進をつづけた。獣の知性がわたしのプログラミングに弱点を見つけだしたのだ。

一発の銃声が鳴り響いた。

林大毅が雪のなかで上半身を起こしていた。膝立ちで銃をかまえ、熊の頭部に二発目の狙いをつけていた。

熊は自分の不利な立場を悟り、唸り声をあげると、馬を押しやり、驚くほどのすばやさで身を屈め、転がって銃の射線から逃れた。機械馬はよろけ、バランスを失って、どっと雪の上に倒れた。いまや十米《メートル》先にいた熊は四足歩行に戻り、走りだした。

あらたな銃声がし、またしても外れた。

熊は渦巻く雪と暗い夜のなかに姿を消した。

機械馬は体を起こし、立ち上がった。もはや脅威が近くにいないため、馬は動くのをやめたが、赤い目は暗闇のなかで光りつづけた。港の夜に灯す提灯のように。

林大毅とわたしはおたがいを見つめ、自分たちの幸運を信じられずにいた。

突然、馬が蘇生し、後ろ脚で立った。

「われわれだ！　撃つな！」だれかが叫んだ。

阿部銀之助がまろぶようにして露営地に戻ってきた。片脚を負傷していた。そのあとからイーリンがやってきた。彼もまた脚をひきずっており、背中に片手を当てていた。ふたりの顔は蒼白で、悪夢に取り憑かれて生き延びた人間の表情を浮かべていた。

熊は狂乱の大暴れで露営地からふたりをまさに放りだしていた。ふたりは運よく生き延びたのだった。

われわれ四人は伊藤四郎の動かぬ死体のほうを見た。われわれほどには運がよくなかったその姿を。

「ここにとどまるなんて烏滸《おこ》の沙汰です」阿部銀之助が言った。「一頭を除いて、われわれの馬はみんな戦闘能力を失ったんですよ。われわれの最高の戦士は亡くなりました。あなたの両脚は折れ、残りのわれわれも怪我を負っています。唯一とるべき道は、敗北を認め撤退することです」

阿部銀之助の意見はもっともだったが、わたしは自分を変えることができなかった。もしあの熊への復讐を果たせないのなら、あの熊の子どもたちへの復讐に変えねばならない。何十年もまえのあの夜を忘れることはできない。妄念は切り離せないわれわれの一部だった。古傷のように、幻肢のように。

「なんの収穫もなく帰ることはできん」わたしは言った。「昨晩、われわれを襲った熊は子どもだった。露西亜隊を殲滅した大人の熊をまだ見ていない。われわれは両方を捕らえねばならん」

阿部銀之助と林大毅とイーリンはまるでわたしがおかしくなったかのような目でわたしを見た。ひょっとしたら、わたしは少しおかしいのかもしれない。

わたしは露営地の中央に座っていた。ぼろぼろになった天幕や点在している補給品の箱を雪がすっぽり覆って、いびつな形の雪の小山に変えていた。ときおり、わたしは自分に積もった雪を払い落とした。

隊を離れるまえに阿部銀之助と林大毅は機械馬の脚を一対外して、わたしの副え木にしてくれた。おかげで少なくとも痛みは耐えられるほどになっていた。動けないことに変わりはないとはいえ。

わたしの仲間たちはほかの馬を連れていき、わたしだけをあとに残した。巨大熊の骨だけがわたしの供だった。

ゆっくりと、ああ、じつにゆっくりと明かりが薄れていき、夜がやってきた。

唸り声が森のなかに轟《とどろ》き、眠りから叩き起こされた冬鳥たちが恐慌をきたして一斉に空に舞い上がった。

二度目の唸り声はかなりそばに近づいていた。

わたしは外套をきつく引き寄せた。電気的なうずきがまたしても腕のなかをチリチリと通っていく。金属の指をひらいて、そのなかにある小さなガラス壜を見た。氷点下の寒さでも凍結しようとしない透明な液体で充たされている。

これがわたしの秘密の武器だ。このガラス壜には、巨鯨ですら動けなくするのに充分な神経毒が入っていた。捕獲する熊をおとなしくさせるために持ってきたのだった。

熊がまた唸った。わたしは開けた場所の端に目を向けた。嵐のどまんなかにいるかのように木々が震え、揺れた。

地面が揺れ、巨大な影が開けた場所に入ってきた。それは、夢のなかで千回は見た影とそっくりだった。

巨大な熊が後ろ脚で立ち、口をあけた。その歯の溝が月明かりを受けて光るのが見えた。

つぎの瞬間、熊が地面に勢いよく前脚を戻すと、氷河が裂けるかのように雪がまわりに飛び散った。悪鬼の目が月明かりに明るく光っている。

「北海道から渡ってきたんだな」わたしは言った。

熊はまるで聞き耳を立てているかのように耳をぴくっと動かした。そしてにやりと笑った。答えるかのように軽く唸りをあげる。まるで嘲笑するかのように。

「おまえの父親をずっと探していたんだ」わたしは言った。

熊はしばらくわたしをじっと見ていたが、やがてうなずくと、のしのしとまえに進んだ。最初はゆっくりと、次第に速度を上げた。

わたしは手をすぼめ、雪のなかに腕を置いた。明白な目標だ。永年の捜索と計略のすえ、わたしの計画は実現しようとしていた――自分の腕を熊の口に咥《くわ》えさせねばならない。そこでガラス壜を砕き、毒を放てるように。わたしは餌でもあり、熊罠でもあった。

熊は一米先で動きを止めた。荒い息をしている。われわれはおたがいに相手の目を覗きこんだ。どちらが狩人で、どちらが獲物だ？

熊はわたしの機械仕掛けの腕を見下ろし、頭を振った。わたしは緊張した。こいつはわたしの計画を見破ったのか？

可能だとは信じられないほど速く、熊はわたしの腕に飛びかかった。その圧倒的な前脚の重さでわたしの義肢は動けなくなった。わたしは地面に引きずり倒され、折れた脚が激しく動かされたせいでうめきをあげた。熊は馬鹿にしたようににやりと笑った。

だが、わたしの腕には熊の知るよしもない仕掛けがあった。生身の腕と異なり、わたしの義肢は、車輪のように関節窩のなかで同一方向に連続して回転することが可能だった。腕を一回、二回とまわして、一枚板が回転する丸太から外れ落ちるかのように熊の体重を腕から外した。

熊が驚いて、反応が遅れたのに乗じて、わたしはその前脚を掴み、ギアと梃子が発揮できる力をすべて使って、握り締めた。熊は咆吼をあげた。人間の出せるような音ではなかった。痛みが熊の動きを止めた。わたしは圧力を加えつづけた。生身の生き物ではとうてい発揮できない力だった。熊の腕の骨がひび割れ、砕ける音が聞こえた。

渦巻く雪が一時的に弱まり、月明かりが明るさを増し、熊の背後で複数の影が動いた。三頭の機械馬が雪のなかから姿を現した。三人の乗り手が巨大熊に銃の狙いをつけた。わたしは熊ににやりと笑い返し、つかのま、圧力をゆるめた。「もうおまえはわたしのものだ」

熊は堅く口を閉ざし、吠えるのをやめた。頭を巡らし、乗り手たちを見た。その背後に残りの馬が姿を現した。鎖でいっしょに繋がれており、鋼鉄の動く壁を形成するようになっていた。機械馬はもはや戦えないが、まだ乗馬命令は生きており、指示に従うようになっていた。熊がどれほど屈強であっても、その壁を破ることはできないだろう。

熊は吠えた。驚きと絶望の声だった。

本当の罠が出現したのだ。仲間たちは最寄りの丘のうしろに隠れていた。彼らは熊の退却路を断った。熊はこの場所できょう死ぬのだ。たとえわたしがともに死ぬとしても。

林大毅と阿部銀之助とイーリンが銃を構えるのを見た。笑い声をあげそうになった。やっと、こんなにも永い歳月ののち、悪夢に終わりがこようとしていた。わたしは機械仕掛けの手にさらに力をこめ、文字通り、熊の腕を千切り取ろうとした。

三人の乗り手のうち一番小柄な者――イーリンにちがいない――が、銃を下に向けて狙いを外し、その銃を棍棒のように握ると、目のまえにいたほかのふたりの男たちの頭を殴った。一言も漏らさずに、ふたりは馬から落ちた。イーリンは馬から飛び下り、手綱を垂れたままにさせた。

わたしは目にしているものが信じられなかった。

乗り手たちの指示を失って、すべての機械馬たちは動きを止めた。

イーリンだけが熊とわたしに近づいた。彼はわたしに銃を向けて言った。「やめろ」

わたしは熊の腕を離した。

「父さん、遅れてごめんなさい」イーリンは完璧な日本語でそう言うと、熊に向かって頭を下げた。

わたしはイーリンが昨晩わたしの脚を折った熊に変身し、またイーリンに戻るのを催眠術にかけられたかのように見つめた。満腔の驚嘆の思いにかられながら見ていると、巨大な熊は、イーリンが年を取ったような姿に変身した。背が高く、肩幅の広い大男で、ハリネズミのようなもじゃもじゃの髪の毛とひげを生やしていた。男は血まみれの折れた腕を反対の手で抱えながら話した。

「わしの名はアイリンだ」男の声は低く、よく響き、悲しみにあふれていたが、冷静だった。

わたしは男の目を覗きこんだ。「貴様の父親はわたしの家族を殺した、ほぼ四十年まえに」

「おまえたちの家族がわしの家族を殺したようにな」

わたしはわけがわからず、首を横に振った。

「太古の昔から、わが熊人の一族は北海道の雪深い森で暮らしてきたのだ。人の住《す》み処《か》から離れてな。やがて、徐々に南方の島から次々と人間がやってくるようになり、森の古木を切り倒し、われらの家を焼き払いはじめた。作物を植えるために土地を平らにできるようにな。そしてやつらはわしらを狩った。わしらが冬眠しているときに殺したのだ」

父の仲間たちが北海道の荒野にどのように自分たちのための住むところを作らねばならなかったかをわたしは思い出した。未開の土地をどのように開墾せねばならなかったかを。熊は住民のための村を安全なものにするためにどのように熊を殺さねばならなかったかを。熊は住民のため道をあけねばならなかった。

「血の負債は血で支払われねばならぬ」アイリンは言った。「わが父は兄弟たちの死の復讐におまえの村に向かったのだ」

機械の腕がうずくのを感じた。幻肢が痛む。

「だが、すぐにさらなる人間が父の殺した人間のあとにつづいてやってきて、結局、われらは北海道から逃げだし、この新しい地にやってこざるをえなかった。人間の臭いが薄いこの地へな。だが、血はつねにさらなる血を求めるものだ」

わたしはアイリンを見た。われわれのうち、どちらが獲物で、どちらが狩人なんだ？

「なにが望みだ？」わたしは訊ねた。

「変わることを」

林大毅がわたしの腕を切り取るのをわたしはじっと見ていた。痛みは耐えがたいものだった。二度目に腕を失うのは、最初のときよりもさらにひどかった。阿部銀之助がメスで、電線とギアのあいだの空間に伸びた神経と血管を切り離した。熱した火のしで、傷を消毒した。わたしの命を救うのに必要なものだとはいえ、その消毒処置で、あたらしい腕を受け取るのはもう不可能になるだろうとわたしはわかった。

「飲んで」阿部銀之助がそう言って、喉を焼くような液体をわたしに飲ませた。それがわたしを眠らせるだろう。

おまえたちはわしらを放っといてくれなかった。頭にかかった霞の向こうからアイリンの声が聞こえた。毎年、人間たちはさらに多くの木を切り、さらに多くの草を焼き、さらに多くの平野を拓いていく。いまや、蒸気を吐きだす内燃機関に動かされる機械の力を借りて、はるかに効率的にやれるようになった。

われらの魔力はかならず大地からやってくる。無限の命を秘めた未開の土壌から。だが、人間たちは、死の形で閉じこめられているエネルギーを奪おうとして、大地を切り裂いてしまった。石炭や石油を求めて、また建物を建てるための材木や石を手に入れようとして。満州を鉄の鎖で縛りつけた。蒸気駆動の怪物たちが陸上をあえぎながら走り、荷物を海まで運んでいけるよう、満州全土に鉄の鎖を敷いたのだ。

うつらうつらしながら、わたしは阿部銀之助と林大毅が協力してわたしの腕をアイリンに取り付けようとしているのを見つめた。腕には腕を。この世の最古の法だった。折れて役立たずになった腕の切断は、肉屋で肉を捌《さば》いているのとまったくおなじ様子だった。骨切り鋸を使い、血が噴きだし、血まみれの止血帯をあてがう。だが、アイリンはまったくなんの音も立てずに耐えた。

イーリンは心配そうに見ていた。

「しくじるなよ」イーリンは言った。脅すような口調で言ったが、そんな必要はほぼなかった。阿部銀之助も林大毅も、イーリンが伊藤四郎を殺した夜に、彼がなにをしたのかよく覚えていた。

林大毅はアイリンの大きさに合わせるため、機械馬の脚から取った部品で機械の腕を補強し、太くした。林がアイリンの腕の付け根に機械腕を固定し、阿部銀之助がアイリンの神経と血管を電線に接続する過程をはじめると、アイリンは低く唸ったが、それ以外の音はいっさい立てなかった。アイリンは下唇を強く噛みしめ、血が口からじわじわと流れ落ちた。

隠れる場所が品切れになった。土地がその命を失い、そのエネルギーを失うのにつれ、われらの古き魔力が徐々に薄れていくのがわかった。北海道での場合とおなじだった。眠る以外なにもしたくなくなる時期がやがて訪れる。冬眠中に人間たちがわれらを皆殺しにするのはわかっていたにせよ、眠らざるをえないのだ。

もしおまえたちの機械と戦えないのなら、機械を採用する術を学ばねばならん——おまえたちの鉄の馬を、鉄の腕を。機械がおまえたちに力を与えた。ひょっとしたら、機械はわれらにも力を与えてくれるかもしれない。

熊人たちはこの地にわれわれを誘いこむために父親の歯を使ったのだ、とわたしは思った。彼らもまた、死の形で閉じこめられているエネルギーを利用する術を学んだのだ。

わたしの目のまえで、熊人と機械の腕がひとつになった。治癒能力がどれほど高かろうと、熊人がこのあたらしい腕の使いこなしかたを学ぶには、そして幻肢に代わって金属があるというむかむかする違和感を覚えないようにするには、ある程度の時間が必要だろう。だが、それまでに熊人は、無敵の冷たい鋼鉄の美しさを理解し、その力を感じるようになるだろう。

あすから、熊人たちは機械馬のプログラム術をわたしに教えるよう望んでいる。機械馬に戦い方を教えられるように。林大毅から機械馬の保守点検術を教わるよう望んでいる。阿部銀之助からは、生身の体と金属の一体化方法を教わりたがっている。充分学んだ暁には、彼らはわれわれを解放してくれるだろう。

眠りに向かって漂いながら、わたしは機械の手足と機械馬で強化された熊人の軍隊が、絶えず侵食してくる人間の波に抵抗する様子を想像した。一族のものが古い魔力を失いながらも、あたらしい魔力とともに生きる術を学ぶのを想像する。哀れに思うべきか、それとも恐怖を覚えるべきか、わたしには定かではなかった。

　血の負債とおなじようにもつれ合い、大都市東京のように美しくも奇妙なものとして、アイリンの肉と機械腕の金属がひとつに溶け合う。東京では、いにしえの障子紙を貼った提灯が、いまでは小さな稲光の明るい熱で輝いている。稲光は、リード線を伝わる電気によって生じた電流のアークだ。

　わたしは目をつむり、従容として眠りにつく。しかしながら、死ぬのを拒んでいる古き魔力で幻肢がうずいてしかたない。

『輸送年報』より「長距離貨物輸送飛行船」

（〈パシフィック・マンスリー〉誌二〇〇九年五月号掲載）

The Long Haul: From the ANNALS OF TRANSPORTATION, The Pacific Monthly, May 2009

古沢嘉通訳

二十五年まえの今日、ヒンデンブルク号がはじめて大西洋を横断しました。本日、最後の横断を果たそうとしております。それによって六百回の横断となり、これは合計すると、月まで八回往還する以上の距離となります。一度も事故を起こしたことがないという完璧な記録は、ドイツ人民の発明の才の証明であります。

美しい物が年老い、衰え、ついにはたとえとても優雅におこなわれるとはいえ、消え去るのを目にするのには、つねに大きな悲しみがあります。しかしながら、人が広々とした空を航行するかぎり、だれもヒンデンブルク号の栄光を忘れはしないでしょう。

——ジョン・F・ケネディ

（一九六二年三月三十一日、ベルリンにて）

ターミナルから半マイル（八百メートル）離れたところに係留されている硬式飛行船《ツェッペリン》を目にするのは容易い。ピータービルト社（テキサス州デントン本拠の大手トラックメーカー）製、エレオン社（ニュージャージー州プリンストン本拠の航空機メーカー）製、マック社（ノースカロライナ州グリーンズボロ本拠のトラックメーカー）製、ツェッペリン（本家ツェッペリンとグッドイヤー＝ツェッペリン）社製、それに東風《トンファン》汽車公司（湖北省武漢市本拠の自動車メーカー）製の飛行船およそ四十機からなる雑多な集まりが、十本の係留マストに先端部をつながれて並んでいた。うずくまった猫が秘密のお茶会をしているかのようだ。

　わたしは、甘粛《かんしゅく》省蘭州《らんしゅう》市雁灘《がんたん》空港の税関を通り、バリー・アイクの長距離貨物輸送飛行船、銀色に輝く東風飛毛腿《フェイマオトイ》（足の裏に羽が生えていて、格別に速く走れる人という伝説から、足の速い人、韋駄天を意味する）機が最奥の係留マストに留まっているのを見つけた。この機種は、政治的な正しさをさほど考慮しない飛行船乗りの社会においては、〝空飛ぶ中国人〟の名で知られている。その機体を目にすると、なぜアイクがそれを〈アメリカの龍〉号と呼んでいるのかわかった。

　亀の甲羅のように、飛行船の上半分を覆っているピカピカのソーラーパネルの黒い鏡面に白い雲がただよっている。たなびく赤と青の炎と白い星からなる、巨大なアメリカ国旗が波打っているのが、細長い銀色の流線形船体の両側面にエアブラシで描かれている。船体は後方に向かって次第に細くなっていき、赤と白と青の縞模様が描かれた十字形の尾部にいたる。捕食性爬虫類の一対の目が、ノーズコーンの上に描かれ、ノーズコーンの下には、鋭い歯をくっきりと見せて、にやにや笑っている口が描かれていた。小柄な中国人女性が、ノーズコーンの下にロープでぶら下がっており、飛行船の口に血のように赤い舌を刷毛で描き足していた。

アイクは、操縦室に近い滑走路に立っていた。操縦室は、巨大な涙滴形の腹から突き出た、ガラス窓のはまっている小さな円形の突起だった。アイクは、背が高く、肩幅があり、四角い顔には高いローマ鼻と、レッドソックスの帽子のまびさしの下から炯々《けいけい》と光っている茶色い目が特徴となっていた。わたしが近づいていくのを見て、煙草を放り投げ、アイクはうなずいた。

〈パシフィック・マンスリー〉誌の取材のため、輸送中に同乗させてくれる長距離貨物輸送飛行船乗りを募集したインターネット・フォーラムの広告に応じてくれた数少ないひとりがアイクだった。「あんたの記事はいくつか読んだ」アイクは言った。「底抜けのバカではないようだった」そして彼はわたしに蘭州に来るよう招いてくれた。

安全ベルトを締めたのち、アイクはツェッペリンに出発準備をさせた――圧縮ヘリウムを気嚢《きのう》に送りこみ、船の自重とガスの重さ、われわれの体重と貨物の重さを引いて、ツェッペリンの揚力がちょうどゼロをほんの少しだけ超えるようにした。いまやほぼ〝重さがない〟状態になり、長距離貨物輸送飛行船とその貨物全部が、子どもでも地面から持ち上げられるようになった。

管制塔からの信号を受けて、アイクはノーズコーンのフックを係留マストから外して納めるレバーを引き、トグルスイッチをはじいて、およそ千ポンド（四百五十四キログラム）の水バラストを飛行船の下にある地上タンクに落とした。その瞬間、われわれは上昇をはじめた。着実に、完全な沈黙のなかで。あたかもガラスに囲まれたエレベーターに乗って摩天楼をのぼっていくかのようだった。アイクはエンジンを切ったままだった。変換して離陸する力に変える、前への推力を発生させるエンジンが必要な航空機と異なり、ツェッペリンは文字通り浮かび上がる。エンジンは巡航高度に達するまで稼働させる必要がなかった。

「こちら〈アメリカの龍〉号、歓楽都市《シン・シティ》（ラスヴェガスの別称）に向けて出発する。またな。それから熊連中に気をつけろよ」アイクは無線に話しかけた。眼下の地面に巨大な芋虫のように寝そべっているほかのツェッペリン飛行船の何隻かが、テールライトを点滅させて、応じた。

アイクの飛《ひ》毛腿《もうたい》機は、全長三百二フィート（九十二メートル）、最大直径八十四フィート（二十五・六メートル）、ヘリウム搭載力百十二万立方フィート（三万一千七百十五立方メートル）、全積載量三十六トン、そのうち貨物用積載量約二十七トンで、これは州間高速道路を走るセミトレーラーの最大積載量に匹敵する。

機体はデュラテイニウム製のリングと縦桁からなる堅牢なフレーム構造で、合成外殻で覆われている。機体内部には十七個のヘリウム気囊が飛行船の先端から尾部まで通っている中央梁に、機体の底から上に向かって三分の一ほどのところで固定されている。中央梁と気囊の真下にある機体の底部は、船の全長分の長さのある、なにもない空間になっている。

この空間の大半は、貨物庫に占められている。船荷主にとって、そこが長距離貨物輸送飛行船の最大の魅力である。このだだっ広い空間は、飛行機の貨物室の数倍の大きさがあり、いまわれわれが運んでいる風力発電機のタービン羽根のような不規則な形をした嵩張る商品にうってつけだった。

船の前方付近では、貨物庫はパーティションで仕切られて、乗組員用区画になっていた。個室がアパート様のつづき部屋になっていて、中央廊下でつながっていた。突き当たりで廊下は機体を出て、操縦室につづいていた。船のなかで唯一外を眺める窓がついている場所だ。飛毛腿機は、(尾部を勘定に入れると)ボーイング747より、ほんの少しだけ長く、ほんの少しだけ高さがあったが、はるかに容量が大きく、重量が軽かった。

乗組員は、アイクと彼の妻である葉玲《ようれい》のふたりだけだった。わたしがここに姿を現したときにツェッペリンに、にやにや笑いを浮かべた口を塗り直していた女性だ。彼らのような夫婦チームは、太平洋横断長距離貨物輸送飛行船では、一般的だった。それぞれが六時間交代のシフトで飛行船を飛ばしているあいだ、もう一方は眠っている。葉玲は後方にいて、テイクオフのあいだは眠っていたのだ。この船自体と同様、ふたりの結婚生活の多くは、沈黙と空っぽな空間でできていた。

「葉玲とおれは、四六時中三十フィート（九メートル）と離れたところにはいないんだが、おなじベッドで眠るのは、七日に一日だけだ。結局、六時間ごとの沈黙で区切られ、五分単位で会話を交わす術を学ぶようになった。

　ときどき、葉玲とおれは口げんかをする。するとあいつはおれが六時間まえに言ったことに対する言い返しを考える暇が六時間ある。あいつの英語は完璧じゃないので、その時間の余裕が役に立つんだ。それだけの時間をかけて、ふさわしい言葉を探しだせるんだから。おれが目を覚ますと、あいつは五分間おれに話し、眠りにつく。おれはあいつに言われたことを次の六時間かけて考えなきゃならなくなる。そんなふうにおれたちは何日も何日もつづく口げんかをしてきた」

　アイクは笑い声をあげた。「おれたちの結婚生活じゃ、頭にきたまま寝なきゃならないことがときどきある」

　操縦室は航空機のコクピットのような形状をしているが、窓は外向きかつ下向きに傾いで設置されていた。そうすることでなんのさえぎるものもなく眼下の陸地や空を見られた。

　アイクは自分の座席を特注模様で覆っていた――アラスカの地形図だ。アイクの椅子のまえには、計器やアナログ制御装置やメカニカル制御装置が満載されたダッシュボードがある。笑っているふくよかな菩薩の輝く黄金小像がダッシュボードの表面に糊付けされていた。その隣には、フェンウェイパークのグリーン・モンスター、ウォーリー（ボストン・レッドソックスのマスコット）のフラシ天人形がいた。

ふたつの座席のあいだにプラスチック・ケースが押しこまれ、CDが詰まっていた——華語流行音楽《マンドポップ》やカントリー、クラシック、それにオーディオブックの混合だった。わたしはオーディオブックをざっと見てみた——ピッツバーグ出身のノンフィクション作家アニー・ディラード、ソロー、コーマック・マッカーシー、『バカでもわかる文法と作文ガイド』。

巡航高度の千フィート（約三百メートル）——貨物輸送用ツェッペリンは、乗客が低めの景色を好む観光遊覧飛行機の高度より上で、航空機の巡航高度よりはるかに下のゾーンに飛行を制限されている——に達すると、アイクは電動エンジンを稼働させた。聞こえるというより感じられると言ったほうが近い低いハム音に、飛行船の尾部付近のくぼみに設置された四枚のプロペラが回転をはじめ、飛行船を前進させたのがわかった。

「これよりやかましくなることはけっしてない」アイクが言った。

われわれは蘭州の混み合った通りの上空にさしかかった。北京から千マイル（千六百キロ）以上西にあるこの中規模の工業都市は、空気の流れが滞留する地形と石油精製工場のせいで、かつては中国でもっとも大気汚染の進んだ都市だった。だが、いまは中国の風力発電タービン・ブームの中心になっていた。

　われわれの下の空には、国内航路で乗客や貨物を運んでいる小型で廉価な飛行船がたくさん飛んでいた。彩り豊かな一団であり、軟式飛行船や小型硬式飛行船がごたまぜになっており、船体には応急修繕痕や山寨《シャンツァイ》（パクリ商品の謂い）の当て布がついているのが見えた（ツェッペリンと異なり、軟式飛行船には、堅牢なフレームがない。誕生日の風船のように、その形は全面的に内部のガス圧によって保たれている）。それらの飛行船の全面に、商品やサービスの派手な広告がべたべたと貼られている。変な英語に翻訳された宣伝文句は、誘惑的であるのと同程度に威嚇的だった。あの飛行船のなかには、竹でフレームを作っているものもある、とアイクが話してくれた。

　アイクは、十年間、ユニオン加盟の国内線ツェッペリン搭乗員として勤めたのち、自前の飛行船を購入した。ユニオンの給料は良かったが、アイクは他人のために働くのが好きではなかった。アメリカで設計され、百パーセント、アメリカ国内で製造されているグッドイヤー＝ツェッペリン機を買いたかった。だが、彼は、中国の飛行船製造会社よりも銀行屋のほうがずっと嫌いで、東風公司製の飛行船の持ち主になろうとすぐに決めた。

「借金していいことなんていままで一度もあったためしがない」アイクは言った。「去年、住宅ローンがああいうことになったのは、予想通りだぜ」

　しばらくして、アイクは付け加えた。「いずれにせよ、おれの船は、ほとんどアメリカで製造されている。中国人はフレームに使われている桁やリングの材料であるデュラティニウムを作れない。輸入しないとならないんだ。おれはその合金の板をペンシルヴェニア州ベスレヘムから中国にしょっちゅう運んでいる」

飛毛腿機は癖のある船だ、とアイクは説明した。アメリカ製の飛行船が耐久性を高くするためオーバースペックに作られているのが通常であるのとちがって、保守と修繕がしやすい設計になっている。故障したアメリカの飛行船は、高性能コンピュータで専用の診断コードにかける必要があるため、ディーラーに運んでいかなければならないのだが、飛毛腿機のすべての部品は、熟練したメカニックが現場で取り替え、修理することができた。アメリカ製の飛行船は事実上、ほとんどの時間を自動的に飛べた。可能なかぎり自動制御をし、人為ミスの可能性を最小限にするというのが設計思想だからだ。飛毛腿機はパイロットの力をはるかに必要としていたが、同時にすこぶる反応が良く、飛ばすのに満足感を与えてくれた。

「人は時間の経過に伴って、操縦する船のようになるんだ。コンピュータがなんでもやってくれる船では、しょっちゅう居眠りをしていた」アイクは周囲のレバーやスティックや舵輪、トグルスイッチ、ペダル、スライドつまみに目を凝らした。いずれも安心させられる重量感とアナログぽさと頑強さを感じさせる。「キーボードに入力するのは、飛行船を飛ばす方法じゃない」

アイクは最終的には、こうした飛行船の船団を持ちたいと願っている。目標は、オーナー操縦士を卒業して、ただのオーナーになることだ。そうなれば、葉玲と家庭を築けるようになる。

「いつか、座って小切手を集める仕事をするだけですむようになったら、ウィネベーゴ社の飛行船オーロラ機——容量四万立方フィート（千百三十三立方メートル）の機種——を手に入れ、子どもたちを連れて、夏はアラスカをゆらゆら飛び、冬はずっとブラジルにいて、自分たちの手でつかまえたものしか食べずに暮らすんだ。リクリエーション用飛行船《RV》から見ないかぎり、アラスカを見たことにはならん。雪上車や水上飛行機ですらたどり着けない場所にいけるんだ。人がまだ入ったことのない湖の上を飛んでいける。おれたちの周囲何百マイルも人っ子一人いないところを」

数秒のうちに、われわれは黄河の幅広いゆったりとした流れの上を飛んでいた。沈泥に充たされた眼下の泥水は、その名の色をとりはじめていた。これから数百マイル、黄土高原のなかを通り、永劫のむかしから風が運んできた沈泥を拾い上げ、河の色はますます深くなり、泥っぽさを増していくだろう。

眼下では、小型の観光用軟式飛行船が河の上空にのんびりと浮かんでいた。乗客たちはゴンドラのなかに身を寄せ合い、透明な床を通して、河を流れていく羊の皮袋を寄せ集めた筏を眺めていた。カリブ海の観光客がガラス製の船床越しに、珊瑚礁の魚を見物しているのとおなじようだった。

アイクはエンジンの速度を上げ、われわれは北東に向かって加速をはじめた。おおむね黄河の流れに沿って、内モンゴル自治区を目指した。

西暦二千年《ミレニアム》のクリーン・エネルギー法は、〝ワシントンDCの役立たずども〟が制定したなかで、アイクが賛成している数少ない法律のひとつである――「あのおかげで商売をやっていられるようなもんだ」

元々は中国の競合メーカーから国内メーカーを保護し、環境保護関係のロビー団体を宥める目的で立案されたのだが、この法律は、輸送手段の二酸化炭素排出量に基づいて、合衆国に入ってくる物品に重い税金を課した（物品の原産国に基づく税ではないことで、加重な関税を禁じる世界貿易機関《WTO》のルールを回避した）。

高騰する燃料費とあいまって、この法律はツェッペリン運送業者を大もうけさせた。数年も経たずに、中国の会社が燃料をちびちび啜り、ソーラーパネルから得られる電力を最後の最後まで搾り取るタイプの廉価なツェッペリンを大量生産しだした。東風飛行船はアメリカの空で見慣れた光景になった。

長距離貨物輸送ツェッペリンは、揚力や速度でボーイング747と競合できないが、燃料効率と二酸化炭素排出量では、楽勝であり、陸上および海上輸送よりはるかに速い。アイクとわたしがいましているように蘭州からラスヴェガスまでいくのに、陸上および海上輸送では最速でも三、四週間かかるだろう——蘭州から上海までトラックまたは列車でいくのに二日かかり、船で太平洋を横断するのにおよそ二週間、カリフォルニアからラスヴェガスまでトラックで一日、二日かかり、荷物の積み下ろしや通関手続きにさらに一週間かそこらかかるだろう。貨物飛行機の直行便なら、一日で到着するだろうが、燃料費と国境での二酸化炭素排出税が多くの物品を利益の上がらないものにするだろう。

「荷物を積み下ろしし、輸送手段の変更を余儀なくされるたびに、金が失われていくんだ」アイクは言った。「おれたちの飛行船は、ハイウェイを必要としないトラックであり、川を必要としない船であり、空港を必要としない航空機だ。フットボール場大の平らな土地さえ見つけられたら、おれたちにはそれで充分。モンゴルの移動式テント《ユルト》から、あんたのニューヨークのアパートメントまで、ドアからドアへの配達ができる——あんたのアパートメント・ビルのてっぺんに係留マストさえあれば」

この二十年で製造された典型的なツェッペリンは、時速百十マイル（百七十キロ）で巡航し、蘭州—ラスヴェガス間の六千九百マイル（一万千百キロ）をおよそ六十三時間で航行することができる。アイクの飛毛腿機がそのように設計されているのだが、太陽電池の力を最大限活用すれば、おなじ距離、おなじ重量をボーイング７４７が運ぶのに必要な燃料の一パーセントのさらに数分の一以下しか使わずにすむ。加えて、前述したように、嵩張った、不規則な形をした積荷を747より収容できるという利点を持つ。

太平洋横断長距離貨物輸送をしているとはいえ、われわれの旅程の大半は、陸地の上を飛行することで費やされる。地球の湾曲により、地球上の二点間の最短フライトコースは、二点を繋いで、地球を二等分する大円である大圏になる。蘭州からラスヴェガスの大圏コース飛行は、北東に内モンゴル自治区とモンゴル、シベリア上空を飛び、ベーリング海峡を横断してから南東に向かって、アラスカ、ブリティッシュ・コロンビア州の沖合の太平洋上空を飛び、オレゴンで地上にふたたび戻り、最終的にネヴァダ砂漠にたどり着くというものになる。

眼下には内モンゴル自治区の広大な街、オルドスが地平線上まで伸びていた。輝く鋼鉄と滑らかなガラス、西欧スタイルの家と手入れの行き届いた庭が建ち並ぶ広大な住宅地からなるメガロポリス。方眼状の幅の広い新しい通りは、平壌のそれのようにがらんとしており、通行人を数えるのに片手の指で足りるほどだった。われわれの飛んでいる高度から見るひらけた視界のせいで、下界の様子はチルトシフトのカメラで撮影したようだった。まるで卓上テーブル大の都市のセットを、立って眺めているかのようだ。その上にはミニチュアカーが数台あり、われわれはセットに点在している小さい人形で遊んでいるとでも言おうか。

オルドスは中国のアルバータ（カナダ西部の州）である。石炭を産出している。世界最高純度の石炭だ。オルドスはエネルギー・ブームを見越して都市計画を立てたのだが、建設それ自体がブームになった。建設に投資をすればするほど、書類上はさらなる建設が必要なように見えるのだった。その結果ここにできたのが、このザナドゥ。生まれたときからゴーストタウンの街だった。書類上は、中国で二番目に裕福な都市であり、一人当たりの収入は上海に次いで多かった。

　オルドスの中心部上空を飛んでいると、一頭のパンダが上昇して、われわれを呼び止めた。パンダ様の乗り物は、小型の軽式飛行船であり、黄緑色に塗られ、英文で名称が記されていた――「中華人民共和国空中輸送パトロール」と。アイクは飛毛腿機の速度をゆるめ、積荷目録と点検記録を送った。それによってパンダは輸送用飛行船の国際登録記録と運航記録との照合確認をおこなうことができる。数分後、軽式飛行船のゴンドラの窓からだれかがこちらに手を振り、無線から中国語で進んでよしとの連絡があった。

「ここはとてもひどく混乱している国だ」アイクが言った。「オルドスみたいな街を建設する金を持っているくせに、広西《こうせい》にいったことがあるか？　ヴェトナムに近い自治区で、都市の外では、地球でもっとも貧しい人々が暮らしている。自分たちの小屋の床に敷かれている泥と、美しい景色、綺麗な女たち以外になにもない」

　アイクは葉玲とそこで出会った。メールオーダーの花嫁紹介業を通じてだ。一年三百日、空中にいては女性と出会うのは難しかった。

約束の前日、アイクは、積荷の八角を集荷するユニオンの搭乗員のひとりとして、広西自治区の区都、南寧《なんねい》を走り回っていた。翌日の土曜日は休日で、南寧から百キロ離れたところにある紹介センターまではるばる赴いて、事前に写真を選んでおき、近隣の村からバスに乗せて集められた若い女性たちに会いにいった。

アイクのため用意された若い女性は全部で十五人いた。一同は村の学校で会った。アイクは黒板を背に、教室の前方にある小さなスツールに腰掛け、若い女性たちが連れてこられ、生徒の机についた。まるでアイクは彼女たちに授業をするためそこにきているかのようだった。

彼女たちの大半は、片言の英語を話せた。アイクは彼女たちとほんの少しだけ話をし、一対一で個人的に話をしたいと思う三人の女性を選んで、用紙に印をつけることができた。選ばれなかった女性たちは、半時間後、次の西欧人が会いにやってくるまで、待機することになっていた。

「女性たちを少し試してみることすらさせるサービスがあるという噂がある。一晩、ホテルに連れていってもかまわないとか。だけど、おれはそんな噂を信じていない。いずれにせよ、おれが利用したサービスはそんなのじゃなかった。おれたちはただ話をしただけだ。おれは三人の女の子に印をつけなかった。葉玲しか選ばなかったんだ。

なによりも見た目が気に入った。肌はすべすべで、とても若そうだった。髪の毛が良かったね。まっすぐで、黒く、先がほんの少しカールしていた。草と雨水のような匂いがした。だけど、なによりも気に入ったのは、おれといるときの振る舞いだった——奥ゆかしく、それでいて必死におれを喜ばせようとした。故郷の女たちにはあまり目にしたことのない振る舞いだった」アイクはわたしがメモを取っているのを覗きこんで、肩をすくめた。「おれにレッテルを貼って、あんたが書くものを読む連中に優越感を与えたいというのなら、好きにするがいい。そうしたところでレッテルが本物になるわけじゃない」

物を買うみたいな、そのプロセスをおかしいとは思わなかったかと訊いた。

「おれは紹介サービス会社に二千ドル払い、葉玲と結婚するまえに彼女の家族に五千ドル払った。そういうのが好きじゃない連中はいるだろう。連中は、おれが葉玲と結婚したやり方をまったく正しくないと考えるだろう。

だけど、おれはあいつといっしょにいると幸せな気分になるのをわかっている。おれにはそれで充分だ。

おれが会ったころには、葉玲は高校を中退していた。もしおれがあいつに会わなくても、あいつは大学にいくことはなかっただろう。弁護士や銀行員にはならなかっただろう。オフィスで働き、家に帰ってヨガをするようにはならなかっただろう。世のなかはそういうものだ。

ひょっとしたら、あいつは南寧にいって、マッサージ嬢や湯女になっていたかもしれない。家族に少々の金を寄越してくれるからというだけで、顔すら知らない隣村の年を取った農民と結婚していたかもしれない。残りの人生を一日中水田であくせく働いて寄生虫の退治をし、夜には泥をかためた小屋で子どもたちを育てて過ごすことになっていたかもしれない。そして三十になるころには、老婆のような姿になっていたかもしれない。

　そのほうがましだと言えるのか？」

　太平洋横断長距離輸送に携わるツェッペリン乗りが用いる言語は、表向きは英語だが、実際にはアメリカと中国のイメージや言葉のごった煮である。中国語の刀《タオ》とナイフと現ナマ《ドウ》とドルは、交換可能な同義語として用いられている（タオは英語のドウとドルと音が似ていることから中国語でドルや金を表す俗語。ナイフは刀（タオ）からくるお金の俗語）。熊のイメージは、航路沿いに現れる法執行機関に当てはめられている——パンダは、中国の航空パトロール隊で、ホッキョクグマはロシアのそれ、アラスカでは、連中はアラスカヒグマであり、ブリティッシュ・コロンビア州の沖合では、鯨になる。最終的にアメリカでは、飛行船はグリズリーに対処しなければならない。熊たちの仕事は、ツェッペリン乗りの生活をややこしくするためにある——交代なしで六時間以上操縦席にいたり、規制高度の上あるいは下を飛んだり、積載能力を特別に増すために上昇用気体に水素を混ぜたりする操縦者を逮捕するのだ。

「鯨ですか？」わたしはアイクに訊いた。どうして鯨が熊の一種に？

「進化だよ」アイクは言った。「水中の虫を捕ろうとして口をあけて泳いでいる熊の一種が最終的に進化して鯨になったとダーウィンが言っている」（わたしは調べてみた。その話は本当だった）

背の低い藪がまばらに生えているゴビ砂漠の荒涼として乾燥した平原のどこかにある中国とモンゴルの国境を越えたことを知らせる電子音を飛行船のＧＰＳが発したが、なにも変わらなかった。

葉玲が交代のため操縦室にやってきた。アイクは操縦装置にロックをかけると、立ち上がった。操縦室の奥にある狭いスペースでふたりは低い声で少し話して、キスをした。その間、わたしは計器パネルに目を凝らして、会話を盗み聞きしないよう懸命に努めた。あらゆる結婚が独自のエンジンを持っている。独自のリズムと燃料を、独自の言語と制御方法を持っている。万事を動かしつづける静かなハム音がある。だが、そのハム音は、あまりに静かなので、ときどき、聞こえるというより感じられるといったほうが正確になり、もし聞き逃したくなかったら、真剣に耳を澄まさなければならない。

やがてアイクが出ていき、葉玲がまえにやってきて操縦席についた。

葉玲はわたしを見た。「少し休みたいなら奥にふたつめの寝棚があります」彼女の英語は訛りがあったが、言葉としては完璧だった。いくつかの単語に、アイクのニューイングランド出身者特有の開口音のAと、非R音性（語末および子音の直前のrが発音されないこと）がかすかに聞き取れた。

わたしは葉玲に礼を言い、まだ眠くないと答えた。

葉玲はうなずくと、船の操縦に集中した。両手で――十字形の尾部に昇降舵と方向舵がついている――尾翼用の操縦桿と、平衡用の舵輪をアイクよりもはるかに強く握り締めていた。

わたしは下を通り過ぎていくなにもない冷たい砂漠をしばらく眺めていたが、空港にはじめてわたしが姿を現したとき、あなたはなにをしていたのか、と葉玲に訊ねた。

「船の目を直していたんです。バリーは、口が真っ赤で獰猛そうに見えるのが好きなんですけど、目はもっと大切なんです。

船は龍です。龍は目視で空を飛びます。一方の目を空に向け、もう一方の目を海に向けます。目のない船は嵐がやってくるのが見えず、変わりやすい風を乗り切ることができません。岸に近いところにある水中の岩が見えず、陸地の方向がわかりません。盲目の船は沈みます」

飛行船は――と葉玲は言った――水の上をいく船よりも目が大切です。はるかに速く移動するので、おかしくなる可能性があることがずっと多いんです。

「バリーはここにあるもので充分だと考えています」葉玲は目のまえの計器パネルを身振

りで指し示した――GPS、レーダー、無線、高度計、ジャイロスコープと羅針盤。「だけど、ここにある道具はバリーを助けこそすれ、船は助けません。船自体が見る必要があるんです。

そんなことは迷信だとバリーは思っていますし、わたしに塗り直しをさせたくないと考えています。だけど、目をつねに塗り立てにしておけば、顧客に船の見栄えがよくなるといつもわたしはバリーに言ってます。そのことには一理あるとバリーは思ってます」

葉玲は船の端から端まで這い回り、卵形の龍の鱗模様を桐油《とうゆ》で船体表面に塗っているのだ、とも言った。「良い風水のある湖に張った氷が春にひび割れる模様に似ています。龍の鱗でできた良いコートをまとった船は、けっして水に呼びこまれないでしょう」

空が暗くなり、夜になった。われわれの下方は、真の暗闇だった。モンゴル北部とロシアの極東地区は、地球上でもっとも人口が少ない地域のひとつだった。上空では、いままでに目にしたものよりはるかに密度の濃い星々がまたたいていた。夜に海の上を進んでいるような気がした。まわりの海水がクラゲの発光に充たされているようだ。コネチカット州沿岸のロングアイランド海峡沖を夜に泳いでいたとき、こんな風だったのを覚えている。

「もう寝ようと思います」わたしは言った。葉玲はうなずき、操縦室の裏、主廊下の脇にある小さなギャレーで適当になにか自分でチンしてください、と言った。

ギャレーは小さく、クロゼットよりほんの少し大きいだけだった。冷蔵庫と電子レンジと流し、それに小さな二口の電気コンロがあった。すべて一点の汚れもなく保たれていた。鍋やフライパンは壁にきちんと吊され、皿は格子状の整理棚に仕舞われ、ベルクロのストラップでくくられていた。わたしはそそくさと食事をすませ、奥の鼾《いびき》の響きを追った。

アイクはわたしのため明かりを消さずにいてくれた。窓のない寝室では、柔らかな暖かい明かりとウッドパネル張りの壁が心地よく、眠りをいざなった。狭い寝室の一方の壁に二台の寝棚が上下に吊されていた。アイクは下の寝棚で寝ていた。部屋の片隅に鏡つきの小さな化粧テーブルがあり、鏡のフレームのまわりに葉玲の家族の写真がテープで留められていた。

そのとき、ここがアイクと葉玲の家なのだと悟った。マサチューセッツ州西部に家がある、とアイクから聞いていたが、ふたりは一年のうちおよそ一月ほどしかそこで過ごさない。ふたりの食事の大半は、〈アメリカの龍〉号で調理され、食べられる。ふたりが見る夢の大半は、この部屋で見られるのだ。寝棚の上でひとりきりで。

中国の民芸風の描き方で描かれたほほ笑んでいる子どもたちのポスターが化粧テーブルの隣の壁に貼られており、額に入った葉玲とアイクがいっしょにいて、ほほ笑んでいる写真が壁面の大半を覆っていた。わたしはそれぞれの写真に目を凝らした——結婚式、休暇、中国の都市のどこか、水際に雪の残る湖、ふたりとも大きな魚を掲げ持っている。

わたしは上の寝棚に潜りこんだ。アイクの鼾のあいまに、船のエンジンのかすかなハム音が聞こえた。あまりにかすかなので、真剣に耳を澄ましていないと聞き漏らしそうだった。

　自分で思っている以上にわたしは疲れていて、葉玲の残りのシフトのあいだはおろか、アイクの次のシフトになってもまだ眠っていた。目が覚めたころには、ちょうど日が昇ったところで、葉玲がふたたび舵を握っていた。われわれはロシアの内陸に深く入り、シベリアの中心部である北方針葉樹林帯の終わりなき森の上を飛んでいた。ベーリング海を隔ててアラスカと合流するシベリアの先端に向かうにつれ、われわれの航路はますます東向きになっていった。

　葉玲はわたしが操縦室に入っていったとき、オーディオブックに耳を傾けていた。わたしがやってきた物音を聞いて、葉玲は手を伸ばしてオーディオブックを切ろうとしたが、わたしはそのままでかまわないと告げた。

　朗読されていたのは野球に関する本だった。ファンでない人間を対象にした基本的なルールの説明をしていた。葉玲が聴いていたのは、盗塁を察知する技を扱っている箇所だった。

　葉玲はその章の最後で本を止めた。太陽がシベリアの針葉樹林帯《タイガ》の上をどんどんのぼっていき、まだ凍っている沼や原始のままの湖が点在する苔むした森林を明るく照らしていくのをふたりで眺めながら、わたしはコーヒーに口をつけた。

「最初バリーと結婚したとき、野球というスポーツがわかりませんでした。中国には野球はないんです。とくにわたしの育ったところでは。

ときどき、バリーとわたしが働いていないときや、あの人といっしょに座っていようとしてシフトが終わっても少し起きているときや、休暇を取っているときに、わたしは子どものころ遊んだ遊技のことや、学校で読んだ本のことや、故郷でひらかれているお祭りのことを話したいんです。だけど、それは難しい。

いとこたちといっしょに新しい紙の船をこしらえたときのおかしかった出来事という単純な思い出を分かち合おうとしても、わたしは全部説明しなければなりません――わたしたちがこしらえた紙の船の名称や、そのとき祝っているお祭りのことや、紙の船を競わせる習慣がどんなことなのか、そのお祭りで祀る霊の役割や歴史、いとこたちの名前とどういう関係なのかということなど。でもそうしているうちに、あの人と分かち合いたかったささやかなおかしかった話がなんだったのか忘れてしまうのがおちなんです。

そういうことでふたりとも消耗してしまいました。わたしは全部説明しようとやっきになったものでしたけど、バリーはいつも飽きてしまい、それにあの人は中国語の名前をちゃんと覚えることができず、その違いを聞き分けることすらできなかった。それで、わたしは説明するのをやめてしまいました。

だけど、わたしはバリーと話をできるようになりたいんです。共通の言葉がないところでは、共通の言葉をつむぎださなければなりません。バリーは野球が好きです。だから、わたしはこの本を聴きます。わたしたちに共通の話題ができるからです。わたしがいっしょに野球の試合中継を聴いたり、見たりし、なにが起こっているのかついていけて、一言、二言感想を口にすると、あの人は喜ぶんです」

われわれの旅の最北端を目指しているとき、アイクが舵を握っていた。北極圏と平行に飛び、さらにそのほんの南を飛んだ。最北端の極圏に入ると、昼と夜はその意味を無くした。わたしはだんだん六時間仕事して、六時間休むという彼らのリズムに慣れはじめており、徐々に自分の体内時計を彼らのそれと合わせるようになってきた。

葉玲の家族についてどれくらい知っているのか、あるいは彼らとどれくらいいっしょに過ごしたことがあるのか、わたしはアイクに訊いた。

「いや。あいつは数カ月おきに実家にいくらか金を送っている。あいつは慎重に予算を組み、おれとおなじくらい必死に働いて稼いだ金を家族に送っているのがわかっている。自分にもう少し優しくなるようにして、たったいまおれたちを幸せにしてくれる物に金を使おう、としょっちゅう説得しないとならないんだ。ようやくヴェガスにいくたびに、あいつはおれといっしょにゲームをすすんでやり、小銭を失うようになった。だけど、その博突にも予算を組んでいるんだぜ。

おれはあいつの家族には関わらないようにしている。あいつは見知らぬ人間といっしょに気球に乗って浮かんで逃げていきたがるほど自分の故郷と村から出たくてたまらなかったのなら、あいつがあとに残してきたものの一部におれがなる必要はないと考えているんだ。

あいつが家族を恋しく思っているのは確かだ。そう思うのも当然だろう？　おれの知るかぎりじゃ、おれたちはみなそうなんだ――おれたちは、いっしょに積み重ねてきた親しさを欲し、全員のあらゆることを知りたがり、一気呵成にしゃべりたがるが、同時に、自ら進んで逃げ去り、ひとりになりたがる。ときおり、おれたちは同時に両方をやりたがる。おれのお袋はろくな母親じゃなかった。おれは十六歳から一度も帰省していない。だが、そんなおれでも、たまにお袋のことを恋しく思うことはないなんて言えないんだ。

おれはあいつにスペースを与えている。中国人が持っていないものがひとつあるとすれば、それはスペースだ。葉玲は自前の毛布すら一度も持ったことがないほど、人でごった返している小屋のなかで育ち、ひとりきりだったときが一時間あった記憶さえない。いま、おれたちは六時間おきに二、三分会うだけで、あいつはそのあいだのスペースを埋める方法を学んできた。そのあいだは自由な時間で、自分だけのものなんだ。あいつはそのことを好きになってきた。いままであいつが手にしていなかったのは、それだよ。つまり、成長することだ」

ツェッペリンにはたくさんの空間《スペース》がある、とわたしはぼんやり思い浮かべた。空気より軽いヘリウムで充たされたその空間がツェッペリンを浮かばせている。結婚というものも、たくさんのスペースがある。浮かばせておくのにいったいなにを詰めればいいのだろう？

飛行船がアラスカに向かって速度を上げていくと、窓の外、北の空に北のオーロラ《オーロラ・ボレアリス》が浮かんでいるのが見えた。

どれくらい時間が経ったのかわからないが、激しい揺れにわたしは飛び起きた。なにが起こっているのかわからずにいると、飛行船があらたに突然傾いて、わたしは寝棚から床に放りだされた。床の上で反転して、どうにか立ち上がると、壁を頼りにまえに進んで操縦室に入った。

「ベーリング海では春の嵐が吹き荒れるのは、ありふれたことだ」シフト外で寝ているはずのアイクが立って、操縦席の座席の背をつかんでいた。葉玲はわたしがきたのに気づいた態度をわざわざ示しはしなかった。操縦桿を握っている彼女の関節が白くなっていた。

いまは昼間だった。だが、窓からかすかに小暗い光が入ってくる事実を別にすると、真夜中であってもおかしくないほど暗かった。窓に凍りつく雨を叩きつけてくる風が、操縦室からノーズコーンにかけてカーブを描いている船体の底の部分すら見えなくしていた。

ふくらんだ霧と雲が飛行船のまわりで荒れ狂い、アウトバーンを走る車よりも速くビュンと飛びすぎていく。

突然の疾風が飛行船の側面にぶつかり、わたしは操縦室の床に投げだされた。アイクはこちらを見もしないで、怒鳴った。「自分をくくりつけるか、寝棚に戻れ」

わたしは起き上がり、操縦室の後方右コーナーに立ち、見つかった革紐で自分をそこにくくりつけ、動かないようにした。

まるで練習していたかのように滑らかに、葉玲は操縦席をするりと出て、アイクがすっと交代した。葉玲は右にある助手席に自分の体をくくりつけた。GPSで飛行船の航路を示している電子画面のひとつに現れている線に、われわれが猛烈にジグザグに動いているのが示されていた。実際のところ、スロットルを全開にして、燃料を燃やし、飛行機なみの速さで飛んでいるにもかかわらず、風は地面に対して相対的にわれわれを押し戻していた。

アイクにできることは、風の向きにまっすぐ向いているようにして、嵐の正面に向ける横断面をできるだけ小さくすることだけだった。もしわずかでも風に対して角度がつけば、風は飛行船の変化する回転軸をとらえて、横にした卵のように回転させ、飛行船は偏揺れして操縦不能に陥るだろう。回転軸、すなわち外部から力が加わったときに飛行船が動く運動量の中心は、さまざまな要素のなかで、船の形状や質量、船体の形、速度、加速、風向、角運動量によって飛行船のなかで移動し、動く。操縦者はこんな嵐のなかで、なにより も感覚と勘に基づいて、ツェッペリンをまっすぐ飛ばしつづけるのだ。

稲妻が近くで光った。あまりに近かったので一瞬目が見えなくなった。雷鳴が飛行船を揺さぶり、わたしの歯がかちかち鳴った。まるで飛行船の床がサブウーファーの振動板であるかのようだった。

「重たく感じるぜ」アイクが言った。「氷が船体に張り付きだしているにちがいない。実際には、予想していたほどには重くなっていない感じだ。船外気温計の数字が正しいなら、船体は氷の硬い層で覆われているはずだ。とはいえ、高度を失いつつあり、これ以上上下がるわけにはいかない。波が飛行船にぶつかっちまう。下にいて、この嵐をかわすことはできん。乗り越えなきゃならん」

アイクは飛行船の重量を軽くするため水バラストをさらに落下させ、昇降舵を傾けた。われわれはロケットのようにまっすぐ上昇した。〈アメリカの龍〉号の先細りの涙滴形が無骨な翼のように機能し、猛烈な北極風がこちらにぶつかってくるなか、われわれは風洞のなかで翼のデザインをテストする実験機のように飛んだ。

また稲妻が光った。先ほどよりも近くで、明るさも強かった。雷鳴の轟きに鼓膜が痛くなり、しばらくわたしはなにも聞こえなくなった。

アイクと葉玲は怒鳴り合っていた。葉玲は首を横に振り、また叫んだ。アイクは彼女をしばらく見てからうなずき、一瞬、操縦装置から両手を離した。飛行船は風につかまえられて、回転をはじめ、急な動きをして、横に傾いた。アイクが手を伸ばして、操縦桿をつかみ直したとき、あらたな稲妻が光った。内部照明が消え、稲妻がすべての影と線と遠近感を消し去り、雷鳴の大音声にわたしはひどく驚き、耳を強く殴られたような気がした。そして目のまえが真っ暗になって気を失った。

わたしが気がついたときには、航程のアラスカ上空部分をそっくり見逃していた。舵を握っている葉玲はスピーカーから中国語の歌を流していた。外は暗く、丸い黄金色の月が出ていた。ほぼ満月で、子どものころ見た記憶があるような大きな月が、暗く、目に見えない海の上に浮かんでいた。わたしは葉玲の隣に腰掛け、月を見つめた。コーラスのあと、甘く心地良い声の女性歌手が英語で次の歌詞を歌いはじめた――

わかれるときに限って、なぜいつも満月なんだろう？
人には、悲しみ、歓び、別れ、出会いがある。
月には、陰と輝きと満ち欠けがある。
むかしからけっして望みがすべてかなうことはない。
ただ、わたしたちの願いは、いつまでも健やかでいて、

おたがい何千里と離れているけれど
おなじ月を、いつも麗しいこの月を、
ともに見つめていることだけ。

葉玲は曲を止め、手の甲で両の目を拭った。

「彼女は嵐から抜け出る道を見つけました」葉玲は言った。彼女というのがだれを意味しているのか訊ねるにはおよばなかった。「彼女は最後の瞬間にあの稲妻を避け、嵐のなかにすり抜けられる穴を自分で見つけたんです。鋭い目で。出発するまえに左目を塗り直すのは良い考えだとわかっていました。空を見つめる目のほうをね」

わたしは下を通り過ぎていく太平洋の穏やかな水面を見つめた。

「嵐のなかで、彼女は自分を軽くするため、鱗を落としました」

葉玲が船体に描いていた桐油の線をわたしは思い浮かべた。あの線が龍の鱗に氷を刻みこみ、大きな塊となって凍った海に落ちていくところを。

「最初、バリーと結婚したころ、わたしはなんでもあの人のやり方でやり、なにもわたしのやり方ではしなかったんです。あの人が眠って、わたしが船を操縦しているとき、考える時間がたくさんありました。両親がだんだん年老いてきて、わたしがそばにいないことをよく考えました。料理の作り方を母に訊きたいのに、そこに母がいないことをよく考えました。しょっちゅう、わたしは自分に問いかけました。おまえはなんてことをしたの？だけど、なんでもあの人のやり方でやっていても、わたしたちはいつも口げんかをしていました。わたしたちのどちらもわけがわからず、そのためどこにも落ち着きようのない口げんかでした。そしてあるとき、わたしは自分でなにかやらないとだめだと決心したんです。

ギャレーでの鍋の吊し方や、棚の皿の重ね方、救命胴衣や靴や毛布のしまい方を変えました。全部、より良く気が流れ、より滑らかに風水に従っているようにしました。他人には狭苦しくてみすぼらしい場所に見えるかもしれないけれど、いまはこの船が空の上のわたしたちの王宮のような気がしています。

バリーはそのことに気づきもしなかったんですよ。だけど、風水のおかげで、もうわたしたちは言い争いをしなくなりました。事態がとても緊迫していたあの嵐のあいだも、わたしたちはうまく協力して作業しました」

「嵐のあいだまったく怖くなかったんですか？」わたしは訊いた。

葉玲は下唇を噛んで、わたしの質問を考えた。

「最初バリーといっしょにこの船に乗ったとき、わたしはあの人のことをろくに知りませんでした。目が覚めると、わたしといっしょに空にいるこの男は何者なんだろう、と中国語で口にしたものです。それがいままでいちばん怖かったこと。

でも、きのうの夜、わたしが船と格闘していて、バリーが手伝いにやってきてくれたとき、わたしは少しも怖くありませんでした。いま死んでもかまわない、とわたしは思いました。わたしはこの人を知っている。自分がなにをやったのかわかっている。わたしは家にいるんだって」

「雷の危険なんてまったくないんだぜ」アイクが言った。「知ってるだろ、な？　〈アメリカの龍〉号は、巨大なファラデー箱なんだ。たとえ雷が落ちたとしても、その電荷は金属の枠組の外にとどまる。あの嵐のなか、海の上空でもっとも安全な場所におれたちはいたんだ」

わたしは葉玲が言った話を持ち出した。飛行船は嵐のなかの進む方向を知っていたようだという話を。

アイクは肩をすくめた。「空気力学は複雑な代物だ。船は物理が船に告げる通りに動く」

「でも、あなたがオーロラを手に入れた暁には、奥さんに目を描かせるんですね？」

アイクはうなずいた。おそろしくまぬけな質問をするもんだなと言うかのように。

砂漠の王冠、ラスヴェガスがわれわれの下に、周囲に、上に広がっていた。

遊覧飛行船や、ネオンを明滅させ、派手で巨大なちかちかする画面で覆われた大量乗客輸送用ツェッペリンがラスヴェガス・ストリップの上空に点在していた。われわれのような貨物飛行船は、ストリップと平行に走る狭いレーンに飛行制限されている。ストリップには、個々のカジノでの着陸と離陸を認められている特定の発着場があった。

「あれは〈ラピュタ〉だ」アイクはわれわれの上を飛んでいる巨大でいびつに膨らんだ飛行船を指さした。〈ベネチアン〉カジノホテルに匹敵するくらい大きく見えた。われわれはその下を通過し、左手に向かった。内部から明かりで照らされたこのもっとも新しく、もっともけばけばしい浮かぶカジノは、空に飛ばす中国の赤い提灯の巨大版のように光っていた。何台ものエア・タクシーがストリップから飛び立ち、〈ラピュタ〉目がけて螢のようにゆるゆるとのぼっていく。

われわれは、市の郊外で、〈シーザーズ・パレス〉カジノホテル所有の風力発電会社にタービン羽根の積荷を下ろし、こんどは〈シーザーズ・パレス〉そのものに向かった。このような顧客相手に長距離輸送の貨物を届ける恩恵のひとつが、無料招待の宿泊だった。〈ミラージュ〉の背後に、ショッピングセンター〈フォーラム・ショップス・アット・シーザーズ〉の正面にある係留マストの背の高い尖塔と点滅する明かりが見えてきた。通常は、大金を賭ける上客のとてつもなく贅沢なパーソナル・ヨットを係留する場所なのだが、今夜は、空っぽであり、太平洋横断長距離貨物輸送飛行船、東風飛毛腿機、〈アメリカの龍〉号こと〝空飛ぶ中国人〟が独占することになっていた。

「少しゲームをしてから、部屋にいこう」アイクが言った。彼は葉玲に話をしていた。彼女は夫にほほ笑み返した。この一週間ではじめてふたりがおなじベッドで眠る機会になるだろう。二十四時間丸々休みを取ったのち、ふたりはモンタナ州のカリスペルに向けて発ち、そこでバッファローの骨の積荷を受け取って、中国へ戻る長距離貨物輸送に出発する。

わたしはダウンタウンのホテルのベッドで横になり、自分の寝室の家具の並べ方を考えた。ベッドやナイトスタンドやドレッサーのまわりの気の流れを想像する。ツェッペリンのエンジンのかすかなハム音がないのが寂しかった。とても静かなので真剣に耳を澄まさなければならないほどだったあの音が。

わたしは明かりを点け、妻に電話した。「まだそっちじゃないんだけど、もうすぐ帰るよ」

著者付記
この物語は、ジョン・マクフィー著『珍しい輸送機』*Uncommon Carriers*（二〇〇七年、未訳）に様々な形で触発を受けた。
われわれの世界の物理的な地形に関して、若干事実をまげている――蘭州からラスヴェガスへの大圏飛行は、実際にはオルドス市を横断しない。

葉玲が聴いていた曲の歌詞は、北宋の詩人蘇軾《そしょく》（西暦一〇三七～一一〇一年）の詩から取ったものである。この詩は、書かれたときから何世紀ものあいだ曲を付けられてきた人気のある詩でありつづけている。

存在《プレゼンス》

Presence

古沢嘉通訳

画面上の狭い視野をつがいの鳥がかすめ飛ぶ。遠隔存在装置《テレプレゼンス》を最後に使った人間は、スイッチを切るまえに装置をドアにほど近いベッドのそばに置き、カメラとモニターを開いた窓に向けていた。次のユーザーであるあなたが、死にかけている見知らぬ人間の顔を正面から覗きこまずにすむように。それが親切から生まれた行為なのか、恥ずかしさから生まれた行為なのか、判別は難しい。

あなたは親指スティックをおそるおそる回転させる。動きはなめらかだが、鈍《のろ》い。なにか粘着性の液体に妨げられているかのようだ——たいていのオペレーターはあなた同様、経験がないが、その鈍さで安全性が加味されている。

病室は清潔で、ベッドが三床置かれている。彼女は中央のベッドに寝ている。薄い毛布の下、動かぬ抜け殻と化した存在。奥のベッドからうめき声がいくつか聞こえるが、マイクはさほど明瞭には音を拾わない。

背後の窓から射しこむ眩い陽光に、病室が温かいのだとあなたは考える。開いている窓からそよ風が吹きこむのをあなたは想像する。風が下の往来に並んでいる屋台からのぼってくる食べ物の匂いを運んでくる。香草をまぶし、串にさされて焼かれている仔羊の肉、直火で炙られているピーナッツ、ドラム缶製のオーブンで焼かれている焼き芋――あなたが二十年以上口にしていない料理だ。

病室は三床のベッドを入れるには充分な広さではない、とあなたは考える。アメリカの基準に照らすと明らかに狭かったが、看護師は電話で、ここが病院のなかで最高の設備が整った病室である、と説明した――あなたが利用している装置がその証拠である、と。

週払いで雇っている介護士《ヘルパー》が立ち上がって、自己紹介をする。介護士は、ずんぐりしたロボットの頭部に置かれたTV画面に浮かんでいる顔に向かって話すのに慣れている様子が見てとれる。あなたは休暇日数について、また、キャリアのいまの段階で休暇を求めるのが難しいことを、いつ……終わりになるか……わからない状況で、大洋をまたぐ旅をする不確実さを説明したい衝動をぐっとこらえる。

「起こしますね」介護士は言う。

母親以外のだれかと、子ども時代に使っていた言語で会話するのは久しぶりで、正しい使用域や、しかるべき丁寧さを持った正確な表現を見つけるのに苦労する。「彼女はもっと眠る必要があるとは思い……ます……ませんか？」

介護士はあなたを哀れみの目で見る。あなたは外国人のように振る舞っている。

介護士はベッドに移動し、眠っている女性の顔を軽く叩く。「起きて！　起きなさい！　息子さんがきてますよ！」

介護士のかん高い声にほかの二床に寝ていた女性たちが目を覚まし、ぶつぶつ文句を言う。すると、介護士は両手であなたの母親の目をこじ開ける。介護士はあなたの母親の頭をひねって、その目をあなたに向かせる。

一瞬、あなたは、介護士による母親の扱い方に衝撃を受けるものの、母が陥っている朦朧状態のなか、言葉を届けようとしたら、事実上、それが唯一の方法なんだろうか、と考えこむ。自分の反応は、アメリカナイズされた感受性の繊細さが生む結果なんだろうか、あるいはなにか別のもの、自分が大洋のこちら側にとどまっているのに介護士がその場にいるということに関連した、もっと暗い感情の結果なのだろうか、とあなたは訝《いぶか》る。

母親の目は濁っており、あなたは自分が病室にいることを母親が知っているのか、あるいはたんに光と影の不明瞭な模様を感知しているだけなのだろうか、と不審に思う。

「お母さんはあなたと会えて喜んでいますよ」介護士は言う。「手を離しても目を開けつづけているのがわかりますか？　こんなこといままでなかったんですよ」

照れくさそうにあなたは身を乗りだす。「ここにいるよ」これがコンピュータ・モニターの画面でこちらを見ているのとどれほどちがうのだろう、とあなたは思う。いったいなんのために金を払っているのだろう、とあなたは疑問に思う。

母の顔の皺模様は、彫られた面のようにじっと動かない。脳卒中で完全麻痺に陥っている。

毛布を持ち上げ、介護士はあなたの母親のおむつを取り替えはじめる。あなたは目を背けたくなるが、見ないのは、自分に嘘をつく方法でしかないだろうと悟る。あなたは宙に浮いた母親の脚の細さに驚き——青白く、染みだらけの皮膚が骨を取り巻いている——息を止める。

だが、もちろん、臭いは感じない。あなたは糞尿の臭いを感知しない。母親の無力さからくる恥辱も、消毒薬と腐敗と死の悪臭も感じない。母親の身体状態は、あなたの嗅覚を司る繊細な粘膜に触れはしない。文明は死の現実からわれわれを守る周到な嘘を作り上げる過程なのだ。依然としてあなたは大海原によって隔たれている。

介護士は効率的に、落ち着いて作業する。汚れたおむつをベッド脇のバケツに放りこむと、浴用タオルであなたの母親の体を綺麗に拭く。そののち、ふたたび脚を持ち上げて、新しいおむつをあてがう。あなたは深呼吸をする。

ほかの入院患者のひとりが口をひらく。「あんたはアメリカに住んでるの？」

あなたは振り向く。その動作に三十秒かかるものの、あなたには一時間にも感じられる。

するとあなたの目に入るのは、好奇心を満面に湛えている中年女性だ。あなたはうなずく。

「そんなに遠くにねぇ」女性は言う。「たとえ話せないにせよ、お母さんはあんたのことをしょっちゅう考えているはずだよ。帰ってこないといけないよ」

あなたは中年女性のぶしつけさと思いこみに腹を立てる。自分が抱えている責任のこと、住宅ローンや幼い子どもたちのことを話したくなる。アメリカでやっていくのが簡単ではないことを説明したい。仕事を維持し、介護士を雇うだけの金を稼ぐのが簡単ではないことを説明したい。そっちにはいられないし、母親を職員不足の病院で何時間も糞尿にまみれたまま寝かせておきたくないから介護士を雇っているのだ。こっちにやってきて、いっしょに暮らそうと何年も説得しようとしてきたのに、母は外国の土地に引っ越したくないの一点張りだったことを言いたい。あんたの子どもたちは機械のなかに身を宿らせた幽霊としてあんたを訪ねてくるだけで、そのあいだにあんたが死ぬのを待っているじゃないか、と非難してやりたい。新しい遠くの地で、息子と孫が機会に恵まれた生活を送ることが、母の望むものなのだという主張を持ち出したい。

そうするかわりにあなたはたんにもう一度うなずくと、顔の向きを元に戻す。また三十秒かかる。

介護士はあなたに爪切りを手渡す。爪切りはあなたの腕の先端にあるマニピュレーターにしっかりはまりこむ。「お母さんの爪を切ってあげたら?」

あなたはあわてる。いままでだれかの爪を切ろうとしたことは一度もなかった。

「そうすればあなたの気持ちがもっと楽になりますよ」

あなたは介護士の声ににじむ優しさに驚く。

あなたの指は震えている。母を傷つけるのではないかと心配して。だが、このロボットはその作業用のプログラムがなされている。あなたは画面の指示に従って親指スティックをあちこち動かすだけでよく、あとはウォルドウが全部やってくれる。安全性を組みこんだルーティンが、あなたに母を傷つけさせないでいる一方、あなたに母のためになにかをやっているという幻想を与えてくれる。遠隔マニピュレーターが母親の片方の手をつかむのを見ながら、あなたはその肌がどれくらいひんやりしているのかと想像する。リューマチにかかった関節を包んでいる萎《しな》びた筋肉と皮膚がどれくらいの重さがあるのかと想像する。

その間ずっと母の目は開いたままだ。

あなたは毎晩母のもとを訪ねる。ロボットを操縦するのにずいぶん慣れてきて、制御の範疇を拡大してもらえるようになり、操作速度や、自由度を増してもらえるようになる。あなたはおむつの交換方法を学び、清拭《せいしき》方法を学び、何時間も母のベッドのかたわらに座って、想像上のなんらかの動きを求めて、その顔を見つめつづける。背後で流れるTVのメロドラマに耳を傾け、ほかの二床のベッドでは患者が順次替わっていくのを知る。おなじ機械の体をタイムシェアしている、彼らの見舞客にあなたが会うことはない。

こうしたロボットは疚《やま》しさのため、作られたものだ。あまりに遠方にいて、あまりに多くの言い訳を持っている者たちのために。自分の存在の幻想性に、テクノロジーのおかげで自分に言い聞かせている嘘に気づいているものの、ロボットを使うことであなたの気分はましになっている。

あなたは装置の接続を切り、自分が泣けなくなっているのに気づく。

看護師の言葉が頭のなかで谺《こだま》している。

お母さんは昨夜眠りについて、目覚めなかったんですよ。

もはや毎晩訪問せずともいいということにほっとしたかもしれないという思いに、あなたはドレッサーの鏡から顔を背ける。

こんなことが起こったときに映画の登場人物だったらどうふるまうだろうと考えようとし、フィクションを手本にしなければいけないというのは、自分のどこがおかしいのだろう、とあなたは考える。

「だいじょうぶなの？」あなたの妻が訊ねる。

「いまは話したくない」あなたはきつい声で言い放つ。

あなたの娘が近づいてくる。

「爪が伸びちゃった」娘は言う。いつもなら、この手のことはあなたの妻が対処しているのだが、きょう、彼女は食料品の買い出しに出かけて、外出中だ。

あなたは娘をひざに乗せ、爪切りを手に取る。あなたは娘の髪の毛を嗅ぐ。フレッシュなライラックと甘いジャムの香り――娘はストロベリー・ジャムを塗ったトーストを食べたばかりだ。この子は、香草をまぶした仔羊の串焼きは好きだろうか、とあなたは思う。

実際の喪失が何年もまえに起こっているのに、だれかを失う際になにがあったのか説明するのはとても奇妙なことだとあなたは思う。徐々に徐々に起こったので、いつ起こったのか、あなたは気づきもしなかった。故国に帰らないと決めたのはいつだったのか、あなたは思い出せない。母がこちらにやってきていっしょに暮らすつもりはないのを受け入れたときのことを、あなたは思い出せない。自分がアメリカ人になったときのことを思い出せない。どのように千もの小さな決断が積もり積もって取り消しのきかない変化になったかについて、決断しないことは決断することとどういうようにおなじであるかについて、あなたは考える。あなたのことをなにひとつ知らないくせに、特定の行動をあなたが取ることを期待している赤の他人について、あなたは考える。

娘があなたのひざの上で体を動かし、より楽な姿勢を取ろうとする。

一度も会ったことがない祖母のことをどう娘に説明しようか、とあなたは考える。娘が理解できるほど大きくなったときに、自分のことをどう説明するか、自分の決断をどう正当化するかと、あなたは考える。大洋を隔てた別の大陸での新生活のために払った代償について、あなたは考える。

あなたはけっして訪れない罪の赦しについて考える。なぜなら、裁くのは、あなた自身であるからだ。

あなたは爪切りに力を入れるのをいったん待つ。なぜなら、目が熱くなり、濡れて、手元が見えないからだ。

シミュラクラ

Simulacrum

古沢嘉通訳

写真はたんなる映像（絵画が映像であるようには）や現実の一解釈ではない。それは足跡やデス・マスクのようにひとつの痕跡、現実から直接刷り取ったあるものである。

——スーザン・ソンタグ『写真論』より
（近藤耕人訳）

ポール・ラリモア

もう録画しているのかね？　はじめたらいい？　わかった。

アンナができたのは、たまたまだった。エリンもわたしも仕事で頻繁に飛びまわっており、ふたりとも縛られたくなかった。だけど、万事が計画通りにいくとはかぎらないし、妊娠がわかったときには、ふたりとも本当に嬉しかったんだ。なんとかやってみる、とおたがいに言った。そして、なんとかやってみせた。

アンナが赤ん坊だったとき、あまり寝付きのいい子どもではなかった。抱いてあやしてやらねばならず、ようやくうとうととしても、すぐに目を覚ましてしまうんだ。親としては一時《いっとき》もじっとしていられなかった。エリンは出産後数カ月間、背中を痛めていたので、お乳を与えたあと、肩に顔を預けた幼い娘を抱きかかえ、夜のあいだ歩き回るのはわたしの役目だった。とてもくたびれて、苛立っていたはずなのだが、いま記憶にあるのは、月明かりしかないなか、何時間もリビングをいったりきたりしながら、娘に歌いかけていると、とても強い親近感を覚えたことだけだ。

娘へのそんな親近感を覚えていたかった。ずっと。

その当時の娘のシミュラクラは持っていない。試作品は、とても図体がでかく、対象者は何時間もじっとしている必要があった。赤ん坊をそんな目に遭わせるわけにはいかなかった。

これがわたしが現に持っている娘の最初のシミュラクラだ。この子は、七つくらいかな。

——やあ、アンナ。

——**パパ！**

——恥ずかしがらないで。この人たちは、われわれのドキュメンタリー映画の撮影に来ているんだ。おまえは話しかけなくていいよ。この人たちがいないふりをすればいい。

――砂浜にいこう？

――いけないとわかってるだろ。この家を離れられないんだ。それに、外は寒すぎる。

――お人形遊びをしてくれる？

――ああ、もちろんさ。おまえの好きなだけお人形遊びをしよう。

アンナ・ラリモア

父は世界からすると拒絶しがたい人間だ。父は、アメリカのお伽話みたいなやり方で、大金持ちになった――たったひとりの発明家が世界に喜びをもたらすアイデアを思いつき、世界は彼に正当に報いた。おまけに父は価値のある目的に対して気前よく寄付をしている。ラリモア財団は、シミュラクラ製作会社が自分たちの売っている有名人セックス・シミュラクラを修正するのとおなじくらい入念に気を配って、父の名前とイメージを高めてきた。だけど、わたしは本当のポール・ラリモアを知っている。

わたしが十三歳だったある日、お腹の具合が悪くて、学校を早退させられた。玄関のドアをあけると、二階の両親の寝室から物音が聞こえた。ふたりは家にいるはずじゃなかった。だれもいないはずだった。

泥棒？　わたしは思った。ティーンエイジャー特有の愚かさと無鉄砲さを発揮して、わたしは階段をのぼって、寝室のドアをあけた。

ベッドの上で、父は裸だった。裸の女性が四人、父といっしょにいた。父はわたしが来たのに気づかず、それまで五人でやっていたことをつづけた。母が父とわかちあっていたベッドの上で。

しばらくして、父は振り返り、わたしたちはたがいの目をまじまじと見た。父は動きを止め、上体を起こし、ナイトスタンドにあるプロジェクターのスイッチを切った。女たちは消えた。

わたしは吐いた。

その夜遅く、帰宅した母は、何年もそういうことがおこなわれていたのだ、とわたしに説明した。あなたのお父さんは、ある種の女性に目がないの、と母は言った。父は結婚生活を通じて、浮気をがまんできずにいた。母は、父が浮気をしていると疑っていたが、父はとても頭がよく、注意深かったので、母は証拠を見つけられずにいた。

ついに母が現場を押さえたとき、母は憤慨して、別れようとした。だけど、父は平身低頭し、懇願した。父が言うには、自分の持って生まれた性分として、一夫一婦制を維持するのは不可能なんだとのこと。だけど、解決策がある、と父は言った。

父は、永年にわたって、征服した女性のシミュラクラをたくさん撮影していた。その技術を父が改良するにしたがって、ますます生きているかのようになっていったシミュラクラを。もしそうしたシミュラクラを保持し、プライベートで利用するのを母ががまんしてくれるなら、二度と浮気はしないよう懸命に努力する、と父は言ったそうだ。

というわけで、それが母のした契約だった。父親としてはよくできた人だ、と母は思っていた。父がわたしを愛していたのを母は知っていた。母は、約束が守られなかった場合の犠牲者にわたしを加えたくなかった。その場合は自分だけが犠牲者になるつもりだった。

そして父の申し出は、母にとって合理的な解決策に思えた。母の心のなかでは、シミュラクラと過ごす父の時間は、ほかの男たちがポルノを利用するやり方とちがわなかった。身体の接触はなかった。シミュラクラは実体がない。無害な白日夢をまったく許容しないなら、どんな結婚も長続きはしないだろう。

だけど、母は、わたしがたまたま出くわしたようなやり方で父の目を覗きこんだのではなかった。あれはたんなる白日夢じゃなかった。けっして許されない、継続的な裏切りだった。

ポール・ラリモア

シミュラクラ・カメラの鍵は、それが物理的な映像化プロセスではない点にある。そのプロセス自体は、ささいなものではないにせよ、つまるところ、銀板写真時代から知られてきたテクノロジーの漸進的な改良の積み重ねにすぎない。

現実を捉えるという永遠の探求に対してわたしが果たした貢献は、オニロパジーダ（“ドリームキャッチャー”のギリシア語表記）だ。それを通して、対象者の精神的パターン――相手の人格の表象――を捉え、デジタル化し、投影された映像を生き返らせることができる。オニロパジーダが、競合相手の作ったものも含め、すべてのシミュラクラ用カメラの中心部である。

最初期のカメラは、本来、医療機器を一部修正したもので、古い病院でまだ目にすることのある古くさい断層撮影装置に似ていた。撮影対象者は、ある種の造影剤を体内に注射され、その精神活動を充分なセットだけスキャンできるまで、装置の撮影トンネルに長時間じっと寝ていなければならなかった。それらのスキャン情報は、AIニューラル・モデルを発展させるために用いられ、対象者の詳細な写真から構成される投射映像を動かした。

そうした初期の試作品は、とてもぎこちないもので、結果は、ロボットのようだとか、非人間的だとか、滑稽なほど馬鹿げているなど、さまざまな言われ方をした。だが、そうした最初期のシミュラクラですら、たんなるビデオやホログラフィーでは捉えられなかったなにかを保持していた。捉えられたものを逐語的に繰り返すのではなく、動く投射映像は、撮影対象者がするであろう形で、見る者と相互に影響しあえた。

現存する最古のシミュラクラは、わたし自身のそれであり、いまはスミソニアン博物館に保存されている。最初のニュース報道で、そのシミュラクラと話し合い《インタラクト》をした友人や知人たちは、映像がコンピュータに制御されたものであると知っていながらも、シミュラクラから引き出した応答は、どういうわけか、「ポール」っぽかったり、「ポールしか言いそうにないこと」だったり、「とてもポールっぽい表現」だったりした。まさにそのとき、わたしは自分が成功したとわかった。

アンナ・ラリモア

わたし、シミュラクラの発明者の娘が、シミュラクラが無ければ、世界はよりよく、より本物らしくなるだろうという内容の本を著していることを人は奇異に思っている。わたしが自分の〝きょうだい〟に、すなわち、父のお気に入りの子どもであることが判明した父の発明品に、嫉妬しているのだと俗流の心理学を開陳する人もいた。

そんな単純なものだったらよかったのに。

父は、現実を捕捉し、時を止め、記憶を保存する事業に携わっていると主張している。だが、かかるテクノロジーの実際の魅力が、現実を捕捉することにあったためしはない。写真やビデオ、ホログラフィーなど……そのような〝現実捕捉〟のテクノロジーの進歩は、現実について嘘をつき、現実を思い通りに形作り、現実を歪め、改竄《かいざん》し、空想を巡らせるさまざまな方法を蔓延させるものだった。

人は、カメラのため、自分たちの生活の経験を意図的に形作り、演技する。ビデオカメラに片方の目を密着させてバケーションに出かける。現実を凍結させたいという願望は、現実を避けることなのだ。

シミュラクラはこうした傾向の最新かつ最悪の具現化だ。

ポール・ラリモア

あの日からというもの、そう、あの子が……まあ、きみたちはそのことをあの子から聞いているだろう。あの子なりの出来事の解釈に異論を唱えるつもりはない。

われわれ父娘は、あの日について一度も話し合ったことはない。あの子が知らないのは、あんなことがあった午後のあとで、わたしは昔の恋愛相手のシミュラクラをすべて破棄したということだ。バックアップは取っておかなかった。それを知ったとしても、あの子にはどうでもいいことだろう。だけど、もしその情報をあの子に伝えてくれるなら、ありがたく思う。

あの日以来、父娘の会話は、よそよそしく慇懃《いんぎん》無礼なものになり、われわれはうっかり親密なものにならないよう気をつけた行動を取るようになった。娘とは、各種許可証のことや、寄金集めの長距離行進《ウオーカソン》の資金援助にわたしのオフィスを訪ねてこさせるための手順や、大学を選ぶために検討すべきもろもろの要素について話をした。娘とは、彼女の気安い友人関係や、困難な恋愛や、この世界への希望や失望について、話すことはなかった。

大学を卒業すると、娘はわたしとまったく話さなくなった。電話をかけても、娘は出ようとしなかった。授業料を支払うため、信託資金からの支払いが必要なとき、娘はわたしの弁護士に電話をかけるのがつねだった。娘は友人たちとバケーションや夏休みを過ごしたり、海外で働いたりした。週末にパロ・アルトに住む自分を訪ねてくるようエリンを招くこともある。三人とも、わたしが招かれていないのは承知していた。

――パパ、どうして草は緑色をしているの？

――木に生えている葉っぱの緑色が春の雨といっしょに滴り落ちるからさ。

――ばかみたい。

――わかった、フェンスのこちら側から見ているせいだ。反対側にいってみれば、それほど緑色には見えない。

――その答えは、おもしろくない。

――了解。草のなかにある葉緑素のせいさ。葉緑素には、緑以外のすべての色を吸収する環がなかに入っているんだ。

――話を作っているんじゃないよね？

――いままでに作り話をしたことがあったかね？

――ときどき、パパがほんとのこと言ってるのかどうか見分けるのがとても難しいんだよ。

娘が高校生のころ、娘のこのシミュラクラを頻繁に動かしはじめ、やがて習慣のようなものになった。いまでは毎日、ずっと稼働させている。

娘がさらに年を重ねたときのシミュラクラもあり、その多くがはるかに優れた解像度になっている。だが、このシミュラクラがわたしのお気に入りだ。世界が取り返しようもなく変わってしまうまえの、よりよき時代のことを思い出させてくれた。

このシミュラクラを撮影した日、われわれは肩にかついで運べる大きさのシャーシに入るくらい小型化したオニロパジーダをついに作ることに成功した。それがのちにカルーセル・マークIの原型になった。われわれが最初に成功したホーム・シミュラクラ・カメラだ。わたしはその装置を自宅に持っていき、アンナにモデルになってくれるよう頼んだ。その日の出来事を話しながら、娘はサンルームの横に二分間じっと立ってくれた。

父親の目にはその年頃の幼い娘がつねに完璧な存在として映っているように、アンナは完璧だった。彼女は、わたしが家にいるのを見て目を輝かせた。日帰り《デイ》キャンプから帰ってきたばかりで、わたしに話したがっているお話やわたしに訊きたがっている質問を山のように抱えていた。新しい凧を飛ばすため、砂浜まで連れていってもらいたがり、日光写真を撮る手伝いをすることをわたしは約束した。そんな瞬間の娘をカメラに捉えることができてわたしは嬉しかった。

あれはいい一日だった。

アンナ・ラリモア

最後に父と会ったのは、母の事故のあとだった。父の弁護士が電話をかけてきた。わたしが父からの電話には出ないだろうとわかっていたからだ。

母は意識があったが、かろうじてあったにすぎなかった。もうひとりの運転者はすでに亡くなっており、すぐに母もそれにつづくだろうと思われた。

「お父さんを許してあげたら？」母は言った。「わたしは許しました。ひとりの人間の人生は、ひとつのことで決定されたりしないわ。あの人はわたしを愛している。それにあなたも愛しているの」

わたしはなにも言わなかった。ただ母の手を摑んで、握りしめた。父がやってきて、わたしたちふたりは母に話しかけたが、おたがいに口はきかなかった。半時間後、母は眠りにつき、二度と目覚めなかった。

本当のことを言えば、わたしは父を許す用意ができていた。父は年老いて見え——子どもが自分たちの両親について最後まで気づかない類《たぐい》の弱さだ——ある種の脆《もろ》さもあり、それがわたし自身に疑問を抱かせた。わたしたちは黙っていっしょに病院から歩いて出た。市内に泊まる場所があるのか、と父が訊き、ないわ、とわたしは答えた。父は助手席のドアをあけ、一瞬ためらってからわたしは父の車にすばやく乗りこんだ。

実家に到着した。何年もその家に帰ったことはなかったけれど、記憶にある通りだった。

父が冷凍ディナーをレンジで温めて準備しているあいだ、わたしは食卓についていた。わたしたちは慎重に言葉を交わした。わたしが高校に通っていたときにそうしていたように。

ママのシミュラクラはないの、とわたしは父に訊ねた。わたしは原則としてシミュラクラを撮らないし、保持していない。一般人のような楽天的な見方はしていない。だけど、そのときは、彼らの言うシミュラクラに対し、一般人のような楽天的な見方は母の一部、彼女という存在の一側面なりとも、ずっと自分のそばにいてほしかったと思った。

父はわたしに一枚のディスクを渡してくれ、わたしは父に礼を言った。自分のプロジェクターを使うようにと父は申し出たが、わたしは断った。しばらくのあいだは、自分だけの母の思い出を保っていたかった。コンピュータの外挿で、実際の記憶と作られた記憶とを混同させられるまえに。

(それに結果として、わたしはそのシミュラクラを一度も使わなかった。ほら、もし母の様子がどんなだったか見たいなら、あとでそれを見ることができる。わたしのなかの母の記憶はどんなものであれ、すべて本物なのだ)

夕食を終えたころには遅くなり、わたしは食卓をあとにした。

自分の部屋にあがっていった。

そこで自分のベッドに腰掛けている七歳のわたしを見た。彼女は、わたしが記憶から遮断していたにちがいないおぞましいワンピースを着ていた——ピンク色で、花柄。髪にはリボンを結んでいる。

——こんにちは、あたしはアンナ。お会いできて嬉しいわ。

ということは、あの人は何年もこいつを、わたし自身の無邪気で、よるべないカリカチュアであるこいつを手元に置いていたのだ。わたしが父に話しかけなかった時期、父はこの凍りついたわたしのよすがに向かい合い、信頼と愛情を失ったわたしのこの影武者を鑑賞していたのだろうか？　子どものころのわたしのモデルを使って、わたしと交わせなくなった会話を夢想していたのか？　ひょっとしたらわたしの生意気な態度を削り、いっそうべたべたした愛着を加えるよう編集すらしたのか？

汚《けが》された気がした。この幼い少女はまちがいなくわたしだ。わたしのようにふるまい、わたしのように話し、わたしのように笑って、動きまわり、反応した。だけど、この子は現実のわたしじゃない。

わたしは成長し、変わった。大人として父と対するようになった。だけど、いま、わたしの一部がはぎ取られ、この物のなかに封じ込められているのを知ってしまった。わたしが望まなかった連帯感を父が保つのを許した物。その連帯感は、本物ではないのに。

何年もまえの、父のベッドにいた裸の女たちのイメージが脳裏にどっと蘇った。こんなにも長いあいだ、そのイメージが夢のなかで頻繁に出てきた理由をやっとわたしは悟った。まさに、シミュラクラはあまりにも真に迫るほど撮影対象者の本質を写し取るのだ。女性たちのシミュラクラを保持していたとき、父は彼女たちとの繋がりを維持していた。彼女たちといっしょにいたときの自分という男との繋がりを維持し、それによって気持ちの上での裏切りを犯していたのだ。それは、かりそめの軽率な肉体的行為よりもはるかに悪質だった。ポルノ画像は、純粋な映像的夢想だが、シミュラクラは気持ちを捉える。夢を捉えるのだ。だが、それはだれの夢なんだろう？　あの日、父の目のなかにわたしが見たものは、下劣なものではなかった。強い親密さが浮かんでいた。

わたしの子どものころのこの古いシミュラクラを保持し、繰り返し再生することで、父は、わたしの尊敬と愛情を取り戻しているのを夢見ていた。自分がしたこととの現実に、現実のわたしに直面せずに。

ひょっとしたら、わが子を、絶対的な依存と自我の独立とのあいだのごく短い時期に留めていたいというのは、すべての親が夢見るものかもしれない。その時期、親は完璧で無謬《むびゅう》の存在として見られている。それは愛情に偽装した支配と征服の夢だ。リア王が娘のコーディリアに抱いていた夢だ。

わたしは階段を下り、家を出た。それ以来、一度も父とは話をしていない。

ポール・ラリモア

シミュラクラは、永遠のいまを生きている。シミュラクラは、覚えている。だが、朦朧《もうろう》と覚えているだけだ。なぜならオニロパジーダは、撮影対象者のすべての特定の記憶を見分け、捉えるほどの解像度を持っていないからだ。ある程度は学習するが、対象者の精神生活を捕捉した瞬間から遠ざかれば遠ざかるほど、コンピュータの外挿は正確さを欠いていく。わが社が提供する最高のカメラでも、二時間を超えて投射することはできない。

だが、オニロパジーダは、対象者の気分を捕捉するには申し分のない働きを示す。気持ちの持ちようで趣きが変わる対象者の考えや、対象者のほほ笑みを誘発する独特のきっかけ、対象者の話し方の弾むような抑揚、正確かつ名状しがたい言葉の使い方を捉えるのは大得意である。

そして、そのため、二時間かそこらおきにアンナはリセットされる。またしても日帰りキャンプから帰宅し、またしてもわたしにたっぷり質問とお話を浴びせてくる。わたしたちは話をし、たがいに楽しい時を過ごす。他愛ないお喋りをあてどなくつづける。どの会話もまったくおなじものであることはない。だが、娘は、父親を尊敬し、父親はけっして悪いおこないをできないと思っている好奇心あふれる七歳児なのだ。永遠に。

——**パパ、お話をしてくれる？**

——ああ、もちろんさ。どんなお話を聞きたい？

——**もう一度、『ピノキオ』のサイバーパンク版を聞きたいな。**

——こないだ話したことを全部思い出せるとはかぎらないぞ。

わたしは娘を心の底から愛している。

――かまわないよ。はじめて。あたしが手伝ってあげる。

エリン・ラリモア

愛しのアンナ、これをいつあなたが受け取るのかわかりません。ことによると、わたしが死んだあとになるかもしれないわね。次の箇所を飛ばさないでね。これは録画です。わたしが言わなければならないことを聞いてもらいたいの。

あなたのお父さんは、あなたがいないのを寂しがっています。

彼は完璧な人間じゃありません。他の人とおなじように、彼は罪を犯しました。だけど、あなたは、彼がもっとも弱みを露わにしていたあの瞬間に、あなた自身の人生もそっくりそのままいっしょに押しつぶさせてしまった。あなたは彼を、彼の人生のすべてを、あの凍りついた午後のひとときという瞬間に凝縮させた。実に罪深くはあるものの、彼という人間のなかのごく一部に過ぎないものなのに。あなたは、心のなかで、あのとき捉えたイメージを繰り返しなぞったあげく、映っていた人物を消し去ってしまった。

あなたがお父さんを心のなかから締めだしてきたこの何年ものあいだ、彼はあなたの昔のシミュラクラを何度も再生し、笑い声をあげ、冗談を言い、七歳児が理解できる形であなたに心のうちを吐露していたの。お父さんと話してくれないかしら、とわたしはあなたに電話でよく頼んだでしょ。そのあと電話を切ると、あの人がシミュラクラをまた再生させようとするので、とても見ていられなかったわ。

本当のお父さんがどんな人なのか、確かめに来てちょうだい。

――やあ、こんにちは。娘のアンナに会ったことはあるかい？

草を結びて環《たま》を銜《くわ》えん

Knotting Grass, Holding Ring

古沢嘉通訳

一六四五年　中国江蘇省揚州

三月茶房の主人が、緑《みどりのまひわ》鶸と雀《すずめ》を二階の個室に連れていった。そこでは六人の男が食卓を囲んでいた。

開いた窓から雀は、揚州の騒がしい往来に優しい春雨《しゅんう》が降り注いでいるのを見た。人夫や兵士が街の城郭補強に駆けまわっている。「愛しげな腰よの」食卓の上座に座っていた男が緑鶸をしげしげと眺めて言った。男はまっさらに見える赤い戦闘用合羽をまとっていた。軍隊長だと雀は推測した。

緑鶸は軍隊長になまめかしい笑みを向け、窓のそばにある絹張りの長椅子のほうに優雅に移動した。軍隊長が酔眼で緑鶸の姿態に見とれている一方、緑鶸は雀にうなずいた。雀は急いで琵琶を渡し、続き部屋の隅に引っこむと、目立たぬように気配を消そうとした。

二週間まえ、緑鶸とともに客を訪ねたとき、緑鶸は鵲《かささぎ》女将に苦情を言った。

お客さんは気品のある雰囲気にお金を払っているのであって、この子の泥まみれの靴や床掃除でアカギレだらけの指をしょっちゅう見せられるために払ってるんじゃないんですよ！

雀の耳が熱くなった。鳴禽花園にいる遊女《おんなのこ》のなかで、緑鶸がいちばん意地が悪い。とはいえ、雀は緑鶸の愛情をいちばん欲していた。

腹が鳴り、雀は食卓の上に並べられた豪勢な料理を焦がれながらまじまじと見つめた——砂糖をまぶした蓮の実、葡萄酒で漬けこんだ菱《ひし》の実、塩ゆで落花生、凍み豆腐、肉粽《ちまき》……。満州族が揚州を包囲して以来、鳴禽花園のほぼ全員がただのお粥と黴臭い野菜の酢漬けというわずかな食糧でかつかつやってきた。手に入りうるまともな食べ物は、緑鶸のような売れっ子のため、とっておかれていた。

「李《リ》隊長、あなたのような勇猛の士にこそ、妓楼一の娘がふさわしいですぞ！」ほかの男たちのひとり——贅沢な長衣から塩商人とわかる——がそう言って、隊長の杯に葡萄酒を注ぎ直した。

「温《オン》大人のおっしゃるとおりだ。勇敢な丈夫《ますらお》は、すばらしい美女を侍《はべ》らせねばなりません！」別の男が言った。

三番目の男がさえずった。「そのような女とて、あなたさまの……その……」あらたな褒め言葉を探そうとして、男は口ごもった。「……勇猛果敢さを考えれば、かろうじてふさわしいとしか言えません」ぎこちなく締めくくる。

武官に媚びへつらう男たちの言葉を聞いていると、雀は笑いだしたくなった。李《リ》隊長に率いられている兵士たちは商人たちの家に駐留しているのだろう。下品な男たちが商人たちの美しい屋敷を散らかしている様子に、商人たちは苦り切っていた。彼らは金を持ち寄って鳴禽花園でもっとも人気の高い娼妓、緑鶸を招き、李《リ》隊長の接待を任せ、李《リ》が部下たちの手綱を引きしめてくれるのを願った。

「李《リ》将軍」緑鶸は言った。緑鶸の声は、その名が示す小鳥《まひわ》の鳴き声に似て、優美で心地良い響きがした。「お気に入りの弾詞《だんし》は、おありですか？」

「将軍ではなく、隊長――」男たちのひとりが言いかけたが、温《オン》に食卓の下で足を踏まれて悲鳴をあげた。

「この女には将軍のように見えるのだろうな」李《リ》隊長は笑い声をあげた。

「ときには愚者が真実を話すこともあります！」温《オン》は言った。「満州の野蛮人どもが閣下のお力のまえに縮こまったあとで、閣下は昇進されるやもしれませんぞ！」

李《リ》隊長は謙遜するかのように首を振ったが、あきらかに喜んでいる様子だった。雀は緑鶸の手並みに感嘆した。彼女の言い間違いが、五人の商人全員の想像力を欠いた繰り返しの多いお世辞よりも李《リ》隊長をいい気分にさせたのだ。

緑鶸はとても賢く、とても綺麗で、すべての顧客からとても敬われていた。だが、緑鶸は雀に優しい言葉をかけたことが一度もなかった。雀が幼い娘だったとき、緑鶸は、雀を磨き上げて美しくしようとするのは、時間と金の無駄だから必要ないと鵲女将を説得した。階段を走って上り下りし、ほかの女の子たちの雑用をこなせるよう、足を縛って纏足《てんそく》にしないほうがいい、と。

「おれはただの粗野な兵士だ」李《リ》隊長は言った。「弾詞のことはなにも知らん。おまえの好きな話をしてみてはどうだ？」

緑鶸はうなずき、膝の上に琵琶を載せた。「将軍と美女の話題になっております以上、魏《ギ》顆《カ》将軍と、彼が救った妾《めかけ》の話で賓客のみなさまをおもてなしするというのはいかがでしょう？」

「おお、それはおもしろい話のようだな」李《リ》隊長は言った。

緑鶸はほほ笑むと、軽快な旋律をつま弾きながら、歌いはじめた。

王よ、公よ、将軍よ、大臣よ
乞食よ、僧よ、盗人よ、妓楼の女よ
これから語るのは、

あなたがたの憐憫の情がかきたてられる物語
知り得ぬ運命の道筋をたれぞ知る?

緑鶸はいったん口をつぐみ、琵琶を抱え直すと、語りはじめた。生き生きとした声と仕草で。

「皇帝の御代がはじまる以前の時代に遡りましょう。国々が覇権を競っていた春秋時代のころに。晋の魏武士《ギブシ》が重い病にかかり、息子の魏顆《ギカ》を呼び出して、言いました――」

わが子よ、我が死んだら
お気に入りの妾を我とともに埋葬するな。
あれはまだ若く、優しい心根の持ち主だ、
海辺に座って余生を送るに値する。

「すると、魏顆《ギカ》は、忠実な息子であったので、はい、と答えました」

「その妾はおまえとおなじくらい美しかったのかな?」李《リ》隊長が口をはさんだ。「古代の風習は、少し厳しすぎるが、もしその妾がそれくらい美しかったのなら、おれがおなじ立場であれば、ずっといっしょにいたいと願うのはまちがいないな」隊長は笑い声をあげた。

ほかの男たちも笑い声に加わり、みな、おなじように願うでしょう、と言った。暗い墓に連れていかれ、重たい石の扉を閉められ、封印されることを考え、雀は身震いした。男たちの笑い声に雀は怯えた。（魏大臣がここにいる男たちより親切な心の持ち主なのは、いいことだ）

「わたしは妓楼の卑しい娼妓にすぎません」緑鶸は言った。落ち着いた表情を浮かべている。「魏家の愛妾と比べるべくもありません」

「つづけてくれ」酒杯を飲み干して、李《リ》隊長は言った。商人たちは我先に隊長の杯を充たそうとした。

「魏大臣の病気が悪化しました。彼はふたたび魏顆《ギカ》を呼び出して、言いました――」

我が死んだら、わが子よ、愛しい妾を我とともに埋めてくれ。

石の墓のなかで、あれと膝をつき合わせていないと寂しくてたまらなくなるからだ。

「はは、老人はいずれ本心に立ち返るだろうとわかっていた」李《リ》隊長は言った。

雀は首を横に振った。（なぜ緑鶸はこんな不気味な話を持ち出さなければならなかったんだろう？）

緑鶸は隊長がなにも言わなかったかのように先をつづけた。「ですが、魏顆《ギカ》は父親をひとりのまま埋葬し、妾には再婚を許したのです」

「父親の願いに従わなかったのか？」酒で顔を真っ赤にした李《リ》隊長は、懐疑的な表情を浮かべた。

「なんと親不孝な！」商人のひとりが言った。

「徳を欠いた男だ」別の商人が仲間の意見に賛同した。

「当然ながら、わたしのような女が徳について意見を申し上げることはできません」緑鶸は言った。「晋国のおおぜいの人間が父親の頼みを聞かなかった魏顆《ギカ》を非難しましたが、魏顆《ギカ》はうろたえませんでした。『最初、父がわたしに話したとき、父はまだ聡明だった。だが、二度目に話したとき、父の病はとても重く、自分がなにを言っているのかもはやわかっていなかった。わたしは父の真の願いを尊重した。おおぜいの口が徳を語るが、真なるものは、わが心にのみ存《あ》る』」

「小賢しい詭弁だな」李《リ》隊長は、鼻を鳴らした。

緑鶸は琵琶を少しつま弾いて、場面転換を知らしめた。「数年後、秦国が晋に侵攻し、魏顆《ギカ》は故国を守る司令長官に任じられました。秦晋両軍が輔氏《ホシ》で相まみえたとき、秦の勇将で、杜回《トカイ》という男が魏顆《ギカ》に一騎打ちを挑みました。

この杜回《トカイ》は大男でした。身の丈八尺、両の眼は悪鬼のように炯々と光っております。拳は銅《あかがね》の壺ほどの大きさで、斧を振るえば、一撃で馬の脚が斬り飛んでしまうほどでした」

「あなたさまそっくりですな、李《リ》隊長」商人のひとりが言った。

「李《リ》将軍のまちがいではないのか？」別の商人が言った。

李《リ》隊長は苛立たしげに商人たちに手を振り、黙らせた。

緑鶸はつづけた。「魏顆《ギカ》は、勇猛に戦いましたが、杜回《トカイ》はとても獰猛で、重たい打撃を受け流しているうちに魏顆《ギカ》の両腕が痺れはじめました。魏顆《ギカ》は後退を余儀なくされ、杜回《トカイ》が執拗に迫ります。

まもなく、ふたりは丈の長い草に覆われた丘にたどり着きました。ふたりが丘を駆け上がろうとしたとき、杜回《トカイ》がつまずいたのです。その機会を逃さず、魏顆《ギカ》は振り返り、杜回《トカイ》に立ち向かい、首を刎ねることに成功しました。

少しして心を落ち着けてから、魏顆《ギカ》は杜回《トカイ》の足下の草がすべて結ばれているのに気づきました。あたかも何者かが罠をしかけたかのように。顔を起こしたところ、一匹の猫鼬《ネコイタチ》が駆けだして、草の海に姿を消すのを目にしました。

その夜、魏顆《ギカ》将軍が露営地で眠っていると、夢のなかでひとりの老人に会いました。

『そなたは何者だ？』と、魏顆《ギカ》は訊ねます。

『わたしはお父上の妾の死んだ父親でございます。わが娘の命を救って下さったお礼に、微力なれども精一杯のお力添えをするため、この世に猫鼬として舞い戻らせていただけるようお願いしたのです』」

われらがおこないのいずれにも、
やがてそのこだまが返ってくる
業が運命の輪をまわす、
のぼる際には気をつけるべし

緑鶸は琵琶を数度かき鳴らして、話の終わりを強調した。

李《リ》隊長は夢から覚めたような表情を浮かべた。「巧みに語られた、すてきな話だ」

緑鶸は笑みを浮かべて、感謝の意を伝えた。

「誉れ高き魏顆《ギカ》将軍を記念して、乾杯しようではないか」

李《リ》将軍のほうがはるかに誉れ高いですぞ、と商人たちが口々に言おうとしたとき、三月茶房の主人が個室の扉を開け、李《リ》隊長の傍らに駆けつけて、書き付けを渡した。

「公用ができた」李《リ》隊長が言った。「諸君、残念ながら、ただちにお暇《いとま》しなければならない」

「ですが、隊長、この女が差し出すはずのお楽しみをまだろくにご享受いただいてはおりません」商人のひとりが言った。緑鶸を呼ぶのに費やした金のことを考えているのが明白だった。そののち、商人はおずおずと付け加えた。「満州族がさらなる災いをもたらしているのでなければいいのですが」

「心配するな」李《リ》隊長は、続き部屋の扉にふらつく足で向かいながら言った。「揚州はすでに七日間、やつらの攻撃に持ちこたえた。あの粗暴な蛮人多鐸《ドド》は、当地にこれ以上長くいられるほどの食糧を持っていないはずだ。史可法《シ・クァファちょうかん》兵部尚書は、ご自身が生きているかぎり、揚州の住民のだれにも危害を及ぼさせはしない、と誓われた。おれもおなじことを諸君全員に誓う」

隊長は階下に姿を消し、一瞬の沈黙ののち、商人たちは不平不満を口にしはじめた。

「まったく教養のない男だ」ひとりが言った。「洗指碗の正しい使い方すら知らなかった！　はやく満州族がいなくなって、ああいう無教養な農民兵に付き合う必要がなくなってほしいものだ」

「まさしく、あいつらは犯罪者と変わりませんな」べつの商人が付け加えた。

「ほかになんの技能もないかぎり、だれが軍に加わろうとするでしょうや？」三人目が言った。

反射的に雀は口をひらいた。「李《リ》隊長はわたしたちみんなを守るため戦っておられます。たとえ無作法だとしても、とても勇敢な人だと思います」

商人たちは雀がまだ部屋にいるのを知って、驚いた様子だった。

「これはじめての経験だ」温《オン》が鼻で笑った。「このわたしが、娼婦風情に徳や敬意について、説教されるとは」

「高貴なるご主人がた」緑鶸が言った。「分別の足りぬ、無知な子どもをお許し下さい。わたしどものような女は、自分たちに備わっているはずがない徳を崇めるしかできないのです。ですが、わたしの揚げ代の残りという、ささやかな問題があります」

雀は、輿《こし》のかたわらを走り、緑鶸の荷物の重さに苦労しながら、輿の窓に向かって囁いた。「ごめん！　黙っていられなかった」

なかから緑鶸は窓にかかっている垂れ布を持ち上げ、そっけなく答えた。「鵲女将のことは心配しなくていい。あたしがあしらう」

雀はほっとした。雀の仕事の一部は客にかならず代金を払わせることだった。鳴禽花園は、しかるべき慎みを保つ必要がある、と鵲女将は信じており、客が彼らの注文した女の子とお代の値切り交渉を直にするのは、見苦しいことだった。しかしながら、雀のような使用人なら、必要とあらば、公衆の面前で恥をかかせる行為をして、金を払うよう迫ることができた。

だが、雀が思わず言葉を発したあと、気分を害した商人たちは、丸一昼夜分の代金を払うつもりはないと主張し、時期が時期であるだけに、恥をかくなど気にしていなかった。

彼らを宥《なだ》め、昼間の代金だけでも払わせるには、緑鶸が懸命に働かねばならなかった。「ありがと」息を切らしながら、雀は言った。こういうとき、自分の足が縛られていないことを雀はありがたく思った。だいたい、だれも雀を運んではくれないだろう。それは確かだ。

「どうせ、おまえはろくな説明をしないだろうし」緑鶸は言った。「そうなればあたしたちふたりとも困ったことになる」

雀の顔が一瞬で紅潮した。緑鶸の態度が和らいできたと雀が思うたびに、その幻想を打ち砕くような言葉を緑鶸は口にする。自分が雀を好きではないことをわざわざ当人に知らせようとしているかのようだ。

それでも雀は年上のこの女性と話すのが好きだった。彼女はほかのだれも言わないようなことを口にする。「ねえ、緑鶸」雀は輿の担ぎ手に盗み聞きされないよう、窓のそばで囁いた。「ひとつ訊いていい？」

垂れ布は上がらなかった。「どんなことを？」

「満州族は揚州を征服すると、ほんとに思ってる？」

一瞬、沈黙があった。それから、「そうならないよう願ったほうがいい。都市《まち》が陥落すると、ふつう、女はうまくやっていけないものだし、あたしたちみたいな女は、とりわけ、ひどい目に遭う」

「だけど、史可法《シ・クアファ》兵部尚書は、あたしたちの無事を約束してくれたよ」

冷ややかに喉を鳴らす笑い声。「男たちは、いつだって自分たちのした約束を破るもの。お代を満額払うと約束されていただろ。もらったかい？」

雀は飾り帯に付けている財布の軽さを認めた。（どうして緑鶸はあたしの気を楽にさせてくれるようなことを言えないんだろう？）「だけど街のなかにはとてもおおぜいの兵士がいるじゃない。こないだも通りで西洋式大砲を引っ張っているのを見たよ――」

「揚州が北京よりも防備が堅いと思ってるの？」

雀はそれに対してなにも言えなかった。その想像を絶する事態は、つい昨年起こったばかりだった。満州族が北京を陥落させ、皇帝は首を吊って死んだ。明朝の新皇帝は、いまや長江の南岸にある南京に身を隠している。満州族は、中国全土を征服すると宣言しており、いまのところ、だれもそれを止められずにいた。

雀は話題を変えた。「運命をほんとに信じてる？　それから……死んでから戻ってくることを？」

「いったいなんの話？」

「ほら、きょう語っていた弾詞の話みたいに。物事はどのように帳尻が合って、善行はどのように報われるのかな？」

「あれはただのお話だよ」

「わかってる。だけど……ここにはおおぜいの人がいるじゃない。その大半の人たちは、なにも悪いことをしたわけじゃない。みんな祖先や観世音や太上老君やキリストに祈りを捧げている。みんな満州族になにかひどいことをしたわけじゃない。なにかの神さまか、あるいはひょっとしたら運命が、みんなを守ってくれるんじゃないの？　そうでなけりゃ、とても不公平だよ」

緑鶸はため息をついた。「馬鹿なことをお言いでない。父が追放の身になったとき、あたしは五歳だった。五歳で身売りされたんだ。父の罪にあたしがなんの関係をしていたというの？　親元から誘拐されたとき、おまえはほんの赤ん坊だった——両親がだれなのか、どこの出身なのかすら知らないだろ——そして鵲に売られた。人生が公平なんてどこの話？」

「現世ではそうじゃないかもしれないけど、あんたの話のように、来世がある……それも信じていないの？」

「そうね、来世は、本物の鳥として戻ってこようかな。そしたらたっぷり食べるものがあるだろうし、まずいことになったら飛んで逃げられる。だけど、そんな生まれ変わりがほんとうに起こるなんてだれが確かめられる？　見たり触れたりできないものを信じるって、どういう意味？　あたしはね、黄金や宝石を信じている。客を幸せな気持ちにしたら、もっとお代を払ってくれると信じている。お金を貯めて、自分自身を鵲から買い戻せるようになることを信じている。まあ、気にしないで。おまえのめそめそしたおしゃべりであたしの時間を無駄にしてるけど――」

ちょうどそのとき、輿の担ぎ手のひとりがつまずいて、あやうく倒れそうになった。担ぎ手は毒づいた。

緑鶸が窓から頭を突きだした。「なにがあったの？」

雀は、二、三歩あとでしゃがみこんで、言った。「道に燕《ツバメ》が一羽いる。片方の羽が折れているみたい。担ぎ手が踏んづけそうになったの」

「急いで、こっちへ持ってきて」

雀は小さな行李と琵琶を下ろし、手巾でツバメを包むと、恐る恐る輿まで運んだ。小鳥の胸はせわしなく上下しており、その目は瞬膜がかかっているようだった。ツバメは雀の手のなかでもがこうとしなかった。

「この子にあまり時間は残っていないみたいだよ」小鳥を手渡しながら、雀は言った。

緑鶸が唇を噛んだ。「餌になる、なにか栄養のあるものがあればいいんだけど。お粥ではこの子に必要な力にならない」

ここが雀を当惑させる緑鶸のもうひとつの点だった。傲岸不遜で意地悪なのに、緑鶸は苦しんでいる動物を見るのが忍びないのだ。肉を食べないだけではない――客に応対するには痩せすぎているとやきもきする鵲女将を、自分は信心深い仏教徒だからと主張することで躱《かわ》していた。もっとも、雀は緑鶸が観世音に祈っているのを見たことがなかった。家の掃除をしているときにほかの女の子たちが蜘蛛や蠅を殺すのを緑鶸はけっして許さなかった。それに緑鶸は怪我をした猫や小鳥、ときおりやってくる物売り商の使役馬ですら、世話を焼き、恢復するまで面倒をみる癖があった。

興味があるのは自分のために金を貯めることだけだと主張する人間にしては、奇妙な趣味だった。

だが、緑鶸の目に浮かんだ心配の表情に、年上のこの娘が一日じゅうひどく横柄だったのを雀は忘れた。雀は飾り帯の下に隠していた小さな包みを取り出した。

「ひょっとしたらこれが役に立つかも」

緑鶸が包みをあけると、商人たちがお代を巡って緑鶸と揉めている隙に食卓からこっそり雀がくすねてきた肉粽が数個姿を現した。雀はあとで食べるつもりだった。みんなが眠ってしまってから。もしその盗みに鵲女将が勘づいたら、雀は鞭打たれるだろう。

「ツバメが食べるような昆虫やなにかに近いものだと思うよ。どのみち、ほんとはこの手の肉粽は好きじゃないんだ」奇妙なことに、緑鶸にその食べ物を分け与えると、盗んだこと自体から気が楽になった。

「ありがとう」緑鶸は言った。その声に現れている優しさに、それをもう一度聞くためだったら、なんでもやろうという気に雀はなった。

翌日の午後、まだ霧雨が残っていた。雀が法外な値段になっている食糧を買おうと市場にいたとき、叫び声がはじまった。

「やつらは城門を開けた――」

「――援軍じゃない――」

雀のまわりで、すべてが混乱を極めた――男も女も四方八方に押し合いへし合いし、子どもたちが泣き、馬にまたがった数人の乗り手は、だれを踏みつけようとおかまいなしに群衆のあいだを通り抜けようとした。輿が落とされ、物売りの荷台が押し寄せてくる人群れに壊された。こぼれ落ちた果実や菓子が恐慌状態に陥った人々に踏み潰されて、甘い香りや香辛料の香りがふいに立ち上った。

「あれは史可法《シ・クァファ》兵部尚書じゃないか？」

「市を出ようとしているぞ！　逃げ出すんだ――」

雀は隣にいた若者の袖を引いて、声を張り上げた。「なにがあったの？」

「満州族が奸計を用いて、市の城門を開けさせたんだ。揚州はおしまいだ！　予親王多鐸《ドド》は、揚州の住民皆殺し命令を下した」

「住民皆殺し！　どうして？」

「ほかの中国の都市への見せしめにするためさ！　従わなかったらどうなるか猿に見せる

ため、鶏を殺すようなものだ」

若者は雀に摑まれていた袖を振り払い、混乱を極めている群衆のなかに姿を消した。遠くで、煙の柱が市の城壁から立ち上りはじめた。

雀は人群れを搔き分けてやっと市場から脱出した。鳴禽花園に駆け戻ると、鶺女将とほかの女の子たち全員が不安を顔に浮かべて玄関の間で待っていた。

「ほんとなのかい？」鶺女将が訊いた。

雀はうなずいた。「住民は皆殺しになるとみんな言ってます」雀は目まいがした。（あたしは、死ぬには若すぎる）

鶺女将は冷静だった。「たぶん大明帝国は滅びる運命にあったんだろう。あたしたちが市内に散らばれば、一部の人間は切り抜けられるかもしれない。金持ちの贔屓筋のいる者は、いまがそれを最大限に利用するときだよ。客の家にいき、なかに入れてもらうよう頭を下げ、心からお慕いしていると言い、とても従順な妻のひとりになりますから、と伝えるんだ。なにもかも置いていくんだよ。あんたたちの借金は棒引きにする。もしこれを生き延びられたなら、あんたたちは自由の身だ。いきな！　ぐずぐずしている暇はない」

一部の女たちは玄関扉に向かって動きはじめた。ほかの女たち、とりわけ頼れる客の当てのない雀のような若年の少女たちは、うずくまって、泣いた。

「止まりな」緑鶲が言った。鶺女将に向けられた彼女の視線は、冷ややかだった。「こんな状況で生き延びるには、お金が必要だよ。女将さんは金を独り占めできるよう、あたしたちみんなを追い出したいんだろ」

鵲女将の目が、おなじように冷ややかなものになった。「この家にあるお金はみんな、このあたしのものだ」

「その金はあたしたちが体で稼いだんだ」緑鶸は言った。「いまは、証文なんて知ったこっちゃないね。もし盗人だと訴えたいのなら、官衙《かんが》へいって、陳情すればいい」

戸口の近くにいた女たちが立ち止まり、振り返った。彼女たちの顔に浮かんでいた恐怖と不安が、緑鶸の示しているのとおなじ冷ややかで、決然とした表情に徐々に置き換わった。

数で負けているのを見て取り、鵲女将は、口調を和らげた。「半分ずつにわけるというのではどうだい？」

緑鶸は喉を鳴らして陰気に笑った。「料理人と下男が逃げていったそうだよ。あのふたりがあんたの金櫃《かねびつ》になにがしか残していってくれたことを願うんだね」

緑鶸と雀は、人混みを避けて、ひどく狭い道やひどく暗い路地を選んだ。ときおり、逃げていく明兵の小集団が、血の付いた甲や鎧を脱ぎ捨て、民間人に紛れようとしていた。

「鵲は自分勝手だったかもしれないけど、ひとつのことについては正しかったね」額から汗を拭いながら、緑鶸が言った。「群れて関心を惹かなければ、あたしたちはずっと安全だというのは」緑鶸は立ち止まり、壁に手をついて体を支えた。緑鶸は纏足のせいで、ゆっくりと足を引きずってしか歩けなかった。半里歩いただけでも、疲れ切っていた。

(籠に入れてあのツバメを運んでいるのもよくないんだけど)雀は思った。

「おまえひとりでいきな」緑鶸は言った。「運河沿いの寺院にいくんだ。たぶん満州族は、ほかのなにも尊敬してなくても、仏陀は尊敬してるだろう」

「あんたから離れないよ」

緑鶸は喉を鳴らして笑った。「いいね、おまえも大切なことを学んだみたいだ。もっとも、あたしは鵲とはちがう。さあ、これをあげよう」緑鶸は財布を取り出し、中身を手のひらに空けた——宝石やいくつかのバラ銀——女たち全員でわけあったあと、鵲女将の隠し財産は、たいして残っていなかった。

緑鶸は翡翠の指輪をつまみ上げ、指にはめた。「これは持っておく。父にもらったものさ……あたしがここにくるまえに。不安になったとき、これに触れると、気持ちが楽になる」緑鶸は銀の半分と残りの宝石を雀に差し出した。「さあ、いきなさい」

雀は差し出されたものを受け取らなかった。「あんたは賢いし、あんたにくっついていたほうが、あたしが生き延びる見込みが高い」

「ふん！　バカな子だ。もうひとつ教訓を教えてあげる——差し出されたお金をけっして拒むんじゃない」緑鶸は貴重品をすべて財布に放り戻した。悲鳴や蹄の音が刻々と迫ってきているようだった。「どこか隠れる場所を見つけないと、貧乏人の家の地下室のようなところを。金持ちの屋敷は、人目を惹きすぎるだろうね」

ふたりは通りすぎる家という家を試してみたが、だれも扉を開けようとはしなかった。やがて、扉が半開きになっている一軒の家にたどり着いた。その扉から、広間の梁にふたりの女性が首を吊ってぶら下がっており、ひとりの男がその足下で死んでいるのが見えた。男の首と頭のまわりには血だまりができていた。

雀はあえぎを漏らしたが、緑鶸は躊躇《ためら》わずになかに歩を進めた。一瞬、躊躇してから、雀も足を踏み鳴らして、あとにつづいた。

緑鶸が壁をじっと見つめているのを雀は見た。壁には二行にわたって文字が書かれていた。墨はまだ乾いていなかった。

雀は文字が読めなかった。「なんて書いてあるの？」

「これは徳と信仰について書かれた詩だね。書いた人間は、自分と家族なら皇帝にもっとうまく仕えることができただろうに、無念でならないと思っていた」

「哀れな男」

「こいつの妻たちのほうが可哀想だよ。夫に言われなければふたりは首を吊ったかどうか。なにが徳と貞淑だ」緑鶸は唾を吐いた。

「ここから出ようよ」

「いや、ここは隠れるのにうってつけの場所だよ。満州族はここの住人全員が死んだと思うだろう。あたしたちがやらなきゃならないのは、ここが略奪されたように見えるようにして、詳しく探す理由がないようにすること」

「あんたが鬼を怖がらず、死者を敬いたがらない人間なんだってわかっておくべきだった」雀はぼそぼそとぼやいた。「あんたはなにも信じないんだ」

「この家の人たちは信じていた」緑鶸は言った。「でも、それはこの人たちになんの役にも立たなかっただろ」


厨房になっている地下室から、外の物音はとぎれとぎれにしか聞こえなかった。家に押し入られた悲鳴や、怒鳴り声、走り回る足音、ときどきの大きな破壊音。屋根の近くに付いている排気用の隙間から、少しの明かりと、煙と灰の臭いが届いた。

「火を点けているんだ」緑鶸が言った。「たぶん家が焼け落ちた」

馬の蹄の律動的な響きが地下室を揺らし、わずかな土塊を落とさせた。

「鵲女将は大丈夫だと思う？」雀は訊ねた。

「気にしてどうなる？　あの女は自分の才覚に頼るしかない。あたしたちとおなじさ。あたしが心配しなきゃならないことはたっぷりある」

緑鶸の言葉がひどく冷たく聞こえたのに雀は少し失望した。鵲は雀が持てた、母親にいちばん近い存在だった。

「仮眠したほうがいい」緑鶸は言った。「見つかるなら、起きていようが寝ていようが、たいして違いはないから」緑鶸は籠のなかのツバメに優しく声をかけた。ツバメは良くなってきているようだ。

雀が目を覚ましたころには、すっかり暗くなり、まったく物音がしなくなっていた。

「このあたりの物色は終わったんだろうね」緑鶸が小声で言った。「ここでの略奪や強姦は、商人たちの居住区ほど、成果があがらないんだろう」

雀は乾いた唇を舐めた。「水を取ってくるよ。あたしの足でいったほうが簡単だ」

「まずこっちにきて」緑鶸が言った。

雀は床伝いにそちらに這っていった。緑鶸の息が感じられるくらい近づくと、肩を摑まれ、地面に倒された。緑鶸に上からまたがられ、雀は悲鳴をあげようとしたが、緑鶸の冷たい手に口をふさがれるのを感じた。

「静かにして！」緑鶸は声を押し殺して言った。

雀は震え上がり、混乱した。（緑鶸は気が狂ったの？）

すると緑鶸の手が消え、なにか冷たく金属的で鋭いものが顔に押し当てられた。雀は身震いして、もがこうとした。

熱い息が顔にかかるくらい緑鶸がかがみこんだ。「じっとして。出ていくまえにおまえの準備をしないと」

緑鶸に髪の毛をぎゅっと摑まれ、雀は頭皮が強ばるのを感じた。すると顔に当たっていた冷たい刃が離れていき、**ザクッ**という音が聞こえた。緑鶸は握り締めた髪の毛の束を切り取ったのだ。

雀は自分の濃い髪が自慢で、鳴禽花園のほかの女の子たちがしているようにおしゃれで端整な対のお団子にいつかしたいとよく考えていた。雀は鼻を鳴らし、さらに激しく抵抗した。

「バカな子ね」緑鶸は語気鋭く言った。「もし遠くから連中に見られても、やせっぽちの男の子だと思われたら、わざわざ追いかけてこないかもしれないじゃない」

「だけど、あんたは髪を伸ばしたままじゃない！」

「あたしの見た目は、自分を守るための最後の盾さ。あたしは連中の望んでいるものがわかるし、それを殺されないようなやり方で連中に渡すことができる。だけど、おまえはどう？　なにも知らないだろ」

雀はあらがうのを止め、黙って泣きながら、ざっと摑まれた髪を緑鶸に次々と切られていった。

「あたしは走れないんだ」緑鶸は囁いた。雀の頭に触れたその手は優しかった。「だけど、おまえはまだ走れる。おまえがずっとあたしのようになりたがっているのは知っていたけど、あたしになるのに必要な強い心臓をおまえは持っていない。だからあたしは鵲におまえの足を括らせないようにしてきた。走れることは、じっとして、ほほ笑み、自分を差し出さねばならないことより、ずっといいんだ。

あたしを捨てて戻ってこなくても、おまえを咎めはしないよ」

雀はさらに激しく泣いた。

外に出ると、雨は激しさを増していた。近くの何軒かの家はまだ燃えていた。雀の心臓の鼓動が高まり、狭い、泥だらけの道に十数体の死体が点在しているのを見て、ふと意識が遠のきそうになった。死体のまわりの黒い水たまりは、雨水かもしれないし、血だまりかもしれない。すべての家の扉は、壊され、開けっ放しになっていた。

雀は懸命に冷静になろうとした。もっと緑鶸のようにならなくてはいけない。（実際に見えて、触れられるものに集中するんだ。水だ。鬼を怖がっている暇はない）

通りの突き当たりに井戸があった。そこにたどり着き、一杯の水を持ち帰らないと。

ゆっくりと静かに、雀は井戸に向かい、自分自身を鼠だと想像した。まわりに満州族はいないようだったが、確実なことはわからなかった。雨粒が火事跡に落ちてジュッと音を立て、まだ倒れていない家のこけら板に当たり、雀のバクバクいっている心臓の音に似た、やかましい音を立てて跳ねた。雀は空に向かって口をひらき、からからに乾いた舌に触れる湿り気をありがたく思った。

やっと井戸にたどり着いた。だれもなかに飛びこんで自殺していないように祈る。雨は雀の渇きを癒してくれたが、緑鸚には綺麗な水が必要だった。

雀は井戸縁の釣瓶を手に取り、縄を使って、下ろした。釣瓶が水にたどり着くのを感じ、浮かんでいる死体のような引っかかるものは、なにもないようだった。（よし）

雀はできるだけ早く釣瓶をたぐり上げようとした。さざ波が立った水面が、火事の赤味を帯びた光を浴びて、きらきら光った。まるで液体になった黄金のようだ。さあ、水を入れて運ぶものを探さないと……。

「こんなところにいるのはだれだ？」

雀は長衣のうしろ襟をグイッと引っ張られ、地面から持ち上げられるのを感じた。足をバタバタさせ、悲鳴をあげたが、投げ飛ばされ、一瞬、息ができなくなった。

目のまえにふたりの男が立っていた。満州軍の鎧と色章を身につけていた。だが、ふたりとも明らかに漢人であり、雀を捕まえた男の訛りから、北部出身の者と知れた。満州族には自分たちのために戦う大勢の降伏した漢人兵士がいると雀は耳にしていた。

「この通りはとっくに片づけたと思っていたんだがな」雀を投げ捨てた男が言った。

「鼠のように隠れていたにちがいない」もうひとりの兵士が言った。「こいつからなにか奪い取るだけの手間暇かける価値があると思うか？　それとも、さっさと殺して、野営地に戻るべきか？」

「ここいらは、ろくなものが手に入らない。貧民ばかり住んでいる地域に割り当てられたおれたちの不運を嘆くしかないな」

兵士のひとりが剣を抜いた。

緑鶸から差し出された宝石を受け取っていればよかったのに、と雀は思った。そうすれば、せめてこの男たちと取引できるようなものがあっただろうに。だけど、もう後悔するには遅すぎた。雀は目をかたくつむった。

「兵隊さん」夜の暗さを少しだけ薄くするかのような、澄んだ温かい声が聞こえた。「わたしの下女を怖がらせないで下さい」

男たちは振り返った。少し離れたところに流れるような絹の衣をまとった女がいた。火事のかすかな明かりしかなかったものの、彼女がずば抜けて美しいのは明白だった。

雀は愕然とした。緑鶸はなにをするつもりだろう？　地下室でじっとしていれば無事だったろうに。

「商人の妻か娘か？」兵士のひとりが相手に囁いた。そののち、男は武器を誇示し、声を張り上げた。「こっちへきて、おまえが隠している宝物を見せろ」

緑鶸は近づいていった。彼女の動きは気怠く、優雅だった。「これが手に入るときに、これ以上のどんな宝物が必要でしょう？」緑鶸は五歩ほど離れたところでクルリと回った。「もしわたしをあなたの司令官のところに連れていってもらえれば、みなさんはたっぷりと褒賞をもらえるのではないでしょうか」

ふたりの男はたがいの顔を見合わせた。

「この女はたぶん耶律《ヤリツ》将軍の好みだろう」

翌朝、ふたりの兵士は緑鶸と雀を連れて揚州市内を歩いた。そのころにはふたりは雀が少女だと知っていたが、緑鶸が歩くのに雀が手を貸していることから、雀を放っておいた。通りには死体が転がっていた。水たまりと混じった血が絵描きの調色板《パレット》のような、揺らめく輝きを見せていた。血と煙と人の排泄物の臭いが空中を漂っており、吐き気を催す混合臭になっていた。緑鶸と雀の足袋は、すぐに血のまじった液体で濡れそぼった。一部の場所では、死体が分厚く積み重ねられたせいで、道を見つけるのが難しかった。一行は運河にかかった橋を渡り、水路がほぼ死体で埋まって、平らな地面と化しているのを見た。

雀は感覚が麻痺した。まわりにあまりに多くの死があるため、死体がもはや現実のものとは感じられなかった。実際には操り人形であるのがわかったり、起き上がって、たんに寝ていただけだと話しかけてくれたりするのを雀はずっと期待しつづけた。

緑鶸の纏足された足はこんなに遠くまで歩いて、ひどく痛いにちがいなかったが、雀にもたれて歩きながら歯を食いしばり、なにも言わなかった。ときおり、どうしても止まって休む必要がある際に、緑鶸はふたりの兵士と会話をして、彼らの興味を維持させつづけた。

「満州の幹部はあなたがたのような降伏した漢人兵をよく扱ってくれるのですか?」

兵士のひとりが肩をすくめた。「元の明の幹部ほどひどくはないな。少なくとも、給料の遅配はない。略奪品から多少の余禄にあずかっているし」

「兵士の暮らしはけっして楽なものではないでしょうね。史可法《シ・クファ》兵部尚書は捕まったんですか?」

「ああ。だが、降伏しようとしなかった。多鐸《ドド》親王は史可法《シ・クファ》の首を刎ねさせた」

史可法《シ・クファ》が命運の尽きた市からどのように脱出しようとしていたかについては口にしないでおこうと決めた。ときに英雄は、語られるのと同様に、語られぬことで作られるものだ。

兵士の小集団が、次々と家捜しをして、生存者を捜していた。だれか見つかると、住まいからあらゆる貴重品を持ってきて、兵士に差し出させたうえで、殺された。呻きや悲鳴があたりを埋めた。

一行は、ふたりの満州兵が一列に並んでいる女性の捕虜を歩かせているところに出くわした。女たちは、真珠の首飾りのように首に縄をかけられて繋がれていた。纏足された足のせいで、女たちは泥まみれの通りを歩くのが難しく、転び、倒れ、ほかの仲間を引き倒し、立ち上がろうともがいていた。彼女たちの衣服はとても汚れているため、元がどんな色をしているのか判別がつかなかった。ふたりの満州兵は女たちを急《せ》かした。剣の腹で女たちをぴしゃぴしゃ叩いたり、槍の先でつついたりした。

「指揮官たちにすてきな贈り物をしたがっているのは、おれたちだけじゃないみたいだ」緑鶸を捕らえた男たちのひとりが冗談を言った。

「あの女たちのだれも、おれたちの獲物ほど上物ではないがな」男の連れがそう言って、自慢げに緑鶸を見た。緑鶸は男にほほ笑み返した。

赤ん坊を抱いていた女が倒れ、起き上がれなかった。泥のなかで足を滑らせつづけている。列の先頭にいた満州族の兵士が毒づき、戻ってきて、女が抱いていて、泣きわめいている赤ん坊を取り上げ、道に投げ出した。母親は悲鳴をあげ、赤ん坊を取り戻そうと這っていったが、首の縄のせいでそこまで近づけなかった。

馬に乗った満州兵の小隊が通りをすさまじい勢いでやってきた。緑鶸と雀はかろうじて彼らから身を躱《かわ》せた。蹄鉄のついた蹄が死体を踏みつけていき、死んだ四肢に一時的に生気を与えた。突然、赤ん坊の泣き声が止んだ。

母親は悲鳴をあげ、まえへ突進し、ほかの捕虜たちを引きずった。満州兵は怒鳴り声をあげ、槍で数回、母親を叩いたが、彼女はその打撃を感じていないかのようで、死んだ赤ん坊に向かって前進をつづけた。もうひとりの満州兵がやってきて、母親の心臓を剣で貫いた。ふたりは母親の首から縄を外し、死体を赤ん坊の小さな動かぬ亡骸のそばに置き去り、ほかの捕虜たちに先を進むよう急かした。

雀の目が焼けるように熱くなった。満州兵のところに駆けていき、その目を掻きむしり、耳に歯を突き立てたかった。もはや怖れてはいなかった。史可法《シ・クァファ》兵部尚書が突然、降伏しない勇気を奮い起こせた理由がわかった。（あまりに長いあいだ怖がっていると、恐怖がたいしたものではなくなるんだ）雀はなにかをやりたかった。いまおのれの血管を充たしている純粋な怒りを鎮めるためなら、どんなことでもやりたかった。

緑鶸は雀の手を摑み、痛いくらい強く握り締めた。雀を引き寄せ、耳元で声を押し殺して言った。「おまえがあの女と赤ん坊にいまできることはなにもない。自分の身を慎まないと」

そのとき、雀は緑鶸を憎んだ。息をするのも難しいくらいの激しさで彼女を憎んだ。緑鶸は臆病者だ。生き延びたいと願っているだけの冷血な化け物だ。これからの一生ずっと、あんな光景が夢に付きまとうのを耐えなければならないのなら、生きていてなんになる？

雀は緑鶸が手を離すまで、その手に嚙みつくと、満州兵に向かって駆けだした。

緑鶸は自分を捕らえたふたりの兵士を振り返った。「下女を取り返して下さい。必要なら、縛り上げてもいい」

「どうして?」ひとりの兵士が言った。「あいつが死にたいのなら、そうさせてやればいい」

「身支度を整えるのにあの子の助けが要るんです」緑鶸は言った。「あなたがたの司令官は、みすぼらしい身なりの贈り物より、見た目のいい贈り物のほうをお好みのはずでしょ?」

ふたりの男はたがいに顔を見合わせて、肩をすくめた。ひとりが雀を追いかけ、簡単に倒した。猿ぐつわをかませ、グルグル巻きにし、肩に担ぐと、一行は揚州の通りを進みつづけた。彼らの四方八方で、煙と怒鳴り声と、血と死の臭いがした。

ようやく緑鶸と雀は、耶律《ヤリツ》将軍の仮の司令部になっている屋敷に到着した。ふたりは、十数人の若い女たちといっしょに脇広間のひとつに閉じこめられた。女たちの大半は商人の妻や娘であり、司令官への贈り物として連れてこられていた。

何人かの女たちは、ひとりで座り、陰気な顔で床を見つめていた。ほかの数人は抱き合って、涙を流しており、そのほかの数人は固まって、話をしていた。緑鶸と雀はふたりだけで部屋の隅にいた。ほかの女たちの会話がきれぎれにふたりに届いた。

「あの男はおおぜいの男たちのいるまえで、わたしを裸にひんむいたの……飛びこめる井戸があればいいのに……」

「——あいつはわたしの目のまえで、あの人を真っ二つにした。この服を見て。血なの！　血なのよ！」

「なぜわたしはまだ生きているの？　三人の兄弟とその妻たちみんな、母も父も祖父母も六人の甥と姪も——みんな死んでしまった……」

「翡翠の虎の首飾りをつけた六歳くらいの男の子を見なかった？　ほんとに？　運河を渡るときに見失ってしまったの……」

緑鶸は雀の縛めをほどいた。

「あたしの命を救ってくれたお礼を言うなんて期待しないで」雀の声は氷のように冷たかった。雀は距離をあけ、しゃがむと、膝のあいだに頭をうずめて、すすり泣きだした。死んだ赤ん坊と泥のなかに飛び散った脳みその光景が雀の心から離れようとしなかった。緑鶸はため息をつき、雀のあとを追おうとはしなかった。

その日の午後、満州族の司令官が脇広間にやってきた。女たちの大半は壁に寄りかかって小さくなり、司令官を見ようとしなかった。何人かは、泣きだした。司令官は眉間に皺を寄せた。

だが、緑鶸はつかつかと司令官のまえに歩み寄り、深々と膝を曲げておじぎをした。

「耶律《ヤリッ》親王殿下とお見受けします」

「大胆な女だな」高官は言った。思わず笑みがこぼれてしまう。（どんな男にも効く技があるみたいだ）雀は思った。（わが身を守るためなら、どこまで低く膝を折れるんだろう？）

「殿下の武勇と慈悲心は、わが耳を雷鳴のように充たしております」

「はっ！　嘘をつくときに少しも顔を赤らめないな。おまえがどんなたぐいの女か、想像はつく。だが、めそめそ泣いている女にはうんざりだ。おまえがその腕に何百人の男の頭を抱いてきたとしても、おまえのほうが面白いかもしれん。わかった、おれといっしょにこい」耶律《ヤリツ》将軍はうしろにいる兵士たちのほうを向いた。「残りの女たちは兵士に分け与えろ。二日経ったら、処分しろ」

その指示はあまりに何気なく口にされたため、それが実際にはなにを意味しているのかほかの女たちが把握するまで、少しの間があった。室内の嘆き悲しむ声が倍増した。

「親王殿下」緑鶸が言った。「ここにいる娘のなかには、とても綺麗な子がいます。この子たちを味わわないのは、あまりにもったいのうございます。しばらく生かしておいて、もう少し融通が利くようわたしが説得できるかどうか、試してみてはいかがでしょう？」

「けっしてなるものか！」女たちのひとりが怒りもあらわに叫んだ。「汚らわしい恥知らずめ」

緑鶸の声は以前と同様、みだらなものだったが、その衣服の縁が小刻みに震えているのを雀は目にした。緑鶸は両手を体のまえに掲げ、懇願の仕草をし、右手にはめている翡翠の指輪をひねっていた。緑鶸は怯えているのだ。

「おれが受けている命《めい》は市を浄化せよというものだ」耶律《ヤリッ》は言った。そして躊躇った。「おまえは連れていくかもしれないが、ほかのこいつらは……」

緑鶸の顔に衝撃が浮かんだ。「ああ、失礼な発言をお許し下さい。あなたさまにここにいる愚かな女たちの処刑を遅らせる権限がなかったとは知りませんでした。それもすべて、あなたさまがとてもお力のある殿下に見えたためです」

「気にするな」耶律《ヤリッ》は胸を膨らませながら言った。「もちろん、おれは戦場でやりたいことをなんでもできる。この女たちは殺さないよう命じる、当面のあいだは」

「あなたさまとわたしはたぶんもっとよく知り合えると思います」緑鶸は言った。「ですが、まず最初に、体を洗う手伝いを下女にさせてもよろしいでしょうか？」

緑鶸は雀を手招きした。ふたりの視線がからみあった。

（緑鶸は地下室に隠れて、けっして外を覗かないこともできた。いま口をつぐんでいて、女たちを殺させることもできた）

こんなときですら、緑鶸はツバメを入れた籠をまだ手に持っていた。

雀は緑鶸のそばに歩いていき、おじぎをした。

雀は寝室の外にいる衛兵を観察した。彼らは直立不動で立っており、無表情を維持して、自分たちの鼻の先端に視線を集中させていた。彼らは寝室のなかから漏れてくる物音をまったく聞いていない様子だった。

ひとりの兵士が外から廊下に駆けこんできて、寝室の扉に立っている衛兵が警告するまえに閉ざされた扉に向かって叫んだ。「将軍！　金持ちを数人捕らえました！」

寝室は静まり返っていた。やがて、クスクスという笑い声が扉の向こうから聞こえた。あらたにやってきた兵士は、おのれの失態に気づき、顔を赤らめた。

ややあって、耶律《ヤリツ》と緑鶸が寝室から現れた。緑鶸の長衣は急いで合わされて、飾り帯は歪んでいた。緑鶸は耶律《ヤリツ》の腕にしなだれかかり、紅潮し、汗ばんだ顔には物憂げな笑みを浮かべていた。耶律《ヤリツ》は衣服を直し、数回、咳払いをした。

「なにを見つけたか見にいこう」耶律《ヤリツ》は緑鶸の手を振り払い、歩き出し、衛兵があとにつづいた。

雀が緑鶸のもとに近寄ると、彼女の顔に浮かんでいた笑みが仮面のようにそぎ落とされた。緑鶸はくたびれ、怯えているように見えた。雀は、ふいに、緑鶸がとても若いことを悟った。

「あの貞淑な女たちのなかのだれが少なくとも融通が利くのか突き止めるのに手を貸してちょうだい」緑鶸が言った。「残りの連中が生きていたいのなら、耶律《ヤリツ》になにかを渡さないと。それから、ツバメは？」

「餌になる干し肉を衛兵からもらったよ。ツバメはあたしたちの寝室で休んでいる」

緑鶸の顔が少し和らいだ。「今回、われらが勇敢な司令官がだれを捕まえたのか、見にいこう」

正面の大広間は、宝石や貨幣、銀、金、絹の服、毛皮が載せられた長机で埋まっていた。服装から学者や商人とわかる捕虜たちが並んで地面にひざまずき、行き交う衛兵に監視されていた。捕虜たちは疲れ果て、落胆している様子で、一部の人間は怪我を負っているようだった。

「将軍、こいつらは、揚州でもっとも裕福な人間です」耶律《ヤリツ》を呼びにきた満人兵が言った。

緑鶸は嬉しそうなかん高い声をあげ、絹の服や宝石の山を探り、さまざまな腕輪や真珠の首飾りを試してみようとした。「これをいただいていいかしら？　ううん、ちがうわ、こっちのほうがずっと綺麗！」

耶律《ヤリツ》はそんな緑鶸の様子を鷹揚に眺めた。

「もっと宝物が見つかると思うか？」耶律《ヤリツ》は兵に訊ねた。

「搾り取れるだけのものはぜんぶ搾り取ったと思います」

商人のひとりが侮蔑の表情で緑鶸を見、唾を吐きかけた。「大明帝国がこんな終わりを迎えたのは、おまえのような、徳を欠いた、裏切り者の売女のせいだ。敵に葡萄のようにしがみついているおのれを見るがいい。機会があれば、殺してやる」

雀は顔が熱くほてるのを感じた。商人の顔に見覚えがあった。男は、兵士たちに屋敷を壊されぬよう李《リ》隊長をもてなそうとして緑鶲を雇った五人の商人のひとり、温《オン》だった。はるか昔のことのように思えた。

だが、緑鶲は温《オン》の声を聞いていないかのようだった。二着の服を比べ、どちらを選ぼうかということに没頭していた。

「では、そいつらを殺せ」耶律《ヤリツ》が言った。

商人たちは温《オン》を含め、風に揺れる葉のように震えた。だが、温《オン》は反抗的な表情を崩さなかった。

「耶律《ヤリツ》親王さま」緑鶲はふくれっ面をして言った。「いちばんいい宝石を隠しているんですか？」

「いったいなんの話だ？」

「そこの男は、莫大な財産を持っていることで有名な人です。去年の春節祭に、その男の奥さんが綺麗な真珠の首飾りをしていたのを見た覚えがあります。真珠ひとつひとつが龍眼の実ほどの大きさがあったのを」

「ほお？」耶律《ヤリツ》は怪訝な表情を浮かべた。

「その人はあの首飾りをどこかに隠しているはずです。もしいま殺してしまったら、手に入らなくなってしまいます」緑鶸は温《オン》のそばに近づいた。「きっと召使いの居住区に隠したのね。万一生き延びた場合にそなえて、埋めておくよう命じたんでしょ」

雀は温《オン》が当惑している様子なのを見た。もしなにが起こっているのか温《オン》がわかっていないのを耶律《ヤリッ》が見て取ったなら、緑鶸の計画は台無しになってしまうだろう。

雀はまえに進み出て、心臓が早鐘のように搏《う》っていたものの、緑鶸の言葉に付け足した。「はい、あたしもそうだと思います。あたしはその男の召使いを知っています。こないだ、揚州が陥落するまえに、連中がこそこそとなにかしているのを見ました」

耶律《ヤリッ》は温《オン》のほうを見た。「ほんとか？　隠された宝物がもっとあるのか？」

温《オン》が否定しようとしたまさにそのとき、緑鶸が温《オン》の視線を捉えて言った。「だけど、あんたは召使いたちがどこに住んでいるのか、詳しくは知らないでしょ？　小屋が建てこんでいるあのあたりだというくらいしか知らないんだね？」

温《オン》はようやく理解したようだった。「ああ。そのとおりだ。われわれはみな、もっとも貴重な宝物を信頼している召使いに任せて隠させた。召使いたちは死んでしまったので、隠し場所を捜すのに時間がかかるかもしれない」

「では、しかるべき場所におれの部下たちを案内し、すべての家を捜させねばならんな」耶律《ヤリッ》は言った。

商人たちは兵士に付き添われて、出ていった。

「徹底的に捜してちょうだい」緑鶸は一行の背に向かって叫んだ。「とくに焼け落ちてしまった家は念入りにね。深く掘って！」

緑鶸はもっと宝物が見つかるはずだとしつこく主張した。商人たちと出かけた遠征隊は、追加の貴重品を探しつづけた。耶律《ヤリツ》が捕虜を殺すのを躊躇う程度に。

雀はできるだけ緑鶸の嘘に協力しようとした。だが、雀はくよくよ思い悩んだ。

「もしあんたがでっち上げているだけだと耶律《ヤリツ》にバレたら——」

「その場合は、あたしが死ぬだけ。そうなる可能性はとても高いだろうな」緑鶸はツバメに嚙み砕いた干し肉を口いっぱいに頰張らせた。小鳥はどんどん元気になってきており、いまでは少しだけ飛びまわれるようになっていた。

「あの連中に感謝されたいの？　連中はあんたを好きですらないのに！」

緑鶸は笑い声をあげた。「こんなときにあいつらの感謝になんの価値があるの？　あたしもあいつらがあまり好きじゃない——できるなら、あいつらじゃなく、貧しい人たちを救いたい。だけど、あたしみたいな女のせいで中国が倒れるというあの責め言葉は、おもしろいね。自分がそんなに力を持っているとは知らなかった！

あいつやあいつの友人たちが軍に向けていた侮りが、今回の件になにか関わっているとこれっぽっちも思っていないのは確かさ。あいつらは、何十年ものあいだ、税をごまかし、軍費を足りなくさせてきた。なのに、ことここにいたって、あたしの身持ちが悪いせいでなにもかもダメになっているんだって。こうしたわかりがたい理由づけは、おまえやあたしみたいな、女風情の理解を超えてるね」

雀は緑鶸の冗談が我慢ならなかった。「だったら、どうしてあいつらを助けようとするの？　業に関係しているの？」

「言っただろ、そんなものは信じていないって」

「だったら、なにが――」

「あたしは品行や徳のことはなにもわからない」緑鶸は徳という言葉を呪詛のように吐き捨てた。ハッとなって、気を取り直し、先をつづけた。「宇宙の釣り合いや来世なんてどうだっていい。あたしは勇ましくはないし、強くもない。敬われようともしていない。いつか、人は、この市に命を捧げた史可法《シ・クァファ》兵部尚書がどれほど勇ましかったかという話を語るだろうけど、あたしたちみたいな女がしたことになんかけっしてかまいやしない。

　だけど、生き延びられるように冷たい石の心をあたしは望んでいるけれど、その心は、正しいと思っていることを、あたしに言いつづけている。ああ、確かにそのおかげで色々苦労はしている。だけど、おまえを生かしつづけているのに、その心がどれほど役に立っているか見てごらん！

　死んだ儒者や生きている偽善者の教えを無視できても、あたしは自分が願っているように生きるのを止めたくないんだ。

あまりにもおおぜいの人が殺されているんだよ、雀。あたしは自分にできるどんな方法を使っても、天の不公平な計画の裏をかきたい。たとえほんのわずかでも、運命に逆らうのはあたしを幸せな気分にさせてくれるのさ」


揚州陥落の七日目、予親王多鐸《ドド》は、ようやく殺戮を止めるよう命令を下した。通りや運河の死体が雨水に濡れそぼり、腐りはじめていた。兵士たちが瘴気《しょうき》と悪臭で病気になりはじめるかもしれないという懸念があった。生き残った者たちや僧侶が、死体の火葬をはじめるよう告げられた。

燃える薪から立ち上る煙が揚州の空に充満した。息をするのも難しかった。

耶律《ヤリッ》将軍は愛人に新鮮な空気を吸いに市の外に出かけることを許した。数人の満州兵に付き添われ、緑鶸と雀は、市から十里ほど離れたところに馬に乗ってでかけた。二つの丘に挟まれた緑の峡谷は、息苦しい煙から多少逃れられる場所になっていた。兵士たちは、周囲を偵察するために離れていき、緑鶸と雀は陽を浴びて、散策に出た。緑鶸の足を考慮して、兵士たちは一頭の馬を残してくれた。

緑鶸と雀は、いまではすっかり恢復したツバメを解き放ち、小鳥が飛び去っていくのを眺めた。

「あんたにちゃんと礼を言ったことがなかったね」雀は言った。いったん黙り、いまの言葉では不充分だと感じる。雀は漢籍を学んだことがなかった。彼女が知っているもっとも美しい言葉は、緑鶸の弾詞に出てきたものだった。「あたしがあんたのために草を結ぶ猫魈にいつか変身できるなら、きっと結ぶよ」

緑鶸は笑い声をあげた。「草を結ぶ猫魈の使い方を必ず見つけてあげる」

「だけど、あの商人たちは自分たちが助かったのがあんたのおかげだと覚えているかな」

雀は言った。

「あの男たちのだれも、恥を償うため自害しろとまだ求めてこないだけでもありがたいね」

雀と緑鶸は、ふたりとも喉を鳴らして苦笑した。

ふたりの男が木立のうしろから姿を現した。錆びた剣を手にし、明るい青色の襟巻きを首に巻いていた。

「ひざまずけ、裏切り者の売女」男たちのひとりが言った。

緑鶸はふたりを見た。「おまえたちは史尚書の私軍の生き残りかい？」

男たちはうなずいた。「きさまが大殺戮を生き延びられたのは、敵に通じていたからにちがいない」

「まったく見当違いだよ」雀は説明をしようとした。だが、緑鶸はシッと言って、雀を黙らせた。

「止めな」緑鶸は男たちから目を離さずに、雀に囁いた。「満州兵はすぐにでも戻ってくるかもしれない。もし耶律《ヤリツ》があたしに欺されていると思ったなら、みんな死ぬしかなくなる。さあ、馬に乗るんだ」

「あんたを置いていけないよ」

緑鶸の口調がじれったげなものになった。「まだわかっていないのかい？　この世では、徳なんて価値がないんだ。あたしは英雄になろうとしてるんじゃない。おまえは纏足じゃなく、鐙《あぶみ》を使えるから、馬に乗ってもらわないとならないんだ。あたしはおまえのうしろに乗って、腰にしがみつかないと。そうすれば馬は、あたしがただ歩くよりも速く走れる。こいつらがすぐそばまでくるまえに乗るんだ！」

雀は従った。ふたりの男はこちらに向かって駆けだした。

緑鶸はふたりの男にほほ笑みかけた。「ふたりの偉大な英雄がわたしを救いにきて下さって、とても嬉しいです」

「きさまのたぶらかしはおれたちには効かんぞ。ここにいるのは、正義を果たすためだ」

「さあ、あたしといっしょに乗って！」雀が叫んだ。

緑鶸は悲しげに雀にほほ笑みかけた。

「この足でどうやってそこに上れるというの？　さあ、いきなさい」緑鶸は馬の臀《しり》をぴしやりと叩き、馬は駆けだした。雀は悲鳴をあげたものの、彼女にできることは手綱にしがみつくことだけだった。

雀が馬上で振り返ると、背をピンと伸ばしたままの緑鶸にふたりの男が襲いかかるのが見えた。

雀と満州の偵察兵たちは捜しに捜したが、緑鶸の死体はどこにも見つからなかった。その代わり、緑鶸が襲われた空き地に、大量の鳥がいた——燕や雀、鵲、画眉鳥《ガビチョウ》、鶯《ウグイス》、烏秋《オウチユウ》、岩燕。すべての鳥がピーチクパーチク鳴き、歌っていた。耳障りな音ではなく、そこに現れたのは、ひとつの調べであり、雀は即座に気づいた——緑鶸が奏でる弾詞の旋律だ。

一羽の鶸《マヒワ》が群れのなかから飛び立って、伸ばした雀の手に留まった。明るい黄色の代わりに、その背中は、翡翠のようなかすかな緑色をしていた。その鶸は、クチバシに翡翠の指輪を銜《くわ》えており、それを雀の手に落とした。

「緑鶸、あんたなの？」雀の目が涙でかすんだ。喉が強ばり、それ以上なにも言えなくなった。

鶸は彼女の手の上で跳びはね、さえずった。

今宵、撚《よ》り柄杓《びしやく》亭は、繁昌していた。穫り入れの直後で、人々の財布は膨れ上がり、手足はひりひり痛んでいた。

この小さな酒場は、大都市の茶房が提供するような繊細な料理は出さなかったが、長椅子を埋めている人足や洗濯女や小作農やその嫁たちは、気にしていなかった。紹興酒や高《コウ》粱《リャン》酒が大量に飲まれ、揚げた牛の胃が皿一杯に盛られて出された。客たちは、学識ある学者や賢い商人の習慣である、言わねばならないことを考えるかわりに、心に浮かんだことをすなおに口にしていた。

だが、彼らはいま、全員静かになり、若い弾詞語りの女の声に耳を澄ましていた。女は琵琶をつま弾いた。

偉大な揚州の歌を歌おう
白い塩の街、富と名声と、
千もの洗練された茶房のあった街の。
だけど、ある夜、彼らはやってきた、
鉄の蹄が襲いかかった。
では、まず、
妓楼のひとりの娼妓の話をはじめよう。

正直なところ、その歌語り部は、美しくはなかった。顔は痩せすぎ、細い鼻とすばしっこい目は、小鳥のそれを思わせた。長いはずの黒髪を短く刈っており、聴き手に、一部の男たちが望むかもしれないなにか別のものではなく、自分は音楽と話を売っていることを念押ししているかのようだった。化粧をせず、右手にはめた翡翠の指輪以外、装身具もつけていなかった。

彼女の肩には緑色の鶸が留まっていた。琵琶の演奏に合わせて、さえずり、いっしょに鳴くよう躾《しつ》けられているかのような愛らしい小鳥だった。

「……すると、侵攻してきた軍勢が揚州を囲みました。あたかも岩に打ち付ける荒れ狂った海のように……」

弾詞語りは、馬の蹄の音を真似るかのように、二本の竹枹《ばち》を合わせて叩いた。錆びた釘で古い銅鑼《どら》を叩き、鎧と鎧がぶつかる音を真似た。

もちろん、この若い女は、語りのなかで、侵略者のことを〝満州族〟とは呼ばなかった。満州族が中国を征服してから十年以上が経っていた。新しい王朝は天命が自分たちにあると主張しており、賢明な学者たちは、満州の賢人たちの智慧と力に関する迎合的な賛辞を考え出していた。

あらゆる実話と同様、彼女の話もはるか昔に設定されていた。

『身分の卑しい女、妾が徳のなにを知ろう?』隊長は訊ねました」

小さな鶏が卓から卓へ飛んでいき、西瓜の種をついばんだ。一同はその美しさに驚嘆した。

それとおなじような態度で、若い女は物語った。歌声と言い回しのあいだを軽やかに飛ぶ。聴衆はうっとりと魅了された。

「緑鶸は、兵士たちのまえに堂々と歩を進め、言いました。『どんな宝物が要りますか?』」

一同は道に転がっている死体を思い描き、手に汗握った。緑鶸が侵攻勢力の司令官を計略にかけると、彼らは歓声をあげ、大きな声で笑った。なにも知らない商人が緑鶸を咎めると、彼らは怒りのあまり唾を吐き、卓を叩いた。

暗黒の六日間で、何十万もの住民が死にました。
軽蔑されたひとりの女は、三十一名を救いました。
つねに巧みに、
その女はなんの名声も称賛も求めませんでした。
運命に逆らい、なしえることをおこなったのです。

大衆の大半の知るところでは、揚州大虐殺はけっして起こらなかった。正史はつねに鬼を封印することで書かれてきた。
だが、真実はつねに、歌と物語のなかに生きてきた。

お集まりの諸兄姉《みなさま》、
これがわたしの知っている真実です——
天の台帳も、公明正大な判事も、
この世には存在しません。
それでも、将軍よ、娼婦よ、商人よ、
あるいは幼子よ、
この世の運命は、
あなたがたひとりひとりが動かせるのです。

そして小さな鶵が、若い女の肩から飛び立ち、室内をさえずりながら、歌いながら、飛びまわった。温かい空気と、おおぜいの客からわき上がった大歓声に持ち上げられ、自由に、自由に、自由に。

訴訟師と猿の王

The Litigation Master and the Monkey King

市田 泉訳

　三里村の外れの小さな田舎家――騒がしい村の家々やにぎやかな祠堂《しどう》から離れて、睡蓮の葉、桃色の蓮の花、遊び好きな鯉でいっぱいの冷たい池のほとりに建っている――は、近くにある喧噪の町、揚州から来る放蕩な詩人と絹衣の情婦などには理想的な、風情ある夏の隠れ家になりそうだった。

　実際、この当時、揚子江下流域の文人たちのあいだでは、そんな田舎の別荘を持つのが流行していた。乾隆帝の輝かしい御世が始まって何年かたったころで、だれもが――互いの別荘を訪問し、お茶をすすりながら――陛下こそ清朝随一の皇帝だとうなずき合っていた。聡明で、逞しく、臣民を心から気遣ってくれると。満州の賢者たちが創設した清王朝は間違いなく、古来中国を支配してきた王朝の中で最良だったので、文人たちはこの黄金時代――史上最高の皇帝からの賜り物――の証人となる幸運への感謝を巧みに表す詩を、競って作ろうとしていた。

悲しいかな、この田舎家に興味を抱いた文人がいれば、さだめし失望したに違いない。なにしろこの家はひどいあばら屋だったのだ。周りを囲む竹林はだらしなく荒れ果て、木の壁はゆがみ、腐りかけ、いくつも穴があいている。屋根の葺《ふ》き藁はでこぼこで、新しい層の穴から古い層がのぞいている――

――そのありさまは、実際のところ、この家の持ち主にして唯一の住人たる男に似ていなくもなかった。田《ティエン》・皓里《ハオリ》は五十代だが、十も年上に見える。やせこけて顔色が悪く、辮《べん》髪《ぱつ》は豚の尾のように細く、吐く息は往々にしてごく安物の紹興酒と、さらに安い茶の香りがした。若いころの事故のせいで右脚が不自由だが、杖をつくよりはゆっくりと足を引きずって歩くほうを好んだ。長衣はいたるところ継ぎ当てがしてあるが、それでも無数の穴から下着が顔を出していた。

大半の村人と違って、田《ティエン》は読み書きができたが、周囲の者が知る限り、いかなる難度の科挙にも合格したことはなかった。ときおり鶏半羽だの、餃子一鉢だのと引き換えに、村の一家のために手紙を代筆したり、茶店で役場からの通知を読んでやったりした。

けれども、本当の活計《たつき》の道はほかにあった。

その朝の始まりはほかの朝と変わらなかった。太陽がものうげに昇ってくると、池の上にかかっていた霧が墨を溶くように消えていった。桃色の蓮の花、翡翠色の竹の幹、黄金色の家の屋根が霧の中から少しずつ姿を現した。

トン、トン。

田《ティエン》は身じろぎしたが目を覚まさなかった。猿の王が宴会を開いているところで、田《ティエン》は腹いっぱい詰め込むつもりだったのだ。

幼子のころから、田《ティエン》は猿の王の偉業に心奪われてきた。猿の王とは、七十二の変化《へんげ》の術を用い、何百という怪物を倒したいたずら好きの妖怪で、かつては猿の一軍を率いて天帝の玉座を揺るがしたこともある。

猿の王は、うまい料理を好み、うまい酒を愛していた——良きもてなし役には欠かせない資質だ。

トン、トン。

田《ティエン》は敲戸《ノック》を無視した。四種の絶妙なたれをつけた酔鶏《ズイジー》にかぶりつくところだったのだ

——

(応えないのか?) 猿が訊いた。

田《ティエン》が成長するにつれ、猿は夢の中で彼を訪れるようになった。目覚めているときは、頭の中に話しかけてきた。ほかの者たちが観音や仏陀に祈っているとき、田《ティエン》は猿との会話を楽しみ、猿の王こそ、自分の心にかなう妖怪だと感じていた。

（何の用だか知らないが、待っててもらうさ）田《ティエン》は言った。

（仕事の客のようだぞ）

　トントントン──

　しつこい音が田《ティエン》の鶏肉をもぎとり、ふいに夢を終わらせた。腹がぐうと鳴り、田《ティエン》は目をこすりながら悪態をついた。

「はいはい！」田《ティエン》は寝台からごそごそと出て、長衣をあたふたと身につけ、その間ずっと独り言をつぶやいていた。「どうしてわたしがちゃんと目を覚まして、小便をして、朝飯を食べ終わるまで待てないんだ？　読み書きのできない馬鹿どもときたら、だんだん聞き分けがなくなってきた……今回は鶏を一羽もらわないと……ああ、いい夢だった……」

（李《すもも》の酒を残しといてやろう）猿が言った。

（そうしてくれ）

　田《ティエン》は扉をあけた。李小衣《リ・シャオイー》、やんちゃな子供にぶつかられても自分から詫びを言うほどおとなしい女が、濃緑色の服を身に着け、髪を寡婦の習慣どおり頭の上に髪留めでまとめて立っていた。ふり上げた拳が、もう少しで田《ティエン》の鼻にぶち当たるところだった。

「哎呀《アイヤー》！」田《ティエン》は言った。「揚州一の酔鶏は貸しにしとくよ！」けれども絶望と恐怖がごちゃ混ぜになった李《リ》の表情を見て口調を改めた。「お入り」

　田《ティエン》は女を中へ入れて扉を閉め、お茶を一杯淹れてやった。

男も女も、田《ティエン》を最後の頼みの綱としてこの家を訪れる。法律がらみの災難に見舞われ、頼る相手がほかにいないとき、田《ティエン》は手を貸してくれるからだ。

乾隆帝は全知全能かもしれないが、実際の統治を行うには数千という官衙《かんが》を必要とした。官衙は地方長官――担当する地域の住民に対し生殺与奪の権を握る、判事にして執政官――が統括しており、一般の人々にとっては、不気味でよくわからない、恐怖に満ちた場所だった。

大清律例《たいしんりつれい》の秘密などだれが知っているだろう。嘆願し、立証し、弁護し、議論する術《すべ》などだれが心得ているだろう。長官は夜ごと地元の郷紳が開く宴会に出ているが、そんな状況で、貧しい者が富める者に対して起こす訴訟の行方など、だれに予想できるだろう。拷問を避けるにはどの吏員に袖の下を贈るべきか、だれに見分けられるだろう。監獄での面会を勝ちとるための正しい言い訳を、だれが思いつけるだろう。

いやいや、官衙に近づくのは、ほかにやり方がないときだけだ。正義を求めるならば、何もかも賭けなくてはいけない。

そんなとき、田皓里《ティエン・ハオリ》のような男の助けが必要になるのだ。

温かいお茶を飲んで落ち着いた李小衣《リ・シャオイー》はぽつりぽつりと事情を語って聞かせた。

彼女は小さな土地から採れる作物で自分と二人の娘が食べていくために必死で働いてきた。だが、しばらく前に不作に見舞われ、土地を担保に入れて、死んだ夫の遠い親戚である裕福な解《ジェ》から金を借りた。解《ジェ》は、借金を払えばいつでも土地は返してやる、利息はいらないと約束した。字の読めない李《リ》は、親戚の男がよこした証文にありがたく拇印を押した。「収税吏が来たときのために、形式を整えておくと言われて」

（ああ、一族内でよくある話だ）と猿の王。

田《ティエン》は溜息をついてうなずいた。

「あたしは今年の頭に金を返した。だけどきのう、解《ジェ》が官衙の執行吏を二人つれて家を訪ねてきた。借金を返してないから、あたしも娘もすぐに家を出ていけって。あたしは驚いたけど、あの人、証文をとり出してこう言うの。一年たったら借りた金の倍額を返す、でなきゃ、土地は永久にあの人のものになる――そういう約束だったって。『白い紙に黒い文字できっちりそう書いてある』解《ジェ》はそう言って、あたしの顔の前で証文をひらひらさせた。執行吏が言うには、明日までに家を出てかなければ、あたしを逮捕して、借金を返せるように娘ともども娼館に売り飛ばすって」李《リ》は拳を握り締めた。「もうどうしたらいいか」

田《ティエン》は彼女の茶杯にお代わりを注いで言った。「法廷に行って解《ジェ》を打ち負かさなくては」

（ほんとにできるのか）と猿の王。（証文を見てもいないのに）

（おまえは宴会のことだけ心配していろ。法律のことはわたしが心配する）

「どうやって？」李《リ》が訊いた。「証文には、あの人の言ったとおりのことが書いてあるんじゃ？」

「だろうね。だけど心配しなくていい。何か手を考えるさ」

田《ティエン》の元へ助けを求めてくる者にとって、田《ティエン》は訟師《ソンシ》――訴訟師だ。しかし官衙の長官や地元の郷紳、金と権力に物言わす者たちにとって、田《ティエン》は訟棍《ソングン》――〝悪訟師〟だった。お茶をすする文人たち、銀貨を撫でる商人たちは田《ティエン》を嫌っている――無学な農民たちが訴状を用意し、法廷での戦略を練り、証言や尋問に備えるのを、田《ティエン》が助けてやるからだ。結局のところ、孔子によれば、隣人が隣人を訴えてはならないのだ。諍いとは意見の相違にすぎず、儒家のいう君子が丸く収めてやるだけでいい。ところが田皓里《ティエン・ハオリ》のような男ときたら、悪賢い農民どもに、自分たちも目上の人間を法廷にひっぱり出し、尊敬に基づく適切な階級制度を破壊できると思わせている！　訴訟援助、訴訟幇助、訴訟教唆、詭弁による弁護――田《ティエン》のやっていることにどんな名前をつけるにしろ、それは犯罪だと、大清律例にはっきり記してあるではないか。

しかし田《ティエン》は、官衙が複雑な機械の部品であると理解していた。揚子江に点在する水車のように、複雑な機械には型が、歯車が、把手がある。賢い人間なら、つついたり押したりして上手に動かすことができる。文人や商人は田《ティエン》を憎んでいたが、ときには彼ら自身も田《ティエン》の助力を求め、気前よく代金を払っていた。

「あまりお金は払えないんだけど」

田《ティエン》は含み笑いした。「金持ちはわたしに仕事をさせて金を払うが、それを腹立たしく思っている。あんたの場合は、金持ちの親戚とやらの目論見が外れるところを見せてもらえば、それで十分な支払いになるよ」


田《ティエン》は李《リ》とともに官衙に赴いた。途中、町の広場を通りかかると、何人かの兵士がお尋ね者の人相書きを貼っていた。

李《リ》は貼り紙をちらりと見て歩調を緩めた。「待って、あの人、知ってるかも――」

「シーッ！」田《ティエン》は李《リ》をひっぱっていった。「気でもふれたのかね？　あれは長官の執行吏じゃなくて、ほんものの帝国兵だよ。皇帝が捜してる男をどうしてあんたが知ってるんだい」

「でも――」

「勘違いだろう。そんなこと言ってるのを兵士に聞かれたら、天下一偉大な訴訟師でもあんたを助けることはできないよ。あんたはもう困り事を十分抱えてる。政治がらみのことは、見ざる、聞かざる、言わざるがいちばんなんだ」

（部下の猿たちも大半がそういう信条を持ってたな）猿の王が言った。（だがおれはそうは思わん）

（そうだろうとも、おまえは永遠の反逆者だからな）田皓里《ティエン・ハオリ》は思った。（しかしおまえは、首を斬り落とされても新しいのを生やせるじゃないか。たいていの人間はそんな贅沢は望めないんでね）

官衙の外で、田《ティエン》は撥《ばち》を手にとり、〈裁きの太鼓〉を叩いて、訴えを聞いてくれと請願した。

三十分後、仏頂面の易《イー》長官は、高座の下の石敷の床にひざまずいた二人をにらみつけていた。寡婦は恐怖に震え、あの厄介者の田《ティエン》は、背筋をぴんと伸ばし、わざとらしい尊敬の表情を顔に張りつけている。易《イー》は今日一日休みをとって、娼館で美女と戯れたかったのだが、こうして仕事をさせられるはめになった。二人ともすぐさま鞭打ちにしろと命じたいところだが、うわべだけでも情け深い長官としてふるまわなければ、不忠者の部下が司法監査官に告げ口するかもしれない。

「訴えは何だ、ずる賢い農民よ」長官は歯ぎしりしながら訊いた。

田《ティエン》がにじり寄ってきて叩頭した。「おお、誉れ高き長官どの」――田《ティエン》はどうやってこの言葉を侮辱のように響かせているのだろう、と易《イー》長官は首をかしげた――「李《リ》末亡人が正義を、正義を、正義を求めております！」

「して、きさまはなぜここに？」

「わたくしは李小衣《リ・シャオイー》の縁者にございます。彼女は非道な仕打ちにとり乱しておりますので、申し立てに手を貸さんと参上いたしました」

易《イー》長官はかっとなった。この田皓里《ティエン・ハオリ》はいつも訴訟当事者の親戚であると言い張って、法廷に立つことを正当化し、悪訟師として告発されるのを避けているのだ。易《イー》は硬い木の定規——彼の権威の象徴——を机に打ちつけた。「この嘘つきめ！　きさまはいったい何人の縁者を持っておるのだ」

「嘘などついておりませぬ」

「言っておくが、李《リ》氏の祠堂に残る記録できさまらが親戚同士だと証明できなかったら、きさまを鞭で四十回打たせるぞ」易《イー》長官は、とうとう狡猾な訴訟師を黙らせる方法が見つかったと思い、内心ほくそえんでいた。法廷の脇に控えている執行吏に意味ありげな視線を向けると、彼らは杖で調子よく地面を突いて脅しを強調した。

けれども田《ティエン》は平然としていた。「いと賢明なる長官どの、孔子はこう述べております——『四海の内、皆兄弟なり』と。孔子の時代にあらゆる者が兄弟であったなら、彼らの子孫たる李小衣《リ・シャオイー》とわたしは、当然ながら親戚同士ということになります。はばかりながら、閣下はかの賢人の言葉よりも、李《リ》家の家系図のほうを信頼すべきだなどとはおっしゃいますまい」

易《イー》長官は真っ赤になったが、返事は思いつかなかった。ああ、この舌鋒鋭い訟棍を罰する口実を見つけられたら——。こいつはいつだって黒を白に、正を邪に変えてしまうではないか。皇帝陛下に必要なのは、こういう男に対処するためのもっとよい法律だ。

「話を先へ進めよう」長官は深く息を吸って落ち着こうとした。「この女は何が不正だと申しておるのだ？　親戚の解《ジェ》が証文を読んで聞かせてくれたぞ。何が起きたかは明々白々だ」

「何か誤解があったのではないかと——」と田《ティエン》。「証文をもう一度確かめられるよう、ここに持ってきていただけませんか」

易《イー》長官は、李《リ》の裕福な親戚に証文を持ってこさせるよう、執行吏の一人を遣いに出した。李《リ》未亡人を含め、法廷にいた全員が、何を考えているのかといぶかしげに田《ティエン》を見つめた。しかし田《ティエン》はただ顎鬚《あごひげ》を撫で、飄然としている。

（何か計画があるのだな？）猿の王が訊いた。

（いいや。ただ時間を稼いでいるだけさ）

（ふむ、おれは敵の武器を敵自身に向けるやり方が好きだな。哪吒《ナタ》の火輪であいつ自身を燃やしてやったときのことは話したっけ）

田《ティエン》は長衣の内側に手を突っ込んだ。そこに筆記用具が隠してある。うろたえ、汗をかいた解《ジェ》が、執行吏につれられてやってきた。燕の巣のスープという豪勢な食事の最中に邪魔されたのだ。口元をぬぐう暇もなかったので、顔はまだてらてらしている。解《ジエ》は田《ティエン》と李《リ》のとなりで長官の前にひざまずき、証文を頭の上へ掲げて執行吏に差し出した。

「田《ティエン》に見せよ」長官は命じた。

田《ティエン》は証文を受けとって目を通し始めた。ときおり証文がきわめて魅惑的な詩であるかのように、こっくりとうなずいた。

証文の文章は長く入り組んでいたが、重要な文句はたった八文字だった。

上賣荘稼、下賣田地

(上の荘稼《さくもつ》を賣り、下の田地を賣る)

李《リ》未亡人が担保に入れた土地は、買戻権つきで売却したという形になっており、彼女が親戚に「上の作物と下の畑」を売ると、この部分で規定されていた。

「おもしろい、実におもしろい」田《ティエン》は証文を手に、頭を調子よくふりながら言った。

易《イー》長官は、釣られかけているとわかったが、つい訊いてしまった。「何がそんなにおもしろいのだ」

「おお、偉大にして輝かしき長官どの、あなたさまは完璧な鏡のごとく真実を映し出されます。どうかご自身で証文をお読みください」

易《イー》長官は戸惑いながらも、執行吏に命じて証文を持ってこさせた。数秒後、易《イー》の目は飛び出しそうになった。証文には、売却に関する重要な文句が、黒くはっきりした文字でこのように記してあったのだ。

上賣莊稼、不賣田地

（上の莊稼を賣り、田地を賣らず）

「上の作物は売るが、畑は売らない」長官はつぶやいた。

これで事態は明らかになった。証文には解《ジエ》の主張した内容など書かれていなかったのだ。解《ジエ》に所有権があったのは作物だけであり、畑そのものではなかった。易《イー》長官は、なぜこんなことになったのかわからなかったが、気まずさゆえの怒りには捌《は》け口が必要だった。彼はまず、汗をかき、顔を光らせた解《ジエ》に目をやった。

「よくもわしに嘘をついてくれたな」易《イー》は怒鳴り、定規を机に叩きつけた。「わしを虚仮《こけ》にするつもりか」

今度は解《ジエ》が口もきけず、風の中の木の葉のように震える番だった。

「ほう、何も言うことはないと？　きさまは司法妨害のかどで有罪だ。帝国の役人に嘘をつき、親類の財産を余分にだましとろうとしたのだからな。百二十回鞭で打ち、財産の半先をそっと長衣にこすりつけ、いかさまの証拠を消し去った。
訴訟師田《ティエン》は無表情だったが、内心ではにやりと笑って猿に礼を言っていた。そして指
きずられていく解《ジェ》の哀れな悲鳴が小さくなっていった。
「お慈悲を、お慈悲を！　いったい何が起きたのやら――」執行吏に官衙から牢獄へと引
分を没収とする」

一週間後、田皓里《ティエン・ハオリ》はまたしても扉をしつこく叩く音により、猿の王が開く宴会の夢か
ら目覚めさせられた。扉を開くと李小衣《リ・シャオイー》が立っていた。青ざめた顔にはまったく血の気が
なかった。
「どうしたんだね。またあの親戚が――」
「田《ティエン》先生、どうか助けて」彼女の声はささやきに近かった。「兄さんが」
「賭け事で借金をこしらえたのかね？　金持ちと喧嘩したのかね？　損な取引をしたのか
ね？　兄さんは――」
「お願い、いっしょに来て」
田皓里《ティエン・ハオリ》は断ろうとした。賢い訟師なら、わけのわからない問題には関わらないものだ
――そんなことをすれば、たちまち仕事を失うはめになる。しかし李《リ》の表情を見て決心が
ゆらいだ。「いいだろう。案内しなさい」

田《ティエン》はだれも見ていないことを確かめてから、李小衣《リ・シャオイー》の家にそっと滑り込んだ。田《ティエン》自身は今さら評判など気にかけないが、小衣《シャオイー》が村の口さがない連中に悪い噂を立てられてはいけない。

家に入ると、戸口から向かいの壁際の寝台まで、赤く長い筋が土間を横切っていた。男が一人、両脚と左肩に血のにじんだ包帯を巻いて寝台で眠っている。小衣《シャオイー》の二人の娘は薄暗い隅に縮こまり、胡散臭そうに田《ティエン》を盗み見ていた。

男の顔を一目見て、田《ティエン》には知るべきことがわかった。兵士が貼っていた人相書きと同じ顔だ。

田皓里《ティエン・ハオリ》は嘆息した。「小衣《シャオイー》、今度はまた、何という厄介ごとを押しつけようというんだね」

小衣《シャオイー》は兄の小井《シャオジン》の体をそっと揺すぶった。小井《シャオジン》は目を覚ますが早いかはっと身構えた。浅い眠りと道中の危険に慣れているのだ。

「小衣《シャオイー》が、あなたなら助けてくれると」小井《シャオジン》は田《ティエン》をじっと見ながら言った。

田《ティエン》は顎を撫でながら小井《シャオジン》を値踏みした。「どうだろうね」

「金ならあります」小井《シャオジン》はなんとか寝返りを打って、かたわらに置いた布包みの端を持ち上げた。田《ティエン》は布の下に銀の輝きを認めた。

「約束はできないよ。あらゆる病に治療法があるとは限らないし、あらゆる逃亡者が抜け道を見出せるとも限らない。あんたがだれに、どうして追われているのか――それ次第だね」田《ティエン》は近くへ寄り、約束の報酬を確かめようと屈み込んだが、小井《シャオジン》の傷のある顔に彫られた刺青――有罪判決を受けた咎人《とがにん》のしるし――に注意を惹かれた。「追放刑を言い渡されたんだね」

「はい、十年前、小衣《シャオイー》が嫁に行ったすぐあとに」

「金さえあれば、その刺青を何とかしてくれる医者は見つかるよ。消したあとは、そう男前には見えないだろうが」

「今のところ、見た目など気にしてはいられません」

「どうして追放されたんだい」

小井《シャオジン》は笑い声をあげて、窓の横の卓子を顎で指した。薄い本が開いて載せてある。風が頁《ページ》をぱらぱらとめくった。「妹が言うほど賢い方なら、きっと謎解きができるはずです」

田《ティエン》は本をちらりと見て、小井《シャオジン》に向き直った。

「あんたは安南との国境付近へ追放された」田《ティエン》は刺青を読み解きながらつぶやいた。

「十一年前……頁をめくる風……ああ、あんたは翰林院の学者だった徐《シュ・》駿《ジュン》の召使だったんだね」

十一年前、雍正帝が支配していたころ、偉大な学者である徐《シュ・》駿《ジュン》が満州族の支配者に対し謀反を企てていると、皇帝の耳にささやく者があった。帝国の近衛兵が徐《シュ》の家を押さえてくまなく探したが、有罪の証拠は見つからなかった。

けれども、皇帝が過ちを犯すことなどあってはならない。そこで皇帝の司法顧問たちは徐《シュ》を有罪とする方法を考えるはめになった。彼らの解決法は、一見何の罪もない徐《シュ》の叙情詩に目をつけることだった。

清風不識字　何故亂翻書

（清風　字を識らず　何の故に書を亂翻《みだ》すか）

そよ風よ、おまえは読み方を知らぬ

なにゆえわが書の頁を乱すのか

〝そよ風〟に当たる語の最初の一文字〝清〟は、王朝の名と同じである。皇帝に仕える切れ者の法律家たちは——田《ティエン》は職業柄、彼らの手腕に妬み混じりの感嘆を覚えたものだが——それが反逆的な詩であり、満州族の支配者を字も読めぬ野蛮人と嘲っていると解釈したのだ。徐《シュ》とその一家は死罪を宣告され、召使たちは追放された。

「徐《シュ》の罪は大きかったが、もう十年以上前のことだ」田《ティエン》は寝台のそばをゆっくりと行き来した。「あんたが追放先から逃れてきただけなら、適当な役人や隊長に袖の下をやって、目こぼししてもらうのはそう難しくないと思うがね」

「おれを追っている相手に袖の下は効きません」

「ほう？」田《ティエン》は男の体じゅうを覆う、包帯を巻いた傷に目を走らせた。「つまり……血《けっ》滴子《てきし》だ」

小井《シャオジン》はうなずいた。

血滴子は皇帝の目であり鉤爪《かぎづめ》でもある。彼らは幽霊のごとく町の暗い小路を移動し、道や運河を行く隊商に紛れ込み、反逆のしるしを探す。彼らの存在があるから、茶店は客の政治談議を禁じた貼り紙を掲げ、隣人同士は税への不満を述べる際に周囲を見回して声を潜めるのだ。血滴子は聞き耳を立て、目を光らせ、ときには夜中に家々の戸口に立つ――そして彼らが訪問した相手は二度と姿を見せることがない。

田《ティエン》は両腕をいらいらとふり回した。「あんたと小衣《シャオイー》に付き合っても時間の無駄だ。あんたが血滴子に追われてるんなら、わたしにできることなんかありゃしない。頭はちゃんと首の上に乗せておきたいからね」田《ティエン》は戸口へ向かった。

「おれを助けてほしいんじゃありません」

田《ティエン》は立ち止まった。

「十一年前、連中が徐《シュ》先生を逮捕しにきたとき、先生はおれに一冊の本を渡して、自分の命よりも、家族よりも大切なものだと言いました。おれはその本を隠して、追放先まで持っていったんです。

一ヵ月前、二人の男がおれの家に来て、死んだ主人から受けとったものを残らず差し出せと言いました。なまりを聞いて、北京から来たんだとわかりました。しかもそいつらは皇帝の隼《はやぶさ》みたいに冷たい目でにらみつけてきました。おれは二人を中に入れて、好きなところを探せと言いました。そしてあいつらがおれの櫃《ひつ》や箪笥に気をとられてるあいだに、本を持って逃げ出したんです。

それからずっと逃げてきました。何度かつかまりそうになって、こんな怪我も負わされました。連中が追いかけてる本はそこの卓子に載ってます。おれが救ってほしいのは、あの本です」

田《ティエン》は戸口でためらった。田《ティエン》が馴染んでいるのは、官衙の吏員や牢番に賄賂を贈り、易《イー》長官と論争すること。好んでいるのは、言葉を使って駆け引きし、安酒や渋茶をくらうこと。卑しい訟棍が皇帝だの宮廷の陰謀だのと何のかかわりがあるだろう。

（おれは昔、花果山で幸せだった。一日じゅう仲間の猿たちと遊んでた）猿の王が話しかけてきた。（広い世界に何があるのか、興味を持ったりしなければよかったと思うことがある）

だが田《ティエン》は興味を抱き、卓子に近づいていって本を手にとった。『揚州十日記』王秀楚《ワン・シユウチユウ》著、とある。

およそ百年前の一六四五年、満州軍は明王朝の首都北京を手に入れたのち、中国支配の完成に力を注いでいた。

多鐸《ドド》親王の軍は、揚子江と大運河の合流点にある、塩商人と色鮮やかな亭《あずまや》の多い裕福な町、揚州に至った。漢族の指揮官、内閣大学士の史可法《シ・クァファ》は徹底抗戦を誓った。彼は町の住民を集めて市壁を強化させ、明の将軍や民兵の残党を一つにまとめようとした。

彼の努力は一六四五年五月二十日、水泡に帰した。その日、満州軍が七日間の包囲の末に市壁を突破し、史可法《シ・クァファ》は降伏を拒んだのち処刑された。揚州の住民を処罰し、満州軍に抵抗する代償を天下に知らしめるべく、多鐸《ドド》親王は町の全住民の虐殺を命令した。

住民の一人、王秀楚《ワン・シュウチュウ》は隠れ家から隠れ家へと移動し、兵士に何もかも賄賂として差し出すことで生き延びた。彼はまた、目撃した光景を記録していた――

剣を持った満州兵が一人先頭に立ち、槍を持った一人がしんがりにつき、三人めが真ん中をうろついて捕虜の逃走を防いでいた。三人の兵士は、羊を集める犬のように、捕虜を何十人も集めていた。捕虜の歩みがのろいと、すぐに殴るか、ただちに殺した。

女たちは真珠を連ねたように、縄で一列につながれていた。泥の中をよろよろ進み、体も服も汚れていた。地面のあちこちに赤ん坊が転がり、馬や人に踏まれると、その脳や内臓が土と混じり合った。死んでいく者の叫びが大気を満たしていた。

わたしたちが通りすぎた池も側溝も腕や脚の絡み合った死体でいっぱいだった。赤い血が緑の水と混じり合って、画家の調色板《パレット》のようだった。運河は死体に埋め尽くされ、平地に変わっていた。

大虐殺、強姦、略奪、町への放火は六日間続いた。

太陰月の二日、新政府はすべての寺院に死体を火葬にするよう命じた。多くの女たちが寺院に匿われていたが、飢えと恐怖のせいで亡くなった者も大勢いた。最終的な火葬の記録には遺体の数が数十万と記されているが、この数字には、もっとひどい運命を避けようと、井戸や運河に身を投げ、体に火をつけ、首を吊って自殺した人々は含まれていない……。

太陰月の四日、とうとう空が晴れた。道端に積み上げられ、雨水に浸かっていた死体は膨れ上がり、その皮膚は青黒く、太鼓の皮のようにぴんと張っていた。内側の肉は腐り、悪臭は強烈だった。日光が死体をあぶると、臭いはますますひどくなった。揚州のいたるところで、生き残った者が死体を焼いていた。その煙が家という家に充満し、ひとかたまりの瘴気《しょうき》と化した。腐乱死体の臭いは百里先でも嗅ぎとれた。

最後のページをめくる田《ティエン》の手は震えた。

「どうして血滴子がおれを追ってるか、わかったでしょう」小井《シャオジン》の声はくたびれていた。

「揚州大虐殺は作り話だと満州族は言い張ってきました。虐殺を話題にする者は反逆罪に問われます。でもここに、目撃した者の証言があるんです。連中の玉座が血と髑髏《どくろ》の上に築かれたことを明らかにする証言が」

田《ティエン》は目を閉じて揚州のことを思った。怠け者の文人が歌妓たちと押韻《おういん》構成について議論する茶店、新たな繁盛期の到来を祝って贅沢な衣の商人が集まる豪邸、満州族の皇帝の健康を屈託なく祈る何十万もの住民。彼らは日ごと市場へ出かけ、笑い、歌い、自分たちの暮らす黄金時代を讃えているが、そうすることで死者の骨を踏みつけていると、死者たちのいまわの叫びを嘲っていると、幽霊たちの記憶を否定していると知っているのだろうか。彼自身、幼いころ揚州の過去についてささやかれていた話を信じてさえいなかった。現在揚州に暮らす若者の大半は、そんな話を聞いたこともないに違いない。

真実を知ってしまった今、幽霊たちをこの先も黙らせたままでいいのだろうか。

とはいえ田《ティエン》の頭には、ほかのことも浮かんできた――血滴子が管理する特別な牢獄、生から死への旅が長引くように工夫された迂遠な拷問、満州族の皇帝が必ず最後には望んだものを手に入れるという事実。皇帝の八旗（清代の軍事組織）は、命令に背けば死罪にすると脅して、漢民族の身形《みなり》を見事に改めさせた――頭を剃り、辮髪にして満州族への服従を示し、漢服《ハンフ》を捨てて満州風の衣服を着るように強要したのだ。彼らは漢民族を過去から切り離し、記憶という錨なしに漂う民にしてしまった。彼らは天帝と一万の天の兵士たちより強力だった。

彼らにとっては、穏やかな池をよぎるつかのまのさざ波のように、地上からこの本を消し去ることなど、卑しい訟棍の田《ティエン》を消し去ることなど、たやすい話だろう。勇敢なふるまいは、だれかほかの者に好きなだけやってもらおう。わたしは命が惜しい。

「すまないね」田《ティエン》は小井《シャオジン》に言った。その声は低く、かすれていた。「手は貸してやれないよ」

田皓里《ティエン・ハオリ》は食卓について麺を食べようとしていた。生の蓮の実と筍で風味をつけた麺の香りは、いつもなら気分をすっきりさせ、遅い昼食にはうってつけだった。

猿の王が向かいの椅子に姿を現した。ぎらぎらした目、大きな口、斉天大聖《せいてんたいせい》――天帝への反逆者――であることを示す紫の肩掛け。

これはめったにあることではなかった。猿は普通、頭の中でのみ田《ティエン》に話しかけてきた。

「自分が英雄じゃないと思っているな」猿の王が言った。

「そのとおりだ」田《ティエン》は言い訳がましい口調になるまいとした。「わたしは法の隙間で麺《パ》麭《ン》くずを漁って暮らしを立てている平凡な男だ。十分な食べ物があって、酒代の銅貨が少し残っていれば満足なのさ。わたしはただ、生きていたいんだ」

「おれも英雄じゃない。やらなきゃいけない務めを果たしただけだ」

「ふん！　おまえの魂胆などお見通しだが、そううまくはいかないぞ。おまえの仕事は危険な旅の途中、高徳の法師を守ることだった。おまえには無双の怪力と無限の神通力という強みがあった。おまえは必要なとき、仏陀や観音菩薩の助けを求めることができた。おまえとわたしを比べないでくれ」

「いいだろう。おまえはだれか英雄を知っているか」

田《ティエン》は麺をすすり、その質問について考えた。その朝読んだ本の内容は記憶に新しかった。「内閣大学士の史可法《シ・クァファ》は英雄だったんだろうな」

「どうしてそう思う。あいつは揚州の人々に、自分の命ある限り災いが降りかからないようにすると約束したんだぞ。それでも町が陥落すると、一人だけ逃げ出そうとした。あいつは英雄というより臆病者じゃないかね」

田《ティエン》は鉢を置いた。「そういう言い方はないだろう。史可法《シ・クァファ》は増援も助勢も得られない中であの町を守ったんだ。揚州の民を苦しめていた将軍たちを宥《なだ》めてまとめ上げ、人々の守護に当たらせた。しまいには——少しのあいだ弱気になったかもしれないが——町のために進んで命を差し出した。それでももう十分じゃないか」

猿の王は馬鹿にしたように鼻を鳴らした。「十分なものか。あいつは戦っても無駄だと気づくべきだった。あいつが満州族の侵略者に抵抗などせず、町を明け渡せば、あんなに大勢が死なずにすんだかもしれない。満州族に屈服するのを拒まなければ、自分も殺されずにすんだかもしれない」猿の王はにやにや笑った。「ひょっとすると、あいつはそう賢くなくて、生き延びる方法を知らなかったのかもな」

田《ティエン》の顔が真っ赤になった。田《ティエン》は立ち上がり、猿の王に指を突きつけた。「史可法《シ・クアファ》のことをそんなふうに言うな。彼が降伏すれば、満州族はあの町で虐殺を行わなかったなどとだれに言えるんだ。強姦と略奪を行うつもりの征服軍に屈服するのが正しいことだと思うのか？　おまえはそうやって理屈をこねるが、逆に言えば、揚州での激しい抵抗が満州軍の進攻を遅らせ、おかげで多くの人が安全な南方へ避難できたのかもしれないぞ。あの町が抵抗したおかげで、のちに降伏する相手に満州族がましな条件を出す気になったのかもしれない。史可法《シ・クアファ》は本物の英雄だった」

猿の王は笑い声をあげた。「何という口ぶりだ。易《イー》長官の官衙で熱弁をふるっているようじゃないか。百年も前に死んだ男のことでやけに興奮するんだな」

「彼の記憶をそんなふうに貶《おとし》めることは許さないぞ。たとえおまえが斉天大聖だろうとな」

猿の王は真顔になった。「おまえは今、記憶と言ったな。おまえが読んだあの本を書いた王秀楚《ワン・シュウチユウ》をどう思う？」

「わたしと同じ、普通の人間だ。賄賂を贈り、危険から身を隠して生き延びた」

「それでもあいつは見たものを記録した。あの十日間に死んだ男や女が百年後に思い出してもらえるように。あの本を書くのは勇敢な行いだった――考えてもみろ、いまだにあれを読んだだけで、その人間は満州族に追いかけられるんだ。王秀楚《ワン・シュウチュウ》もまた英雄だったとおれは思うね」

少したって、田《ティエン》はうなずいた。「そんなふうに考えてはみなかったが、おまえの言うことは正しいな」

「英雄なんてものはいないんだよ、田皓里《ティエン・ハオリ》。史可法《シ・クァファ》は勇敢で同時に臆病だった。有能で同時に愚かだった。王秀楚《ワン・シュウチュウ》は侵略者に媚びて生き延びたが、同時に偉大な精神の持ち主だった。おれはいつも我儘で見栄っ張りだが、ときには我ながら驚くようなことをやってのける。おれたちはみんな、普通じゃない選択肢を突きつけられた普通の人間だ――いや、おれは普通の妖怪だけどな。そんなとき、英雄的な理想が、おれたちを化身にしたがることがあるのさ」

田《ティエン》は腰を下ろして目を閉じた。「わたしはただの怯えた年よりだよ、猿公。どうしたらいいかわからない」

「わかってるとも。あとは受け入れるだけだ」

「どうしてわたしなんだ。わたしがいやだと言ったら？」

猿の王はしんみりした顔になり、その声はかすかになった。「揚州の人たちは百年前に殺された、田皓里《ティエン・ハオリ》、それはどうしたって変えられない。だけど過去は記憶の形で生き続けるし、権力を握った連中はいつだって、過去を消して黙らせたい、幽霊を埋葬したいと思うようになる。おまえはもう過去について学んだんだから、何も知らない傍観者ではいられない。おまえが行動しなければ、皇帝と血滴子によるこの新たな暴力、この抹消行為に加担することになる。王秀楚《ワン・シユウチユウ》と同じように、おまえも今や目撃者なんだ。あいつと同じように、どうするか選ばなくちゃいけない。死ぬときに自分の選択を後悔するかどうか、今判断しなくちゃいけない」

猿の王の姿は薄れていき、田《ティエン》は家に一人残されて、過去を偲《しの》んでいた。

「寧波の旧友に手紙を書いた」田《ティエン》は言った。「封筒の宛先まで持っていくといい。腕のいい外科医だから、友人のよしみで、あんたの顔の刺青を消してくれるはずだ」

「ありがとうございます」と李小井《リ・シャオジン》。「できるだけ早く手紙は処分します。あなたにとってひどく危険な手紙ですから。これをお礼として受けとってください」小井《シャオジン》は布包みのほうを向いて、銀五両をとり出した。

田《ティエン》は片手を上げた。「いいや、あんたには手に入る限りの金が入り用になるだろう」そして小さな包みを渡した。「そう多くないが、わたしの貯金はこれで全部だ」

李小井《リ・シャオジン》と李小衣《リ・シャオイー》は、二人とも怪訝そうな顔で訴訟師を見た。

田《ティエン》は続けた。「小衣《シャオイー》も子供たちも、このまま三里村で暮らすわけにはいかない。血滴子が聞き込みを始めたら、だれかがきっと、小衣《シャオイー》が逃亡者を匿ってたと告げ口するに決まってる。そう、あんたたちはみんなすぐにここを離れて寧波に向かうんだ。そこで日本につれてってくれる船を雇いなさい。政府が渡航を制限してるから、密輸業者に大金を払わなくちゃいけないだろう」

「日本に⁉」

「あんたがその本を持ってる限り、この国のどこにも安全な場所はない。周辺の国の中で、満州族の皇帝を恐れないのは日本くらいだ。日本に行けばあんたもその本も安全だろう」

小井《シャオジン》と小衣《シャオイー》はうなずいた。「じゃあ、あなたもいっしょに来るんですね」

田《ティエン》は不自由な脚を指して笑い声をあげた。「わたしがついていったら足手まといになる。いいや、わたしはここに残ってなんとかやってみるよ」

「おれたちに手を貸したと疑われたら、あなたは血滴子から逃れられません」

田《ティエン》はにやりとした。「何か手を思いつくさ。いつだって思いつくんだから」

数日後、田《ティエン》・皓里《ハオリ》が腰を下ろして昼食をとろうとしていると、町の駐屯部隊の兵士たちがやってきた。兵士は説明もなく彼を逮捕し、官衙へ連行した。

今回、高座で審判の机の後ろに座っているのは、易《イー》長官一人ではないとわかった。彼とともにもう一人の役人が座っている。帽子を見れば、北京からじかにやってきたのは明らかだ。その冷たい目と引き締まった体つきに、田《ティエン》は隼を連想した。

（今回もわたしの機知が身を守ってくれるといいんだが）田《ティエン》は心の中で猿の王にささやいた。

易《イー》長官は定規を机に叩きつけた。「ペテン師の田皓里《ティエン・ハオリ》よ、きさまは危険な逃亡者の逃走を助け、大清国への反逆を企てたと告発されている。すみやかに死ねるよう、きさまの罪をただちに申し述べよ」

田《ティエン》は長官が口をつぐむとうなずいた。「いと慈悲深く目ざとき長官どの、いったい何をおっしゃっているのか皆目わかりませぬ」

「このあつかましい愚か者め！　今回はいつものごまかしが効くと思うな。きさまが謀反人の李小井《リ・シャオジン》に何かと便宜を図り、禁じられた、反逆的な、けしからぬ文書を読んだという揺るがぬ証拠があるのだ」

「確かに最近本は読みましたが、その本には反逆的なことなど一つも書かれていませんでした」

「なんだと」

「あれは羊を集め、真珠を連ねることに関する本でした。それと、何やら池を埋め、火を熾《おこ》すことが書かれていたような」

机の後ろにいるもう一人の男が目を細くしたが、田《ティエン》は何も隠すことなどないかのように続けた。「きわめて専門的で、退屈な本でした」

「嘘をつけ！」易《イー》長官の首筋の血管は破裂しそうだった。「いと輝かしく明敏なる長官どの、どうしてわたしが嘘をついているとおわかりなのです？　その禁制の書とやらの内容を教えていただければ、わたしにもそれを読んだかどうか確かめられるのですが」

「きさま……きさま……」長官は魚のように口をぱくぱくさせた。

むろん易《イー》長官は本の内容を知らされていないだろう――禁書とはそういうものだ――が、田《ティエン》はまた、血滴子の男も何も言えないはずだという予想に賭けていた。本の中身について嘘をついていると田《ティエン》を告発すれば、告発者もその本を読んだと認めることになる。血滴子の成員は一人として、疑り深い満州族の皇帝に対しそのような罪を認めるはずがなかった。

「何か誤解があったのですな」と田《ティエン》。「わたしが読んだ本には、何もけしからぬことは書かれていませんでした。ということは、あれが禁書であるはずがない。閣下なら、この単純で明快な理屈がおわかりでしょう」微笑を浮かべる。この抜け道を行けばきっと逃げ延びられる。

「茶番はたくさんだ」血滴子の男が初めて口を開いた。「きさまのような反逆者には法を持ち出すまでもない。皇帝陛下の名において、わたしはきさまが有罪だと最終判決を下し、死罪を申し渡す。さほど長く苦しみたくないと思うなら、本の在処《ありか》と逃亡者の居場所をすぐに白状するがいい」

田《ティエン》は両脚がへなへなとなるのを感じた。つかのま、見えるのは暗闇ばかり、聞こえるのは血滴子の宣告の木霊《こだま》ばかりだった――死罪を申し渡す。

（とうとうごまかしの種も尽きてしまったようだ）

（おまえはすでに選択をした）と猿の王。（あとは受け入れるだけだ）

優れた密偵であり暗殺者であるばかりか、血滴子は拷問の技にも長けていた。

田《ティエン》は煮えたぎる熱湯の中に四肢を浸けられて絶叫した。

（話をしてくれ）田《ティエン》は猿の王に言った。（わたしが降参しないように、気を紛らせてくれ）

（おれが天帝の八卦炉《はつけろ》で焼かれたときのことを話してやろう）猿の王は言った。（おれは煙と灰の中に隠れて生き延びたのさ）

そこで田《ティエン》は拷問者に、李小井《リ・シャオジン》がくだらない本を燃やすのを手伝い、本が煙と灰になるのを見たと話した。だがどこで火をつけたのかは忘れてしまった、血滴子は周辺の丘々を徹底的に捜索してはどうだろう、と。

彼らは真っ白になるまで熱した鉄の火かき棒で田《ティエン》に焼き印を押した。

（話をしてくれ）田《ティエン》は肉の焦げる臭いをかぎながら悲鳴をあげた。（おれが火焔山で鉄扇公主と戦ったときのことを話してやろう。おれは怯えて逃げるふりをして公主を騙したのだ）

そこで田《ティエン》は拷問者に、李小井《リ・シャオジン》には蘇州に逃げるように勧めたと話した。蘇州は多くの小路と運河、漆塗りの美しい扇で有名な町だ。

彼らは田《ティエン》の指を一本ずつ切り落とした。

（話をしてくれ）田《ティエン》はしわがれ声でうめいた。失血のせいで弱っていた。（おれがあの呪《まじな》いの輪を頭にはめられたときのことを話してやろう。痛みのあまり気を失いそうだったが、それでもおれは悪態をつくのをやめなかった）

そこで田《ティエン》は拷問者の顔に唾を吐いた。

田《ティエン》は薄暗い独房の中で目を覚ました。白黴《しろかび》と糞尿の臭いがする。片隅から鼠の鳴き声が聞こえる。

拷問者たちがあきらめたので、明日ようやく田《ティエン》は死刑になるのだ。千か所を切り刻まれての死だった。熟練の処刑人は、死刑囚が息を引きとるまで何時間でも苦しませることができる。

（わたしは降参しなかったよな？）田《ティエン》は猿の王に訊いた。（自分が話したことを全部は

思い出せないんだ）

（おまえはあいつらにたくさんの作り話を聞かせた。真実は一つも話さなかった）

それで満足すべきだと田《ティエン》は思った。あとは死ねば解放される。それでも、まだ十分ではないような気がした。もしも李小井《リ・シャオジン》が日本にたどり着けなかったら？　もしもあの本が海難に遭って損なわれたら？　あの本が絶対に失われないように守る方法さえあれば――。

（二郎真君と戦って、変化の術で惑わしてやったときのことを話したかな？　おれは雀に、魚に、蛇に、最後には御堂に姿を変えた。おれの口は扉、目は窓、舌は仏像、尾は旗竿になった。ああ、愉快だったな。二郎真君の妖魔どもは一人としておれの変化を見抜けなかった）

（わたしは言葉を使うのが巧みだ）田《ティエン》は思った。（結局のところ、訟棍なのだからな）

牢獄の外で子供たちが歌う声がかすかに聞こえてきた。田《ティエン》は天井付近に小さな格子窓のある壁までもがきながら這っていき、声をかけた。「おーい、聞こえるかい」

歌声がいきなりやんだ。しばらくして、おずおずした声が聞こえた。「死刑囚と話しちゃいけないんだ。母ちゃんが言ってた、あんたは頭がおかしくて危ないやつだって」

田《ティエン》は笑った。「そうとも、わたしは頭がおかしい。だけどおもしろい歌を知ってるよ。教えてほしいかい？　羊とか、真珠とか、ほかにも愉快なものがいろいろ出てくるんだが」

子供たちは額を集めて話し合い、一人が言った。「いいじゃないか。頭のおかしいやつはおもしろい歌を知ってるに決まってる」

田《ティエン》・皓里《ハオリ》は最後に残った体力と集中力をかき集めた。そして本の言葉を思い出した。三人の兵士は、羊を集める犬のように、捕虜を何十人も集めていた。捕虜の歩みがのろいと、すぐに殴るか、ただちに殺した。女たちは真珠を連ねたように、縄で一列につながれていた。

田《ティエン》はどう偽装しようかと考えた。北京官話と地元の方言の声調の違いを考え、駄洒落や類似語を用い、韻を踏み、言葉を入れ替えたり、判別できないほど変容させたりする方法を考えた。それから歌い始めた。

仙人の弟子《ていし》は、羊を集める犬のように、
僧侶を何十人も集めていた。
僧侶の歩みがのろいと、
スグリ投げるか、
ただ地に転がした。
お馬《んま》たちは真珠を連ねたように、
縄目いじれずにうなだれていた。

子供たちは無意味な歌詞に大喜びし、すぐに歌を覚えた。

彼らは田《ティエン》を処刑台の杭につなぎ、衣服をはぎとった。

田《ティエン》は見物人を見つめた。何人かの目には哀れみが、何人かの目には恐れが、さらに何人か――李小衣《リ・シャオイー》の親戚である解《ジェ》のような――の目には、ならず者の訟棍がこんな運命をたどることへの喜びが認められた。だが、たいていの目は期待に満ちていた。この処刑、この恐怖は娯楽にほかならないのだ。

「最後の機会だ」血滴子が言った。「ここで真実を話せば、喉をすっぱりと切り裂いてやる。さもなくばあと数時間楽しむことになるぞ」

見物人のあいだにささやきが広がった。くすくす笑う者もあった。何人かの男の血に飢えた顔を田《ティエン》は凝視した。（あんたたちは奴隷根性が身についてしまった）と田《ティエン》は思った。（過去を忘れ、皇帝のおとなしい虜囚になり下がってしまった。皇帝の蛮行を喜び、自分たちは黄金時代に生きていると信じるようになり、帝国の金ぴかの表面の下の、血まみれの腐った土台を見ようともしない。あんたたちの自由を守るために死んでいった人々の記憶を穢しているんだ）

田《ティエン》の心は絶望でいっぱいになった。（これほどの苦しみに耐え、命を投げ出したのは無駄なことだったのか）

見物人の中の子供たちが歌い出した。

仙人の弟子は、羊を集める犬のように、
僧侶を何十人も集めていた。
僧侶の歩みがのろいと、
スグリ投げるか、
ただ地に転がした。
お馬たちは真珠を連ねたように、
縄目いじれずにうなだれていた。

血滴子の表情は変わらなかった。彼の耳に聞こえたのは、子供たちの戯言《ざれごと》にすぎなかった。そう、これなら子供たちは、あの歌を知っていても危険な目に遭うことはあるまい。しかし田《ティエン》は、戯言の正体を見抜ける者がいるのかという不安も感じていた。わたしは真実を深いところに隠しすぎたのでは？

「最後まで強情を張るのだな」血滴子は処刑人のほうを向いた。処刑人は回転砥石で短剣を研いでいるところだった。「できるだけ長引かせてやれ」

（わたしは何をしてきたのだ）田《ティエン》は思った。（みんなわたしの死にざまを笑っている。わたしが愚かだったと笑っている。わたしは忘れられた大義のために戦ったが、何一つ成し遂げられなかった）

（そんなことはない）猿の王が話しかけてきた。（李小井《リ・シャオジン》は日本で安全に暮らしている。

子供たちの歌は広まり、やがて県全体、省全体、国全体が彼らの歌声でいっぱいになるだろう。いつか――今ではないかもしれない、百年たっても無理かもしれないが、いつかあの本が日本から戻ってくるか、切れ者の学者がついにおまえの歌の偽装を見破るだろう。二郎真君が最後にはおれの変化を見破ったように。そのとき、真実の火花がこの国を燃え上がらせ、この連中も無気力から覚めるだろう。おまえは揚州の人々の記憶を守ったのだ）

処刑人はまず、田《ティエン》の太腿を長くゆっくりと裂いて、肉塊を切りとった。田《ティエン》の悲鳴は動物の悲鳴のように荒々しく、哀れで、支離滅裂だった。

（わたしは大した英雄じゃないな）田《ティエン》は思った。（本当に勇敢だったらよかったのに）

（おまえは普通じゃない選択肢を与えられた普通の人間だ）猿の王は言った。（自分の選択を後悔しているか）

（いいや）と田《ティエン》は思った。痛みのあまり錯乱し、理性を失っていきながらも、田《ティエン》はしっかりとかぶりをふった。（少しも後悔していない）

（それでもう十分じゃないか）猿の王は言った。そして田皓里《ティエン・ハオリ》の前で頭を下げた。皇帝の前で叩頭するようにではなく、偉大な英雄に一礼を捧げるように。

著者付記

歴史上の職業である訟師（または訟棍）のことを詳しく知りたい方は、未発表の論文について著者に問い合わせてほしい。田皓里《ティエン・ハオリ》の活躍の一部は、アンソロジストの平衡《ピン・ホン》が『中國大狀師（中国の大訴状師）』（一九二二）にまとめた大訴訟師、謝方樽《シェ・ファンズン》の説話に基づいている。

『揚州十日記』は中国で二百五十年以上、満州族の皇帝によって禁書とされ、揚州大虐殺は、満州族の侵略のあいだに起きた無数の残虐行為とともに忘れられていた。一九一一年の革命前の十年間に、何部かの写本がようやく日本から持ち帰られ、中国で再出版された。その文書は清王朝の没落と、中国における帝政の終了に、小さいながら重要な役割を果たした。わたしは一部を翻訳し、この物語に使用した。

長年にわたる事実の隠蔽《いんぺい》——それは現在までである程度続いている——のせいで、揚州で亡くなった犠牲者の本当の数は決してわからないかもしれない。この物語には彼らへの追悼がこめられている。

万味調和——軍神関羽のアメリカでの物語

All the Flavors

古沢嘉通訳

人生とはすべて実験だ。
——ラルフ・ウォルドー・エマソン

アメリカ人にとって、人生全体が賭け事であり、革命の時であり、戦いの日なのだ。
——アレクシ・ド・トクヴィル

アイダホ・シティ

ミズーリ・ボーイズは、午前四時半ごろにアイダホ・シティにこっそり入った。あたりはまだ暗く、窓に明かりが灯っている家は、〈イザベルのジョイ・クラブ〉だけだった。

オビーとクリックはまっすぐ〈サースティ・フィッシュ〉亭に向かった。その日の少しまえに、店の経営者であるJ・J・ケリーは、スミス&ウェッソンのリボルバーにものを言わせ、オビーとクリックを酒場から追い出していた。苦も無く、音も立てず、オビーとクリックは〈サースティ・フィッシュ〉亭の扉の錠を壊し、すばやくなかに姿を消した。

「あのアイルランド野郎に礼儀を教えてやる」声を潜めてクリックが言った。アルコールの霞越しに、クリックの目はたったひとつの姿だけに焦点が合っていた――小柄なケリーが、囃《はや》したてる大勢をうしろに従えて銃を構えてこちらに近づいてくる姿。**次におまえらがアイダホ・シティに姿を見せたら、新しく建てた屋外便所の下に埋めてやるからな。**

足下が多少ふらついていたが、クリックはバールを手に、足音を忍ばせて、一家の生活空間に通じる階段をのぼることに成功した。

クリックほどは酔っていなかったオビーは、バーの奥に飛びこみ、アルコールを補給して、その状況のすばやい改善にとりかかった。無造作にまわりの棚からさまざまな大きさや色の酒瓶を下ろし、それぞれから一口啜《すす》っては、カウンターのほかの酒瓶に叩きつけたり、地面に放り投げたりした。アルコールがいたるところに降り注がれ、床や調度に染みこんだ。

女性の悲鳴が二階の暗闇を引き裂いた。オビーは飛び上がり、リボルバーを抜いた。友に手を貸すため二階に駆け上がるべきか、扉の外に飛び出し、通りを走って、捕まるまえに森に逃げこむべきか、オビーは階段の下で躊躇した。頭の上から、もはや静かでいることなどにはかまっていない足音がして、なにか重たいものと柔らかいものが床に倒れる大きな音が聞こえた。オビーは毒づいて、後ろに飛び退き、たったいま天井から目に降りかかった大量の埃を汚れた大きな手でこすり落とそうとした。さらにくぐもった悲鳴とののしり声がして、そのあと静まり返った。

「ワオ！」クリックが階段の上がり口に姿を現した。嬉しそうな笑みが手に高く掲げた石油ランプの光に浮かび上がっている。「ボロ布を取ってこい。この家を焼いてしまおうぜ」

アイダホ・シティの七千人の住民が、一八六五年五月十八日の大火の被害を算出するころには、ミズーリ・ボーイズは、ウェルズ・ファーゴ・トレイルを通って何マイルも先におり、痛飲と馬を飛ばしてきたことで生じた頭痛を眠って取り去ろうとしていた。アイダホ・シティは、新聞社一社、劇場二軒、写真館二軒、郵便配達局三カ所、レストラン四軒、醸造所四軒、ドラッグストア四軒、食糧品店五軒、鍛冶屋六軒、肉屋七軒、パン屋七軒、ホテル八軒、診療所十二カ所、法律事務所二十二カ所、酒場二十四軒、雑貨品店三十六軒を失った。

数週間後、疲れ切り、痩せこけた中国人男性の一行が、風変わりな竹製の担ぎ棒を肩にかけ、ポケットの裏地に現金を縫い付けて、アイダホ・シティに姿を見せたとき、街の住民が、彼らのために歓迎パーティーを開きそうになったのは、それが理由だった。だれもが中国の男たちと彼らの所持金をはなればなれにする作業にさっそくとりかかった。

リリーの母、エルジー・シーヴァーは、ほぼ毎晩のように、リリーの父に中国の男たちのことで文句を言った。

「サディアス、あの異教徒連中にやかましくしないでと注意してくれない？　自分の声も聞こえないわ」

「エルジー、中国人たちは週十四ドルの家賃を払ってくれているのだから、数時間、自分たちの音楽を演奏する資格があると思うぞ」

シーヴァー一家の店は、数週間まえに焼け落ちた店舗の一軒だった。リリーの父、サド（本人はジャックと呼ばれるほうを好んでいたが）・シーヴァーは、まだ店の再建途上にあった。夫と同様、エルジーも、自分たちには中国人たちの家賃が必要だとわかっていた。エルジーはため息をつくと、丸めた綿を耳に詰め、台所で裁縫にとりかかった。

リリーは、むしろ中国人の音楽が好きだった。たしかに大きな音だった。銅鑼や鐃鈸《シンバル》や拍子木、太鼓が大音声を立て、リリーの心臓は、そのリズムに合わせて鼓動を搏《う》ちたがった。かん高い音を立てる二弦の弦楽器が、とても高く、純粋な音を奏で、リリーはそれに耳を傾けていると宙に浮かぶ気がした。そして、夕暮れの暮れなずむ光のなかで、赤ら顔の中国人が三弦のリュートをかき鳴らして悲しげで静かな音を立て、道ばたで歌を口ずさみはじめると、彼を囲むようにしゃがんだ仲間たちは、静かに耳を澄まし、代わる代わる顔に笑みを浮かべたり、沈痛な表情を浮かべたりするのだった。歌っている中国人は、身の丈六フィート以上あり、黒いもじゃもじゃの鬚《ひげ》が胸まで覆っていた。男が首を動かし、仲間ひとりひとりを見ているときのその細くて切れ長の目は大鷲の目のようだ、とリリーは思った。ときおり、中国人たちは大声で馬鹿笑いして、赤ら顔の中国人の背中を叩いた。大男は笑みを浮かべ、歌いつづけた。

「あの人はなんのことを歌っていると思う？」リリーは、ポーチから母に問いかけた。

「野蛮な故国の口にするのもおぞましい不潔な不道徳のことであるのは、まちがいないわね。阿片窟とか芸妓とかそんなことを。こっちへ来て、ドアを閉めなさい。縫い物は終わった？」

リリーは窓から中国人たちの様子を眺めつづけ、なんの歌なのかわかればいいのにと願った。あの音楽のせいで、母親が考え事をできなくなっていることに感謝した。つまり、これ以上、リリーにやらせる用事を考えられなくなるということだったからだ。

リリーの父は中国人たちの料理にかなり興味を惹かれていた。彼らは作る料理ですら、やかましかった。熱した油のジュージュー、シューシューいう音、まな板に大包丁が打ち付けられるタンタンタンという音もまたあらたな種類の音楽をこしらえていた。料理は匂いも盛大に立てた。通りを横切って開けたドアから漂ってくる煙は、見知らぬ香辛料と見知らぬ野菜のピリッとくる匂いを運んできて、リリーの胃袋をグーグー鳴らした。

「あそこでいったいなにをこしらえているんだろう？　胡瓜からあんな匂いがするはずがない」リリーの父はだれに問いかけるでもなく訊ねた。リリーは父が舌なめずりするのを見た。

「訊いてみようよ」リリーが提案した。

「ふんっ！　妙な考えを起こすんじゃないぞ。あの中国人たちはおまえみたいな小さなクリスチャンの女の子を切り刻んで、あのでかい鍋で揚げるのが好きだろう。連中に近づくんじゃないぞ、いいな？」

リリーはあの中国人たちが自分を食べるとは信じていなかった。とても気さくそうに見えた。それにもし彼らが女の子たちで食糧を補おうという気でいるなら、どうして家の裏にこしらえた野菜畑で日がな一日野良仕事をしているのだろう？

中国の男たちについては、数多くの謎があった。なかでも最大の謎は、彼らが借りている狭い家にどうやってみんなが収まっていられるのか、というものだ。二十七名の中国人男性からなる一行は、プレサー・ストリート沿いの五軒のソールトボックス型の家を借りていた。そのうち二軒がジャック・シーヴァーの持ち家で、残り三軒は、ケナン氏の持ち物だった。ケナン氏の銀行は、焼け落ちてしまい、氏は家族を東部に帰しているところだった。ソールトボックス型の家は、簡単な構造の平屋で、台所を兼ねている居間が正面にあり、奥に寝室が一部屋あった。奥行き十二フィート、幅三十フィートの小さな家は、薄い板張りで、正面のポーチがギュッと軒を連ねるように並べられ、そこが屋根のある歩道になっていた。

過去にそれらの家をジャック・シーヴァーから借りていた白人鉱夫は、ひとりで暮らしているか、せいぜい一つの家を同居人とふたりでわけあっていた。一方、中国の男たちは、ひとつの家に五、六人で住んでいた。そのつましい暮らしは、アイダホ・シティの一部の人々をかなり失望させた。中国人たちがもっと気前よく金を使うことを期待していたのだ。彼らは、貸家の以前の店子が残していったテーブルや椅子をばらし、寝室の壁沿いに寝床を築くための木材として利用し、居間の床にはマットレスを並べた。以前の住人は、壁にリンカーンやリー将軍の写真を残していった。それらを中国人たちはそのままにしておいた。

「ローガンはあの写真が気に入っていると言ってたぞ」夕食のおり、ジャック・シーヴァーが言った。

「ローガンってだれ？」

「あの赤ら顔のでかい中国人だ。リーは何者だと訊くので、負けた側についたが、その勇猛さと忠誠心でいまだに尊敬されている偉大な将軍だと教えてやった。あ、それにリー将軍の鬚が気に入っているそうだ」

実は、リリーは父親とあの中国人とのあいだの会話を、ピアノの裏に隠れて聞いていた。大きな中国人の名前は、〝ローガン〟と少しも似ていない気がした。ほかの中国人たちが彼に呼びかけているのを何度もリリーは聞いており、〝ラオグヮアン〟と言っているようにリリーの耳には聞こえた。

「変な連中よ、あの天の民《セレスチャル》たちは（中華帝国＝天朝からくる、中国人の旧称）」エルジーは言った。「あのローガンにはぞっとするわ。あの手の大きさを見て！　人殺しをしたことがあるはず。絶対にそうよ。ほかの店子を見つけてくれたらいいのに、サディアス」

リリーの母以外のだれも彼女の夫を〝サディアス〟と呼んでいなかった。ほかのみんなにとって、彼は〝シーヴァーさん〟か〝ジャック〟のどちらかだった。ここ西部では人々が多くの名前を持っている事実にリリーは慣れていた。結局のところ、銀行にいるときは、だれもが銀行家を〝ケナンさん〟と呼び、彼が近くにいないときは、〝シャイロック〟と呼ぶのだ。それにリリーの母は、いつも娘を〝リリアン〟と呼ぶ一方、父はいつも娘を〝ナゲット〟と呼んでいた。この家では、あの中国人の大男は新しい名前、〝ローガン〟を付けられたようだ。

「おまえは、父さんの金の塊《ナゲット》だよ、愛しい娘」リリーの父は、店に出かけるまえ、毎朝、リリーにそう言った。

「うぬぼれでのぼせあがっちゃうわよ」リリーの母は台所からそう言うのがつねだった。

採鉱シーズンもたけなわであり、中国人たちは、腰を落ち着けた途端、金を探しに出かけはじめた。彼らは明るくなるとすぐに出発した。ゆったりとしたシャツとだぶだぶのズボンを身につけ、大きな麦わら帽子の下から弁髪を覗かせていた。年輩の男性数人は、あとに残って、野菜畑での野良仕事か、洗濯と料理を担当した。

リリーは日中、ほとんど放っておかれた。母は買い物に出かけるか、家の用事で忙しくしている一方、父は新しい店に働きに出ていた。ジャックは、新しい店に一画を設けて、中国の鉱夫たちに売るため、サンフランシスコから仕入れる皮蛋《ピータン》や漬け物、凍豆腐、香辛料、醤油、苦瓜を置こうと考えていた。

「あの中国人たちは、すぐに大量の砂金を運んでくるようになる。そうなったときに連中からそれを手に入れる用意をしておくつもりだ」

エルジーはその計画に気が進まなかった。中国人の変わった食品が夫の店の商品すべてにおかしな臭いをつけることを考えると、吐き気を催した。だが、いったんサドがひとつの考えに取り憑かれると、言い争っても無駄なことを彼女は知っていた。そもそも、だれも自分たちのことを知らず、自分たちもだれも知らない西部にいったほうがずっと幸せになるという考えが頭に浮かんだというだけの理由で、夫は、荷物をまとめ、家庭教師としてまったく問題なく暮らしてこられていたコネチカット州のハートフォードから妻とリリーをここまで引っ張ってきたのだ。

そのとき、エルジーの父ですら、娘の夫を心変わりさせようと説得できなかった。父はサドに、ボストンに来て自分の法律事務所で働いてくれるよう頼んでくれた。仕事は順調だし、きみの力を借りることができる、と父は言った。エルジーは、ボストンの高級住宅地、ビーコン・ヒルに並んでいる店や暮らしぶりを想像して、ほほ笑んだ。

「お申し出には感謝します」サドは義父に言った。「ですが、わたしは弁護士に向いているとは思いません」

エルジーはそのあと、お茶と焼きたてのオートミール・クッキーで何時間もてなして、父親を宥《なだ》めなくてはならなかった。それだけのことをしても、父は翌日ボストンに戻るため、出発する際に、サドに別れの挨拶をするのを拒んだ。「やつの父親と友人になったあの日がいまいましい」父はつぶやいた。あまりに大きな声だったので、エルジーは聞こえなかったふりができなかった。

「こういうのはうんざりなんだ」のちにサドは妻に言った。「なにかをやってのけた人間をだれも知らない。ハートフォードにいる人間は、みな、父親がはじめたことをつづけているだけだ。どの世代も荷物をまとめてどこか新しいところに出かける国になるんじゃなかったのか？　われわれはここを出て、自分たちで新しい暮らしをはじめるべきだと思う。自分で新しい名前を決めることさえできる。そういうのはおもしろくないかい？」

エルジーは自分の名前で満足していた。だが、サドはちがった。彼が〝ジャック〟になったのは、そういうわけだった。

「わたしはむかしからずっと〝ジャック〟になりたかったんだ」名前がシャツとおなじように脱いだり着たりできるものであるかのように、彼は妻に言った。エルジーはその新しい名前で夫を呼ぶことを拒んだ。

かつて、リリーが母とふたりだけのとき、母は、こういうことはすべて戦争のせいだと、娘に告げた。

「あの人が戦場に出て一日もしないうちに、南軍の銃弾が背中に当たったの。そのせいで、あの人は八カ月間、寝ていなければならなかった。あらゆる種類の変わった考えが頭に浮かび、そんな考えを頭から一掃してくれるような天使の顕現は一度もおこらなかった」

一家がここアイダホにやってくるのが南軍のせいだとしたら、南軍の人たちがそんなに悪い人だとはリリーには思えなかった。

家にいたら、母が必ずなにかの用事を見つけてやらされるというのをリリーはいやというほど思い知らされた。学校がまたはじまるまで、リリーにとっていちばんいいのは、朝、最初の機会を捉えて家を出て、夕食時まで帰らないということだった。

リリーは街の外にある丘陵地帯にいくのが好きだった。ベイマツや、ヤマモミジ、ポンデローサマツの茂る森が日中の日差しからリリーを守ってくれた。お昼用にパンとチーズを少し持参できており、喉を潤す水はたっぷり流れていた。虫に食われてさまざまな動物を思わせる形になっている葉っぱを拾って、しばらく過ごした。それに飽きると、涼もうとして小川に足を浸した。水に入るまえにスカートの後ろの裾を脚の間から前に引き上げ、パンツにたくしこんだ。こんなふうにしているところを母が近くにいて見ていないのにほっとする。泥や水のなかを通るとき、スカートの裾を邪魔にならないようにこうしているほうがずっと楽なのだ。

リリーは小川の浅い縁に沿って下流に向かって歩いた。きょうは、暖かいというより暑くなりはじめていた。水を首筋と額にバシャバシャとかけた。木々のあいだの鳥の巣や、泥についたアライグマの足跡を探す。ずっとこうしていられたらいいのに、とリリーは思った。望む時間にいつでも食べられる美味しい、お腹いっぱいにしてくれるお弁当を持っていて、あとになればもっと美味しい夕食が待っていることをわかったうえで、ひとりきりで、とりたててなにかをしようというのでなく、水に浸した足が涼しく、背中を太陽に温められているんだといいのに。

蛇行した川の向こうから、男たちが歌っているかすかな声が聞こえた。リリーは足を止めた。ひょっとしたら、いまいるところからほんの少し下流にいったところに砂金鉱夫のキャンプがあるかもしれない。見ると面白いかも。

リリーは川の堤にのぼり、森に入っていった。歌声はどんどん大きくなった。言葉はひとつもわからなかったけれど、メロディーを聞くと、聞き覚えのある歌のどれとも違っているとわかった。

リリーは木々のあいだを慎重に進んだ。いまは木陰に深く入りこんでおり、そよ風が顔の汗と水をすばやく乾かした。心臓が早鐘のように搏ちだした。いまでは歌声がよりくっきりと聞こえていた。男性ひとりの深い声が、リリーにはわからない言葉で歌を歌い、その風変わりなメロディーが中国人たちの音楽の響きをリリーに思い出させた。するとほかの男たちの声のコーラスが歌声に応え、そのゆっくりとした一定のリズムにそれが働く男たちの歌であることをリリーに伝えた。歌詞や曲が、苦しそうな息と心拍のリズムに合わせて発せられていた。

リリーは森の外れにたどり着き、カエデの太い幹のうしろに隠れながら、小川の岸で歌っている男たちをこっそりと眺めた。

ただし小川はどこにも見えなかった。

中国人鉱夫たちは、この屈曲部がよい砂金採掘場だと気づいたのち、流れを堰き止めるためのダムを築いていた。小川のあったところにいまでは五、六人の鉱夫たちがいて、ツルハシやシャベルで岩盤を掘り進んでいた。ほかの鉱夫たちは、掘削の済んだ場所の裂け目から、金を含んだ砂や砂礫を少しずつ割り砕いていた。男たちは日除けの麦わら帽子をかぶっていた。ソロで歌っていたのは、ローガンだったことにリリーは気づいた。赤ら顔の中国人は、丸めたハンカチで分厚い鬚を巻き、ハンカチの両端をシャツのなかにたくしこんで、作業中に外れないようにしていた。歌の一節を朗々と歌うたび、ローガンは背を伸ばし、シャベルにもたれた。鬚を包んでいるハンカチの袋が、彼が歌うのに合わせて、雄鶏の首のように動いた。リリーは声に出して笑いそうになった。

大きな破裂音が、騒音と砂金掘り作業をつんざき、乾いた川床の堤一帯に反響した。歌が止み、鉱夫たちはみな、その場で動きを止めた。山の空気が突然静まり返り、驚いた鳥たちが空に飛び立つ音だけがその静けさを破った。

頭の上でいま発砲したばかりのピストルをゆっくり振り回しながら、クリックがリリーの隠れている森のなかからふんぞり返って出てくると、川床を横切った。そのあとにオビーが従い、一歩ごとにショットガンの銃身を鉱夫たちひとりひとりに向けていた。

「さて、さて、さて」クリックは言った。「ここを見てみろよ。シナの猿どもの歌うサーカスだ」

ローガンはクリックを睨みつけた。「あんたら《ユー・ボーイズ》はなにをしたいんだ？」

「ガキども《ボーイズ》だと？」クリックは胴間声で吠えた。「オビー、聞いたか。この中国人はおれたちをボーイズと呼んだんだぜ」

「おれがそいつの頭を吹き飛ばしたら、大口は叩けないだろうさ」オビーが言った。ローガンはふたりに向かって歩いていきはじめた。長い腕の先の大きな手に握られた重たいシャベルを引きずっていく。

「その場で動くな、薄汚いイエロー・モンキー」クリックはピストルをローガンに向けた。

「なにが望みなんだ？」

「そりゃ、もちろん、おれたちのものを集めるためさ。おまえらがおれたちの金を守っていたのは知ってる。それを取り返しにきたんだ」

「あんたらの金など持っておらん」

「まいったぜ」クリックはそう言って、首を左右に振った。「中国人は、鼠とウジ虫を食べて育ったせいで、泥棒であり嘘つきであると昔から聞かされてきたが、おれは天の民には広い心でいるようにずっとしてきたんだ。だが、自分の目でみると、まさにそのとおりだな」

「薄汚い嘘つきどもだ」オビーが賛同した。

「オビーとおれは、去年の春にここを見つけて、権利を獲得した。ここんところおれたちは少し忙しかった。だから、おまえたちを大目にみて、採掘の仕事をさせてやり、おまえたちの労働に対する正当な賃金を払ってやろうと考えたんだ。クリスチャンとしての義務を果たそうと考えた」

「おれたちは礼儀正しい人間なんだ」オビーが付け加える。

「おれたちはとても寛大なんだぞ」クリックが同意した。「だが、そしたらどうなったと思う？　親切でいることは、こいつら異教徒どもにはなんの役にも立たなかったんだ。ここにくる途中で、おれはこの数週間、おまえらが働いた分のわずかな砂金は持っておいてかまわないという気になりかけていたんだが、いまは、全部持っていく気になってる」

「この恩知らずどもめ」オビーが言った。

まだほんの子どもと言っていいくらいの若い中国人が、ひどく腹を立てた様子で、何事か彼らの言葉でローガンに向かって叫んだ。ローガンは片手を振って、若者に自分のうしろにいるよう伝え、クリックの顔からけっして視線を外さなかった。

「あんたらは事実をまげている」ローガンは言った。叫んではいないのに彼の声は、谷間と森にこだまして、その力強さにリリーを震えさせたほどだった。「わしらがこの鉱床を見つけ、採掘権を手に入れた。裁判所にいけば確認できる」

「耳が聞こえないのか？」クリックが訊いた。「おれが裁判所に確認する必要があるなんて、どうしたらそう思えるんだ？　おれはたったいまおまえに事実を告げた。法律屋と相談したところ」――クリックは苛立たしげにピストルを振り回した――「採掘権は、まさにおれのものであり、おまえらは他人の土地を不法に奪う連中だと言われた。法によって、おまえらをこの場で、たくさんの鼠のように、撃ち殺す権利がおれにはある。だが、おれは無用の血を流したくないので、金を寄越せば、おまえらのくだらない命を救ってやるつもりだ。この採掘場でおれのために働かせつづけてやってもいい。妙な気を起こして、将来、おれたちの金を渡さないなんてことをしないと約束するならな」

なんの警告もなしに、オビーは発砲した。その一発は先ほどローガンに腹立たしげに叫んでいた少年の足下の石を粉砕した。少年がうしろに飛び退き、ツルハシを手から落として、驚いた悲鳴をあげたのを見て、オビーとクリックは腹を抱えて笑った。砕けた石の破片が少年の手に当たり、彼はヘナヘナと地面にしゃがみこんで、てのひらの傷から流れる血がたちまちラクダ色のシャツの袖を濡らすのを信じられぬ思いで見つめていた。ほかの中国人数人が少年のまわりに集まって手当てをしようとした。リリーは悲鳴をあげそうになるのをかろうじて抑えた。クルリと背を向け、街に駆け戻りたかったが、身を隠している木に必死でしがみついていなかったら、立っていられなかった。

ローガンはクリックに関心を戻した。彼の顔はいっそう赤味を帯びたものになり、目から血が溢れ出るのではないか、とリリーは心配になった。

「よせ」ローガンは言った。

「金を寄越せ」クリックは言う。「さもなければ、そいつを踊らすのではなく、息の根を止めてやる」

ローガンはそれまで手にぶらさげていたシャベルを何気なく背後に放った。「銃を仕舞って、正々堂々とした戦いで結着をつけるのはどうだ？」

クリックは一瞬ためらった。そういうことになれば、自分は充分戦えるとクリックは思った。ニューオーリンズで何度となく喧嘩をこなしており、肋骨でナイフが止まったときの感覚をはっきり覚えているほどだった。だが、ローガンはおよそ一フィートは背が高く、五十ポンドは重そうであり、鬚のせいで年輩に見えていたが、この大男が反応速度が遅くなるほど年がいっているかどうか、クリックには定かではなかった。それにどのみち、クリックはこの赤ら顔の中国人を少し怖れていた――狂人のように戦うのではないかと思えるくらい怒っているように見えた。狂人と戦った場合、骨の二、三本も折られずにすむことはないとわかっているくらいに、クリックは喧嘩について心得ていた。

こんなはずじゃなかった！　クリックとオビーは、サンフランシスコで何年も暮らしていたので、中国人のことは万事承知していた。連中は、揃いも揃ってちんちくりんで、女たちが束になったよりもクリックとオビーに面倒をかけることがほぼなかった。連中のやっているのがいずれも女の仕事であることを考えれば、驚くべきことではなかった――料理や洗濯だ。それに連中のだれひとりとして、本気で喧嘩してきたやつはいなかった。この中国人連中は、クリックとオビーが森からのっそり姿を現すやいなや、跪《ひざまず》いて、許しを乞い、砂金を全部差し出すはずだった。赤ら顔の大男が彼らの計画を台無しにしたのだ！

「いまからとても公平な戦いをしようじゃないか」クリックは言った。リボルバーをローガンに向ける。「全能の神は、人間を創造したが、コルト大佐は人間を平等にした」

ローガンは鬢に巻いていたハンカチをほどき、広げて、バンダナのように頭のてっぺんを覆って結んだ。上着を脱ぎ、シャツの袖をまくりあげた。両腕の強靱な筋肉を包んでいる堅そうな茶色い皮膚は傷だらけだった。ローガンは、クリックに向かって数歩進んだ。顔色はいままでにないほど赤くなっていたが、足取りは落ち着いたもので、夜に散歩しながら、アイダホ・シティのリリーの家のまえで歌っているときのようだった。

「おれが撃たないと思うなよ」クリックは言った。「ミズーリ・ボーイズは、我慢強くないんだ」

ローガンは身を屈め、卵ほどの大きさの石を拾い上げた。石を強く握り締める。「ここから出ていけ。おまえらに渡すような金はない」さらに冷静に数歩、クリックに向かって進む。

すると次の瞬間、ローガンは走り出した。銃を持った男たちとのあいだを詰めていく。走りながら、ローガンはクリックの顔をじっと見据えて、右腕を曲げて、うしろに引いた。オビーが発砲した。ふんばる余裕がなく、発砲の反動で彼は仰向けに倒れた。

ローガンの左肩が爆発した。真っ赤な血が噴き出し、うしろに流れる。陽の光のなか、ローガンの背後で一輪の薔薇が咲いたようにリリーには見えた。

ほかの中国人たちはだれもなにも言わなかった。彼らは凍りつき、まえを見つめていた。

リリーの息が止まった。時間が凍結したかのように思えた。血の霧が宙に浮かび、落ちていったり、あるいは消え失せたりするのを拒んでいるようだった。

次の瞬間、リリーは空気を肺一杯に吸いこみ、記憶にあるかぎりでもっとも大きな悲鳴をあげた。蜂がレモネードのカップに潜んでいるのに気づかずに唇を刺されたときよりもずっと大きな悲鳴だった。その悲鳴は森じゅうに響きわたり、さらに多くの鳥を驚かせて宙に飛び立たせた。（ほんとにあたしの声なの？）リリーは思った。自分の声のようではなかった。人間の声にすら聞こえなかった。

クリックは対岸からリリーの目を覗きこんだ。その顔は冷たい怒りと憎しみに充ちており、リリーの心臓は鼓動を止めた。

（ああ、神さま、今夜から毎晩お祈りします。ママの言うことに二度と逆らったりしません。お願いします、お願いします）

リリーは身を翻し、駆け出そうとしたが、脚が言うことをきいてくれなかった。うしろによろめき、地面から顔を出している根っこにつまずき、地面に勢いよく倒れた。転倒の衝撃で空気が吐き出され、ようやく悲鳴が止まった。リリーは起き上がろうともがき、クリックの銃が自分に向けられているだろうと予測していた。

ローガンがリリーを見ていた。信じられぬことに、彼はまだ立っていた。その半身は血で染まっていた。ローガンはリリーを見つづけており、たったいま銃に撃たれた人間には見えない、とリリーは思った。死にかけている人には見えない。血がローガンの顔半分に飛び散っていたが、残り半分はあの濃い深紅の色を失っていた。それでも、ローガンは落ち着いているようにリリーには思えた。まるで少し悲しんでいるけれど、少しも痛くはないみたいに。

リリーは落ち着きが訪れるのを感じた。なぜだかわからないが、なにもかもうまくいくだろう、とわかった。

ローガンはリリーに背を向けた。またしてもクリックに向かって歩きつづけた。その足取りは、ゆっくりとして、慎重なものだった。左腕はだらんと下がっていた。

クリックはピストルの狙いをローガンにつけた。

ローガンはよろめいた。そして足を止めた。血が鬚に染みこみ、風が鬚を持ち上げると血の雫が宙に飛んだ。ローガンは一歩下がって、手にしていた石を投げた。石は宙に優雅な弧を描いた。クリックはその場に突っ立っていた。石はクリックの顔に激突し、頭蓋骨をパックリ割った衝撃音は、オビーの銃声ほど大きな音だった。

クリックの体は数秒間立ったままだったが、そののち、命を失った塊として地面に崩れ落ちた。オビーはよろよろと立ち上がり、クリックの動かぬ死体を一瞥すると、中国人たちに目もくれず、森の奥深くを目指して一目散に走り出した。

ローガンは膝をついた。左腕が揺れるのに合わせて、一瞬、その場で体をふらつかせた。左腕は体を支える役目を果たせなかった。そしてローガンはぐらりと倒れた。ほかの中国人たちが彼に駆け寄った。

リリーには、なにもかも現実のこととは思えなかった。舞台上の芝居のようだった。自分は恐怖に戦《おのの》いているはずだったとリリーは思った。悲鳴をあげているはず、あるいは気を失ってすらいるはずだったと思った。自分の母親ならきっとそうなっていただろう、とリリーは思った。だが、この数秒のあいだ、なにもかもゆっくりと過ぎていき、なにも自分を傷つけたりできないかのように、リリーは安心し、落ち着いていた。

リリーは木のうしろから姿を現し、中国人たちの集まりに向かって歩いていった。

ウイスキーと囲碁

リリーは、自分がこのゲームを理解することがはたしてあるのかどうか自信がなかった。

「この種《たね》はぜんぜん動かせないの？　ずっと？」

ふたりはローガンの家の裏にある野菜畑に座っていた。そこにいると、裁縫を終えた母がたまたま居間の窓から外を見たとしても、リリーの姿は見えない。ふたりとも両脚を組んで座っており、リリーはひんやりとした湿った土が脚の下に感じられるのが気に入った。これは仏陀の座り方なんだ、とローガンからリリーは聞いていた。ふたりのあいだの地面に、ローガンはナイフの先端で縦横並行した九本の線による格子模様を描いていた。

「ああ、動かせない」ローガンは左腕を動かし、阿彦《アーイエン》が手にしたボロ布でローガンの肩の傷を容易く拭えるようにした。阿彦《アーイエン》はオビーの最初の一発の的になった若い中国人だった。

リリーは自分の脚の包帯に恐る恐る触れた。木の根っこにつまずいて転んで、左のふくらはぎをかなりの広さに擦りむいてしまっていた。阿彦《アーイエン》は傷口を綺麗にしてから、平織りの木綿の包帯に薬と香辛料の強い臭いのする黒い塗り薬を塗ったもので巻いてくれた。ひんやりとする塗り薬は最初ヒリヒリしたが、リリーは唇を噛んで、泣き声をあげなかった。阿彦《アーイエン》の手付きは丁寧で、お医者さんなの、とリリーは青年に訊いた。

「いいや」若い中国人は言った。そしてリリーにほほ笑むと、砂糖をまぶした乾燥杏の欠片をリリーに渡して、しゃぶらせた。これまで口にした食べ物のなかでいちばん甘い、とリリーは思った。

阿彦《アーイエン》はローガンの隣に置いた盥《たらい》で布をゆすいだ。水面がふたたび真っ赤になった。これはお湯を入れた三杯目の盥だった。

ローガンは阿彦《アーイエン》の手当てになんの関心も向けなかった。「あんたは学びはじめたばかりだから、普通より小さめの盤で打つんだ。このゲームは、囲碁と呼ばれているもので、

〝囲む陣取りゲーム〟という意味だ。自分のものだと権利を主張する土地を囲むための柵を築くときに地面に打ちこむ杭《くい》として、個々の種の置き方を考えるんだ。杭は動かないだろ？」

リリーは蓮の種で打ち、ローガンは西瓜の種で打った。白黒の種が格子に綺麗な模様を描いた。

「じゃあ、カンザスで土地を手に入れる方法みたいなものなんだね」リリーは言った。

「そうだ」ローガンが答える。「そんな感じじゃないかな。わしはカンザスにいったことはないが。できるだけ大きな陣地を囲み、わしの杭で陣地を分割されないよう、うまく守ろうとしなさい」

ローガンは手にしている瓢簞《ひょうたん》からたっぷり飲んだ。瓢簞は小さな雪だるまみたいに見えた。大きめの球の上に小さめの球が乗り、真ん中の細くなった部分に赤い絹が巻かれて、滑り止めになっていた。瓢簞の金色の表面は、ローガンのゴツゴツした革のようなてのひらに常時触られていることでピカピカになっていた。この瓢簞は蔦《つた》に実るのだ、とローガンはリリーに話してくれた。瓢簞が熟すと、切り落とされ、先端部分が削られて、なかの種が取り出され、殻は葡萄酒を入れるのに最適の容器になる。

ローガンは舌鼓を打つと、ため息をついた。「ウイスキーだ。高粱酒並みに美味い」ローガンはリリーに飲んでみろと勧めた。リリーはびっくりして首を横に振った。ここの中国人たちが野蛮だと母が思っているのも不思議ではない。瓢箪からウィスキーを飲むだけで、充分酷かったが、それをクリスチャンの幼い娘に飲めと勧めるなんて。

「中国にはウィスキーはないの?」

ローガンはさらに一口啜ると、鬚についたウィスキーを拭った。「わしが子どものころ、世のなかには五つしか味がなく、この世のあらゆる喜びや悲しみは、その五つの味をさまざまに混ぜ合わせたものから成り立っていると教わった。わしはそれからいろいろ学んで、それが間違っているのを知った。どの土地にも、そこに新しい味があるのだ。ウィスキーはアメリカの味だ」

「老関《ラオグウアン》」阿彦《アーイエン》が呼びかけた。ローガンは阿彦《アーイエン》のほうを向いた。阿彦《アーイエン》が中国語で話しかけ、盥を指し示した。盥のなかの水を見てから、ローガンはうなずいた。阿彦《アーイエン》は盥を持って立ち上がり、畑の奥まった隅でその水を捨てると、家に入った。

「あいつは、毒の入った血と土と破れたボロをできるだけ取り除いてくれた」ローガンは説明した。「わしを縫ってくれる頃合いだ」

「パパは、おじさんの名前をローガンだと思っているけど」リリーは言った。「間違っているよね」

ローガンは笑い声をあげた。その笑い声は大きく、のどかなもので、彼が歌い、物語を語るときとおなじ響きがした。「わしの友人はみな、わしを老関《ラオグウアン》と呼んでいる。オールド・グゥァンというだけの意味だ。あんたの父さんには〝ローガン〟と聞こえたんだろうな。その響きは嫌いじゃないぞ。ひょっとしたら、アメリカでの通称にそれを使うかもしれない」

「こっちに引っ越してきたとき、パパも新しい名前を選んだんだよ」リリーは言った。「ママはパパがそんなことすべきじゃなかったって思ってる」

「あんたの母さんがそれに反対する理由はわからんな。ここは新しい名前に溢れた国だ。あんたの父さんと結婚するとき、お母さんは名前を変えなかったのかい？　だれもがこの国に来ると新しい名前を手に入れるものだ」

リリーはその指摘について考えた。確かにそのとおりだ。こっちで暮らすようになるまでは父親に〝ナゲット〟とは呼ばれていなかった。

阿彦《アーイエン》が針と何本かの糸を持って、戻ってきた。阿彦《アーイエン》はローガンの肩の傷の縫合にとりかかった。リリーはローガンの顔をじっと見て、彼が痛みに顔をしかめるのかどうか見ようとした。

「まだ、あんたの番だぞ」ローガンが言った。「なにも手当てしないと、その隅にあるあんたの種を全部捕らえることになる」

「痛くないの？」

「これか？」鬚を振って肩を指し示すやり方にリリーは笑い声をあげた。「骨をこそげ落とさねばならなかったときに比べれば、なんでもない」

「骨をこそげ落とさねばならなかった？」

「毒矢で撃たれたことがあったんだ。鏃《やじり》が腕の骨に刺さった。毒を取り除かないかぎり、わしは死ぬはずだった。世界一の医師、華佗《かだ》がわしを助けに来てくれた。華佗はわしの腕を切り開き、皮膚と肉をめくり、メスで毒の入った骨をこそげ取った。正直言って、そのときの痛みはこんなものじゃなかった。華佗が方々手を尽くして見つけたとても強い紹興酒を飲ませてくれたのが役に立った。わしはわが中尉と囲碁を打っていた。その男もとても強い打ち手だったのだ。おかげで痛みを気にしないでおれた」

「それはどこでの話？　中国でのこと？」

「ああ、ずいぶん昔の中国でだ」

阿彦《アーイエン》は縫合を終えた。ローガンは阿彦《アーイエン》になにか言い、阿彦《アーイエン》は小さな絹の包みをローガンに渡した。リリーがその包みについて阿彦《アーイエン》に訊ねようとしたが、彼はただほほ笑んで、自分の唇に一本の指を押し当てた。阿彦《アーイエン》はローガンを指さし、リリーに〝見てて《ウォッチ》〟と口の形で示した。

ローガンは地面に包みを置き、絹布をほどいた。なかには、一組の長い銀色の針が入っていた。ローガンは右手で針の一本を持ち上げ、リリーが「止めて」と叫ぶ暇もあらばこそ、左肩の傷口のすぐ上にその針を刺した。

「なんのためにそんなことをするの？」リリーはかん高い声で問うた。どういうわけか、ローガンの肩に長い針が刺さっている光景は、オビーの放った銃弾にローガンの肩がはじけたときよりも、リリーの胸を悪くさせた。

「痛みを止めるんだよ」ローガンは言った。あらたな針を手に取り、先ほどの針の一インチほど上に刺す。しかるべき場所にとどまるよう、針の末端を少しひねった。

「信じられない」

ローガンは笑い声をあげた。「小さなアメリカ人の女の子にはわからないことがたくさんあるんだ。年取った中国人がわからないこともたくさんある。どういうものなのか教えてやろう。あんたの脚はまだ痛むかね？」

「うん」

「さて、じっとしていろよ」ローガンは身を乗り出し、左のてのひらを地面近くに伸ばした。「あんたの足をこの手に載せるんだ」

「ねえ、そんなことしたら、また左腕を動かしてしまうよ」

「いや、こんなことなんでもない。骨をこそげ取らねばならなかったときは、二時間もしないうちに戦場に戻ったのだ」

リリーはローガンが冗談を言ってからかっているんだと確信した。「パパは南北戦争で足と胸を撃たれたの。また歩けるようになるまで八カ月かかった。いまも片脚を引きずっているよ」リリーは足を持ち上げ、痛みに顔をしかめた。ローガンはてのひらでリリーの足首を包んだ。

そのてのひらに触れられた足首は、温かかった。むしろ、熱かった。ローガンは目をつむり、ゆっくりと安定した呼吸をはじめた。足首に当たる熱が強くなったのをリリーは感じた。気持ちがよかった。怪我をしたふくらはぎのまわりにとても熱いタオルを押しつけられたかのようだった。痛みが次第にその熱のなかに溶けこんだ。リリーはとても楽な気分になり、心地良くなって、眠ってしまいそうになった。リリーは目を閉じた。

「よし、これで終わった」

ローガンはリリーの足首を放し、そっとその足を地面に着けた。リリーは目をあけ、膝頭のすぐ下に大きな銀色の針が刺さっているのを見た。

リリーは痛みに悲鳴をあげそうになったが、なにも感じないことに気づいた。針が皮膚に刺さっている周囲にかすかな麻痺感覚があり、針から熱が発せられつづけ、傷からくる痛みを途絶していた。

「変な感じがする」リリーは言った。試しに脚を何度か曲げてみた。

「新品みたいな気がするだろ」

「ママがこれを見たら気を失っちゃう」

「あんたが帰るまえに抜いてあげるよ。皮膚が治るまであと二、三日かかるだろうが、あんたの血のなかの毒の大半は、阿彦《アーイエン》が包帯に塗った薬と一緒に無くなり、この鍼治療で残りの毒を取り除けるはずだ。あした包帯を綺麗なものに交換すれば、この治療が済んだときには傷痕も残らないはずだ」

リリーはローガンに礼を言いたかったが、ふいに恥ずかしくなった。ローガンと話をするのは、変な感じがした。彼はいままでに会ったどんな人とも似ていなかった。素手で人を殺したかと思うと、リリーが仔猫を抱くときとおなじように優しく足首を包んでくれる。大地とおなじくらい古いような歌を歌っているかと思うと、次の瞬間には西瓜と蓮の種のゲームをやりながらリリーと笑っている。ローガンは興味深い人物だったが、同時にちょっとどころでなく怖かった。

「黒い種で打つのが好きなんだ」碁盤の目にあらたな種を置き、リリーの種を一区画分捕らえながら、ローガンは言った。蓮の種をつかむと、口のなかにたっぷり放りこむ。「蓮の種は食べたほうがずっといいな」

リリーは笑い声をあげた。口いっぱい種をほおばって喋っている老人が怖いなんておかしいと思った。

「ローガン、毒矢と骨をこそげ取ったお医者さんの話、それってほんとに自分の身に起こったことじゃないんでしょ？」

ローガンは小首を傾げて、リリーをしげしげと見つめた。ゆっくりと口のなかで蓮の実を噛み、飲みこむと、ニヤリと笑った。「それは中国の軍神、関羽《かんう》の身に起こったことさ」

「だと思った！　パパの友だちみたいだ。あたしが子どもだからって、いつだってあたしにホラ話をするんだ」

ローガンは深い、轟《とどろ》くような笑い声をあげた。「すべての話が作り話とはかぎらんぞ」

リリーは中国の軍神のことを聞いたことがなかった。自分の父親も聞いていないのは確かだ。いまやたそがれ時になっており、中国人がやかましく、油たっぷりの料理をしている音と匂いが庭を充たしていた。

「家に帰らなきゃ」いま嗅いでいる料理をちょっと食べてみて、関羽の話をもっと聞きたいと心の底から願っていたのだが。「あした会いにきたら、関羽の話をもっとしてくれる？」

ローガンは片手で鬚を撫でた。真剣な表情で答える。「そうしてくれれば嬉しいな」そして破顔した。「種を全部食べなきゃならなくとも」

軍神

関羽が神になるまえ、彼はただの少年だった。

実際にはそのまえ、彼はほぼ幽霊のようなものだった。彼の母は十二カ月彼をお腹に抱え、それでも彼は生まれようとしなかった。産婆は、母になにかの薬草を与え、母が足を蹴り、泣きわめくあいだ、彼女の夫にしっかり押さえておくように告げた。赤ん坊はやっと生まれたが、息をしていなかった。顔は真っ赤だった。（息が詰まっているせいか、それとも父親の野蛮な血が濃すぎるせいだろうかね）産婆は思った。

「大きな赤ん坊になったでしょうな」産婆は父親に囁いた。母は眠っていた。「いずれにせよ、大きすぎて長命は期待できなかったでしょうけど」産婆は赤ん坊を丈の長い産着にくるまれたであろうもので包みはじめた。「名前をお決めになっていたのですか？」

「いや」

「かえって好都合ですな。下で待っている鬼どもがしがみつく名前を与えたくはないでしょう」

赤ん坊は耳をつんざく泣き声をあげた。産婆は赤ん坊をあやうく取り落としそうになった。

「大きすぎて長命は期待できないでしょう」産婆はかかる事柄に関するおのれの権威に敢然と逆らう赤ん坊に少し腹を立て、産着をほどきながら言い張った。「それにこの顔を見なされ。真っ赤だ！」

「では、わたしはこの子を長生《ちようせい》と呼ぼう」

山西省の乾いた夏の日差しと埃っぽい春の風が、中国北部の心臓部であるこの地で暮らしを立てようとした中国人たちのあかぎれの切れた赤ら顔に皺と飛び散った塩を刻みつけた。蛮族が万里の長城を乗り越え、見上げるほどの大きさの馬にまたがり、北から襲ってきたときに、鍬《くわ》を手に取り、鋤《すき》を溶かして死ぬまで戦ったのは、そうした北部の男たちだった。男たちのかたわらで包丁で戦ったのはその妻たちだった。そして、女たちが敗れ、奴隷となり、やがて蛮族の妻となり、蛮族の言葉を学び、蛮族の子どもを産むと、ついには蛮族が自分たちのことを中国人だと考えはじめ、今度は蛮族の第二波が襲ってきたときに、中国人として戦うようになった。

死を怖れた弱い男と繊細な女たちが、花を飾った舟に乗り、酒に酔って歌を詠むことができるよう南へ逃れる一方、暮らしが奏でる音楽を唸る砂漠の怒りの旋律に合わせて、あとに残った者たちは、蛮族の血をみずからの血管に混ぜ、背が高くなり、苦難に充ちた暮らしに高い誇りを抱くようになった。

「だからこそ」長生の父は息子に言った。「秦と漢の皇帝はみな、わが故郷、偉大なる北西部の出身なのだ。われらから、帝国の将軍や詩人、大臣や学者が生まれた。われらだけが誇りを重んじている」

野良仕事に出ている父親の手伝いに加え、薪を集め、台所で火を点けるのは長生の仕事だった。一日のなかで長生のお気に入りの時間は、太陽が沈むまえの一時間かそこらだった。その時間になると、彼は錆びた斧ともっと錆びた山刀を持って、台所の扉から出ると、村の背後にある山に登っていった。

バシリ。斧が腐りかけた木の幹を断ち割る。**ザン**。山刀の刃が乾いた草を刈り取る。きつい作業だったが、長生は、敵を雑草のように斬り倒していく偉大な英雄になったふりをした。

家に戻ると、夕食は苦瓜と甘藍《キャベツ》の漬け物を醬油に浸した韮《ニラ》とともに強火で手早く炒め、高粱粉煎餅でくるんだものだった。ときおり、父の機嫌がいいとき、長生は梅酒を一口啜ることができた。舌の先端に甘みを感じ、喉を熱く下っていく。そうすると顔がいっそう赤味を濃くした。

「ほらどうだ、チビ助」父はそう言って、長生が酒の酔いに目を潤ませ、もう一口求めて手を伸ばすのを見てほほ笑んだ。「甜、酸、苦、辣、鹹（甘い、酸っぱい、苦い、ピリピリ辛い、塩辛い）、五味全部の調和が取れているだろ」

成長につれ、長生は背の高い少年になった。母親はすぐに息子が大きくなるので、しょっちゅう新しい着物を縫っていた。五年つづいた干魃《かんばつ》は、おさまる気配がなく、男たちがいままで以上に野良仕事に精を出しても、収穫は毎年少なくなっていくようだった。長生を学校に送り出す金がなく、父親はみずから息子に教育を授けた。

歴史は長生の好きな科目だったが、歴史について話し合っているときの父の目にはつねに悲しみがあった。長生はあまりたくさん質問をしないことを学んだ。そのかわり、歴史書を読むことにさらに時間を費やすようになった。そののち、薪を集めるため外に出ているときには、斧と山刀を用いて、果てしない野蛮な森との一大戦闘に及んだ。

「おまえは戦いが好きか？」ある日、父が訊ねた。

長生はうなずいた。

「では、おまえに囲碁のやり方を教えてやろう」

「長生の父親も蓮の実と西瓜の実を使ったの？」

「いや、本物の石を使った」

「おじさんの囲碁のやり方のほうが好き。種を使ったほうがもっと面白い」

「わしもそう思うよ。それにたくさん食べるのがわしは好きだ。さて、どこまで話したかな？」

一日もしないうちに、長生は三回に一回は父に勝てるようになった。一週間で、五回に一回しか負けなくなった。一月で、父に五子を置いてもまったく負けなくなった。

囲碁は梅酒よりもはるかによかった。規則の単純さのなかに甘味があり、敗戦の苦味、勝利のひりひりする喜びがあった。石が形成する模様は、よく噛んで、貪るべきものになっていた。

散歩に出ているときも、通りかかった牛の引く荷車が跳ね上げて出来た黒い泥の筋と、白い漆喰塗りの家壁とが作る模様を見つめて道に迷った。薪を切る代わりに、長生は、斧で台所の床に十九路の盤面を刻んだ。食事のあいだ、長生は野生米の実と黒い西瓜の種を食卓に並べて陣形を組み、食べるのを忘れた。母親はそんな息子を叱ろうとした。

「放っておけ」父は言った。「この子は偉大な将軍になる素質を持っている」

「ひょっとしたらそうかもしれませんが」長生の母は言った。「でも、あなたの一族は、もう何代も皇帝に仕えていないじゃないですか。この子はなんの将軍になるというんです？　雁の群れの将軍ですか？」

「それでも、こいつは女王と詩人と将軍と大臣を生み出した血筋の息子だ」長生の父は食い下がった。

「遊戯をしても、壺に米は入らないし、竈《かまど》に薪は入りません。今年もまた借金をしなければなりますまい」

近隣の村は、長生に挑戦するそれぞれの最高の打ち手を送ってきた。長生は彼ら全員を破った。やがて国でいちばんの大金持ちの息子、華雄《かゆう》が囲碁の神童、長生の噂を聞きつけた。

華雄の一族は塩の独占販売権を獲得することで富を築いた。国には大きな湖があり、その湖水は、蚩尤《しゆう》が黄帝に討たれ、体をバラバラに斬られ、その血が流れこんだせいで塩っぱくなっていた。漢の歴代皇帝たちは塩の取引への課税を主要な歳入源とし、帝国による塩独占を厳格に強制した。華雄の祖父は、戦略的に賄賂を配り、それ以降、一族は塩がもたらす富で肥え太っていった。

華雄は長生とおない年だった。猫を虐待し、父親の小作農家の畑に馬を駆け回らせて、踏み潰された高粱や小麦のあとが自分の名前になるようにして喜んでいるたぐいの少年だった。長生と碁を打ちに関家の戸口に華雄が姿を現したのもそんな調子だった。馬にまたがり、うしろには踏み潰された高粱の区画が帯状に延びていた。

華雄は自前の碁盤と碁石を持ってきた——泰山の松から作った碁盤と、黒石は緑の翡翠《ひすい》であり、白石は珊瑚を磨いたものだった。長生は冷たく滑らかな碁石に少しでも触れられているよう、一局をできるだけ長引かせた。

「この一局は退屈になってきたな」華雄は言った。「おれは何年もだれにも負けたことがないんだ」

長生の父は笑みを浮かべて考えた。（この子どもの父親から金を借りねばならなかった連中が、この子に必ず勝たせようとするのをわかっておらんのか？）

実際のところ、華雄はかなり強い碁打ちだったが、長生ほど強くはなかった。

「じつにたいしたものだ」華雄は長生の父に言った。「長生兄は才能を持っている。恥ずかしながら、おれは兄の足下にもおよばない」

長生の父は驚いた。実は、おのれの高慢のあまり、華雄にさりげなく勝ちを譲るよう息子に言えなかったのだ。華雄が癇癪を起こすだろうと思いこんでいた。だが、こういう態度に出るとは思ってもみなかった。

(そんなに悪い子じゃないな)長生の父は思った。(潔く負けを認めた。それは人のなかに潜んでいる不死鳥に相応しい品格だ)

「そのどこがたいしたものなの？　あたしはチェッカーで父さんに負けても怒ったことないよ。もっとうまくならないとだめだとわかっているもの」

「じつに賢明な言葉だな。必ずしもだれもが敗北を好機として見るわけじゃないんだ」

「じゃあ、その華雄という人はほんとは善人なの？」

「あんたが口をはさまなかったら、もうすぐわかるだろう」

「もっと西瓜の種があればいいのに。口がいっぱいになっていたら喋れないよ」

つづく五年間、収穫はいっそう悪化した。蝗《イナゴ》がその地方を襲った。流行り病が隣の国との国境を閉鎖させた。食人の噂があった。皇帝は税を上げた。

いまや十八歳になった華雄は、紹興酒で調理した雉子の脚骨が喉に詰まって父親が窒息死したあと、一家の長になっていた。土地の価格が下がっているのに乗じて、華雄は、国中の土地を可能なかぎりたくさん買い漁った。長生の父は、大晦日に華雄に会いに出かけた。

「心配めされるな、関伯父貴」ふたりが土地の譲渡証文に署名すると、華雄は言った。「子どものころ長生といっしょに遊んだ囲碁の楽しい思い出があります。あなたとご家族のお世話をさせてもらいます」

土地を華雄に売るのと引き換えに、長生の父は、一家の積年の借財を帳消しにするに足る金を得た。そののち、華雄から土地を借り戻し、賃料として毎年、収穫物の売上の一部を払うこととなった。

「いい取引をしてくれたよ」父は長生の母に言った。「彼は大きくなったら善人になるだろうと昔からわかっていたんだ」

その年、彼らは畑で格別熱心に働いた。蝗がふたたび国を襲ったが、彼らの村は避けていった。高粱の茎は高く、まっすぐ伸び、晩夏の乾いた風に揺れた。近年まれな高い収穫が上がった。

大晦日に華雄は、図体のでかい使用人たち一行を連れてやってきた。

「来年もよい年でありますように、関伯父貴」ふたりは戸口でたがいに礼をした。

長生の父は華雄を招き入れ、茶と梅酒を提供した。ふたりは清潔な新しい茣蓙《ござ》の上にひざを曲げて座り、温かい酒を入れた壺を載せた小卓をあいだにはさんで向かい合った。

ふたりはたがいの健康を祈って乾杯し、慣習に従って三杯ずつ飲んだ。華雄は少しぎこちない笑い声をあげた。「さて、関伯父貴、きょうここに来たのは、賃料というささいな件でです」

「むろん、承知しております」長生の父は言った。彼は長生に銀五両を持ってこさせた。

「さあ、どうぞ、華大人。年の売上高の五分です」

華雄は小さな咳払いをした。「この数年、あなたとご家族の苦しい台所事情は承知しております。もし残りの支払いを用意するのに少し時間が要りようであるなら、それは充分お待ちいたします」華雄は立ち上がり、深々と礼をした。

「でも、ここにあるのはわたしの持ち金全部なんです。帳簿をお見せしてもいい。今年はいい年でした。市場で銀九十三両を稼ぎました。その五分は、四両八銭です。ですが、元々の土地の売買でそちらにとてもよくしていただけたので、お礼の印に丸々五両をお支払いしようと思っていたのです」

華雄はさらに深く頭を垂れた。「どうやら、関伯父貴は、卑しい華雄の賃料に関して冗談を言っておられるようだ。邪《よこしま》な連中が言っていたのですが、関伯父貴は今年、賃料満額の支払いを逃れようとするつもりらしい、と。もちろん、卑しい華雄は連中の言うことなど信じておりませんでした。直接関伯父貴に会いにいけばたちまち万事解決するだろう、と卑しい華雄は確信しておりました」

「いったいなんの話をしているんですか？」

蜘蛛が背中を這い上ってきたような表情を華雄は浮かべた。両手をなすすべもないというように広げる。「関伯父貴は、卑しい華雄に譲渡証文と賃貸証文を出せと仰せになるのですか？」

長生の父の顔が鉄の仮面と化した。「見せてくれ」

華雄は大げさに証書を探すふりをした。袖を叩き、長衣の胸にある隠しを叩いた。がっしりした使用人たちに馬車を探せと怒鳴った。やがて使用人のひとり、歪んでおそろしく大きな拳の持ち主が華雄のところにやってきて、丸めた書類を差し出しながら、長生の父に剣呑なせせら笑いをしばらく見せつけた。

「ふーっ」華雄は袖で額を拭った。「無くしてしまったかと思いました。必要になるとは思っていなかったので」

ふたりはふたたび膝を曲げて座り、華雄はふたりのあいだの卓に賃貸証文を広げた。

「賃料はその年の収穫物販売価格の八割五分になる」ほっそりした長い指で文字を指さしながら、華雄は言った。

「この〝八割〟という文字が書類のほかの文字と比べて大層細く書かれている理由を説明

していただけるのでしょうな」長生の父は賃貸証文を吟味したのち、言った。

「賃貸証文を書いた書記がひどく字の下手な人間でね」華雄は言った。愛想のいい笑みを浮かべる。「関伯父貴がはるかに洗練された書家であるのは疑いありません。ですが、賃料のことで、書記の文字が下手なのは問題にはならないと同意して下さるでしょうね？」

長生の父親は立ち上がった。父の袖の裾が震えているのを長生は見て取った。「こんな賃貸証文にわたしが判を捺したなどと思われるのか？　八割五分だと？　そんな条件で生きていくくらいなら、盗賊の一味に加わったほうがましだ」彼は華雄に向かって一歩進んだ。

華雄は数歩後じさった。大柄ないかつい男たちふたりがまえに進み出て、華雄と年上の男のあいだの盾となった。「お願いしますよ」華雄は、後悔の念を表すかのように顔を歪めて言った。「この件を県尉のところに持ちこませないで下さい」

長生は扉の裏に立てかけている斧を見た。そちらに向かって歩き出す。

「ああ、だめ。そんなことしちゃだめ！」

「台所にいき、薪がもっと要るのか母に訊ねてこい」長生の父は言った。

長生は躊躇した。

「いけ！」父は言った。

長生は歩み去り、いかつい男たちは緊張を緩めた。

「邪魔してごめんなさい」

「いや、なんでもない。きみは長生の父親とおなじように、長生を救おうとしていたんだ」

華雄が立ち去ってから、一家は黙りこくって大晦日の夕食を食べた。

「まさに人のなかの不死鳥だな」食後、ようやく父親は口をひらいた。長々と、険しい笑い声をあげる。長生は一晩じゅう父といっしょに起きていて、最後に残っていた梅酒を飲み干した。

父は華雄の裏切りを詳しく述べた長い陳情書を県尉宛てに記した。

「役人を巻きこまねばならないのは、残念だ」父は長生に言った。「だが、選択の余地がないことがときにはある」

一週間後、兵士たちが家に姿を現した。彼らは扉を破り、長生と母親を庭に引きずり出し、家のなかのすべての家具をひっくり返し、すべての取り皿と碗と鉢と盛り皿を壊していった。

「いったいなんの咎《とが》があるんですか？」

「悪賢い農民め」兵士が長生の父親の首と腕に枷《かせ》をはめると、隊長が言った。「きさまは盗賊団を組織して、黄巾賊に加わろうと企んでいる。さあ、共謀した仲間の名前を白状しろ」

四人の兵士が長生を押さえ、最終的には地面に組み伏せ、その上に乗らなければならなかった。長生は抗い、兵士たちに毒づいた。

「おまえの息子も反抗的な性根の持ち主のようだ」隊長は言った。「そいつも連れていこう」

「長生、抗うのを止めよ。いまはその時ではない。わたしは県尉に会う。そうすれば容疑は晴れるだろう」

翌日も、その翌日も父は戻ってこなかった。街からやってきた伝達吏が、父親が県尉によって獄に繋がれており、叛乱の罪で裁判にかけられることになっている、と一家に伝えた。恐怖に襲われ、母と子は街まで足を運び、官衙《かんが》にいる県尉に嘆願しようとした。

県尉はふたりに面会するのを拒み、あるいは長生の父親に会わせるのを拒んだ。

「悪賢い農民め、出てけ、出てけ！」県尉は、文鎮として使っている供石《ゴンシ》を長生に投げつけた。石は長生の一尺横を通り過ぎた。竹杖を振り回して、衛兵たちが長生と母親を官衙の会堂から追い出した。

春が訪れたが、母と息子は畑に作付けをしないまま放っておいた。華雄の手下が家のなかにあるもので、兵士によって壊されていなかった少しでも価値のあるものをみな荷車に載せて持ち去ろうとした。母に引き止められながら、長生は、歯を食いしばり、ギリギリと歯ぎしりをし、やがて血の塩っぱさを舌に感じた。彼の顔はますます赤味を帯び、華雄の使用人たちは怖くなって、全部を持ち去るまえに立ち去った。

長生は斧と山刀を持って山で数日を過ごした。振り回す刃で、山腹をそっくり丸裸にした。**バシリ！**　山で遊んでいた子どもたちが母親の元に駆け戻り、巨大な鷲が木々のあいだを飛び回り、鉄の嘴《くちばし》で枝を叩き落としていった様子を話した。**ザン！**　川で洗濯をしていた若い娘たちが村に駆け戻り、怒った虎が森のなかを走り回り、大きな前脚で若木を引き裂いていく音を聞いたとたがいに話した。

薪と焚きつけ用の粗朶《そだ》の束が、近隣の者が持つ高粱酒と漬け物に交換された。母が黙って食事を口にし、涙ながらに味わっているあいだ、息子は待った。高粱酒と梅酒だけで彼は生き延びているようだった。飲むたびに彼の顔は、いっそう陰を落とし、赤味を増した。高粱と梅が有する血の色が彼の顔から薄れていくことはなかった。

食事

「喫飯《チーファン》、喫飯《めしだよ》!」阿彦《アーイエン》が呼びかけてきて、ローガンの話を遮った。

「食事の時間だ」ローガンはリリーに言った。西瓜の種が入っている鉢を下ろした。「いっしょに食べないか? 阿彦《アーイエン》が麻婆豆腐と魏公肉を作っている。阿彦《アーイエン》の得意料理だ」

リリーはローガンに話を止めてほしくなかった。華雄が報いを受ければいいのにと願っていた。長生が森のなかで怒り狂い、鷲や虎のように飛び、舞っているのが見られたらいいなと思った。だが、中国人たちは忙しく動きまわり、空の木枠やベンチを庭に円を描くように並べ、やかましく喋り、笑い合っていた。台所の開いた扉から漂ってくる匂いにリリーのお腹が鳴った。ローガンの物語に没頭しているあまり、自分が空腹であることに気づきもしていなかった。

「この話のつづきは、いつか最後まで話すと約束しよう」

鉱夫たちは意気軒昂だった。採掘作業をしていた場所が、埋蔵量の豊かな鉱脈であるのがわかったのだ、とローガンがリリーに説明した。椀一杯分の金が採れた。阿彦《アーイエン》は、ほかの中国人たちといっしょに戻ってくるとすぐ、リリーの脚を確認して、おいしい食事をたっぷり取って、体力を維持するための運動をつづけているかぎり、この治癒過程に満足している旨、言い切った。

「きみに聞かせたいいい話があるんだ」阿彦《アーイエン》は言った。

その日、中国人鉱夫たちは、保安官ディヴィー・ギャスキンズの訪問を受けた。地方議会は、外国人鉱夫課税法を数年まえに可決し、ひとりあたり毎月五ドルを徴収することになり、保安官はその税金を集めにきたのだった。その税金は、蝗のように大挙して準州に押し寄せてくる中国人たちを追い出す目的だった。だが、準州内の町村は、その税金を集めるのに大いに苦労していた。ギャスキンズは毎月、中国人の採掘キャンプを回るのを嫌がっていた。中国人を相手にしていると、正気を失いそうな気がするのだ。

まず第一に、採掘キャンプはあまりに離れた場所に点在しており、全部を一日で回ることができなかった。そしてどういうわけか、連中は、保安官が税金を集めにくる日をいつも知っていた。そこで、少なくとも二、三十人分のツルハシや、椀掛《パンニング》け用の椀やシャベルが散らばっているキャンプのまんなかにギャスキンズが立つと、出迎える中国人は五、六人しかいないという状況にしょっちゅう遭遇した。余分な道具は、自分たちがとても熱心に働くので、道具が「すぐにゴリゴリと磨り減ってしまう」ためだと彼らは主張するのだ。なおさら悪いことに、連中は頻繁に移動しているようだった。

「こんちは、保安官」その日の午後、阿彦《アーイエン》は保安官に挨拶した。「またお会いしましたね」

「きみの名前はなんだっけ?」ギャスキンズは中国人を見分けることがけっしてできなかった。

「ぼくは羅業《ルウオイエ》です」阿彦《アーイエン》は言った。「月曜日に税金を集めにこられましたよね？」

月曜日にこのキャンプに来なかったのは確かだと、ギャスキンズはわかっていた。街の反対側にいて、三カ所のキャンプ地で、それぞれ一応、五人の男が働いていると言われて税金を集めていたのだ。

「月曜日はパイオニアヴィルの近くにいた」

「ええ、ぼくらもそこにいました。きのう、ここに移ってきたところなんです」

阿彦《アーイエン》は保安官に徴税領収書を見せた。なるほど確かに、〝ルゥオイエ〟とほかの四人の名が記され、そのあとにギャスキンズ自身の署名もあった。

「気づかなくてすまん」ギャスキンズは言った。確実に自分が欺《だま》されている気がしていたが、証拠が無かった。なにせ自分自身が書いた受領書があるのだ。

「かまいませんよ」阿彦《アーイエン》はそう言うと、満面の笑みを浮かべた。「中国人はみんな似ているんです。よくある間違いです」

阿彦《アーイエン》が話を終えると、リリーはほかの鉱夫たちといっしょに笑い声をあげた。ギャスキンズ保安官があまりに馬鹿で信じられなかった。阿彦《アーイエン》の見分けがつかないなんてありえるだろうか？　馬鹿げている。

まにあわせのテーブルと椅子を野菜畑に置きながら、中国人たちは、たがいにやかましく、気安く話をし、冗談を言い合った。彼らの会話に英単語が出てくるのを見つけ出すのが楽しい、とリリーは気づいた。彼らのアクセントに慣れてきていた。彼らの音楽みたいだ、とリリーは思った。金管楽器や打楽器を奏でているみたいで、喜びに充ちた心臓の鼓動のようなリズムに句読点を付けられている。

（あとでパパにこのことを話さないと）リリーは思った。（おじやおばたちのアイルランド訛りは、お気に入りの酒盛り歌を思い出させると、パパはいつも言っている）

リリーは鉱夫たちが働いている日中は会いにいけなかった。きのうの〝事故〟が起きて以来、娘に家のなかにいるよう母が譲らなかったからだ。

「転んだの、それだけだよ。もっと気をつけるって約束する」

母は習字帳にもっと詩を書き写すよう命じるだけだった。

リリーは、自分の話していること以上のものが事故にはあると母が疑っているのを知っていた。きのうわが身に起こったことを全部パパに話したくてたまらなかったけれど、包帯を巻かれた脚の様子と臭いに母親がひどく驚いて、〝中国人の毒〟をいますぐ洗い流すようリリーに言ってきかなかった。そのあと、両親に真実を話すのはとても不可能なことになった。

ジャック・シーヴァーが帰宅してからやっとリリーは家から抜け出せた。

「エルジー、この子は子どもであって、鉢植えの植物じゃない。一日じゅう家に閉じこめておくなんて無理だ。ときどき皮膚を擦りむくのは仕方がない。いつか彼女にコルセットをはめ、夫になる人のため用意をしてあげられるかもしれないが、でも、当分先の話だ。いまは、太陽を浴びて走り回らせないと」

エルジー・シーヴァーは夫の意見を聞いて、喜ばなかったものの、リリーを外出させた。「今夜の夕食は遅くなるわ」エルジーは言った。「お父さんと話をしないといけないから」

リリーは母の気が変わらぬうちに家から抜け出した。太陽は西に傾いており、通りに長い影を投げかけていた。涼しいそよ風が、帰宅途上の鉱夫たちの声を遠くからアイダホ・シティの家並みに運んできた。通りをはさんだ向かいにある家の戸口にいたふたりの中国人から、ローガンは野菜畑にいる、と教えられた。リリーはそこにまっすぐ向かった。そして、リリーがきのう中断していた一局に負けたあと、ローガンは彼女を慰めようと、軍神関羽の話をはじめたのだった。

阿彦《アーイエン》の料理の産物が、大皿に載せられて台所から庭に運ばれ、円陣の中央のテーブルに置かれた。テーブルは、木枠をひっくり返してこしらえたまにあわせのものだった。中国人たちは、それぞれ湯気を立てているご飯を入れた大きな飯茶碗を持って、テーブルのまわりに集まり、ご飯の上に料理を積み上げた。阿彦《アーイエン》が一団のなかから姿を現し、リリーに小さな青い磁器茶碗を手渡した。ピンクの鳥や花が描かれていた。茶碗のご飯の上には、赤いソースをまぶされた賽の目状の豆腐と豚肉、それに韮と薄切りの苦瓜といっしょに炒められた黒っぽい肉が載せられていた。なじみのないヒリヒリする香辛料の香りで、リリーの目から涙がこぼれ、口のなかに唾が沸いた。

阿彦《アーイエン》はリリーに箸を渡すと、自分の食事を取ろうとして一団のなかに戻った。阿彦《アーイエン》はとても小柄で痩せていたので、生垣の下を走る兎のようにほかの男たちの肩や腕の下にすばしこく潜りこんだ。まもなくすると、阿彦《アーイエン》は、ご飯の上に豆腐と肉を山盛りにした大きな飯茶碗を持って、抜け出した。阿彦《アーイエン》が自分の取り分をちゃんともらえるのか心配して見ていたリリーに彼は気づいた。円陣の向かい側で腰掛けに座っていたローガンが、自分の茶碗を持ち上げて、リリーに言った。「食え、食え！」

ローガンに使い方を教えられてから、リリーはどうにか箸の使い方を飲みこんだ。ローガンの大きなごつごつした手がとても器用に箸を操り、柔らかい豆腐の欠片をつまむと、崩して下に落とすようなことを一切せずに口に運んでいるのを見て、リリーはたまげた。リリーが最初に何度か食べようとしたときは、落としてしまったのに。

リリーはようやく豆腐の欠片をひとつ、口に放りこめた。ほっとして、それに歯を当てた。それまで知らなかったさまざまな味が口のなかに広がった。舌全体が料理の味の豊かさに喜んだ——塩味、かすかな胡椒、甘いと言っていいくらいのソースの主成分、そして舌をくすぐるなにか別のもの。少し豆腐を噛んでみようとした。その新しい素材をもっとはっきりと突き止められるよう、味を引っ張り出す。胡椒の味が強くなり、くすぐってくる味が舌の先端から付け根までを覆うヒリヒリしたものに変わった。リリーはさらにもう少し噛んでみた……。

「うわあああああ！」リリーは叫んだ。ヒリヒリ感が爆発して、千もの熱い小さな針が舌全体を刺した。鼻の奥に水が溢れた気がして、涙で視界がぼやけた。リリーの悲鳴に押し黙った中国人たちは、なにが原因でそうなったのかを悟って、一斉に笑い出した。

「白米を少し食うんだ」ローガンがリリーに言った。「急いで」

リリーはできるだけ急いで白米を頰張って、飲みこみ、柔らかい穀物に舌をマッサージさせ、喉の奥を落ち着かせた。舌は感覚を失い、痺れた感じになり、いまや落ち着いたヒリヒリ感になっていたが、頰の内側をくすぐりつづけていた。

「新しい味覚にようこそ」ローガンがリリーに言った。目に悪戯っ子ぽい喜びが浮かんでいる。「それが麻辣《マーラー》だ。蜀国を中国じゅうに有名にしたヒリヒリする辛さだ。気をつけなければいけないぞ。この味はあんたを誘いこみ、そのあと口じゅうを火にするんだ。だが、いったん慣れたら、麻辣は舌を踊らせ、舌はそれより弱い味には踊らなくなる」

ローガンの助言に従って、リリーは豆腐を食べる合間に舌を休めるため、苦瓜と韮を少し試してみた。苦瓜の苦味が豆腐の麻辣をうまく引き立てていた。

「そんなに苦いものを食べたのははじめてのはずだ」ローガンが言った。

リリーはうなずいた。母が料理したなかで、これほど苦い味がするものは一皿も思いつかなかった。

「万事は、味の釣り合いなのだ。中国人は知っているのだ。人は、甜、酸、苦、辣、鹹、麻辣とウィスキーのなめらかさをどうしてもすべて一緒に味わおうとしてしまうことを——まあ、実際には、中国人はウィスキーのことを知らないのだけど、わしの言いたいことはわかるだろ」

「リリー、夕食だよ」

リリーは顔を起こした。父が野菜畑の縁に立って、手招きしていた。

「ジャック」ローガンが声をかけた。「阿彦《アーイェン》の料理を味わっていかないかね？」

その提案に驚いたものの、ジャック・シーヴァーは少し間をあけてから、うなずいた。胡瓜やキャベツの畝のあいだを歩いて、ローガンのそばにやってくるあいだ、彼はつい笑みをこぼしてしまった。

「ありがとう」ジャックは言った。「諸君が引っ越してきたときにこの香りを嗅いで以来、いつか試してみたかったんだ」円を描いて座っているほかの中国人たちを見て、「これまでのところ、採掘の調子はどうだね、諸君？」

「すばらしいですよ、シーヴァーさん」「金がいたるところにある」「ローガンは金鉱を探り当てる才能があるんだ」

「まさに聞きたかったのはそれだ」ジャックは言った。「店の仕入れの注文をサンフランシスコに出そうとしていたところなんだ。チャイナタウンから取り寄せたいものを教えてくれれば、諸君の手からわたしの手にその金の幾分かを手に入れるため、取り組むよ」

一行が笑い声をあげ、口々に提案を叫び、それをジャックがメモ用紙に書き取り、ときどき手を止めて、彼らが英語名を知らない品物をサンフランシスコの代理人に伝えるため、中国人のひとりに彼らの文字でメモに書いてもらっているあいだに、阿彦《アーイェン》が台所に駆け戻り、ジャックのための新しい飯茶碗に白米をよそってきた。

ジャックは円陣の中央にある皿に目をみはり、舌なめずりをした。「きょうは、なにを食べているんだい？」

「麻婆豆腐だよ」リリーが父親に言った。「気をつけないと。新しい味なんだ。それに魏公の肉」

「それはなんの肉なんだろう？」

「韮と苦瓜といっしょに炒めた犬肉だ」ローガンが言った。

ちょうどその肉炒めの一片を食べようとしていたリリーは茶碗を落とした。白米と豆腐と肉と赤いソースがあたりに飛び散った。リリーは胸が悪くなった。

ジャックは娘を助け起こし、ぎゅっと抱き締めた。「どうしてそんなことができるんだ？」ジャックは詰問した。「だれの犬を殺したんだ？　そんなことをすれば厄介なことになるぞ」険しい顔がますます厳しくなった。「こんなことを耳にしたら、妻はヒステリーを起こしかねない」

「だれの飼い犬でもないよ。森のなかを走り回っている野犬さ。仔犬のときに森に捨てられた犬みたいだったな。ぼくを噛もうとしたので殺したんだ」台所から戻ってきて、ジャックのための白米を盛った飯茶碗を手にしていた阿彦《アーイエン》が言った。

「だが、ペットとして犬を飼わないのかね？　犬を食べるというのは、まるで……まるで子どもを食べるようなものだ」ジャックは言った。

「わしらも犬をペットとして飼っている。ペットだったら、その犬は食わない。だが、この犬は野犬だった。阿彦《アーイエン》は自分の身を守るため殺さざるをえなかった。とても美味いのにどうして野犬の肉を無駄にしなければならんのだね？」ローガンは言った。ほかの中国人たちは食事の手を止め、会話に耳を澄ました。

「野犬であろうとなかろうと、犬を食べるのは野蛮だ」

「あんたらが犬を食わんのは犬を好きすぎるからだ」ローガンはこの件をじっくり考えて言った。「あんたらは鼠も食わないいんじゃないかな」

「もちろん、食べるものか！　なんて胸が悪くなるような考えだ。鼠はたくさんの病気を持っている汚い生き物なんだぞ」ジャックは鼠を食べるというその考えに胸がむかついた。

「わしらも原則として鼠は食わん」ローガンは言った。「だが、餓えていて、ほかに肉がないのなら、美味しく料理することはできる」

（中国人の悪行に終わりはないのか？）「自分が進んで鼠を食べるときのことなど想像もつかない」

「なるほど」ローガンは言った。「あんたらはちょっとだけ好きな動物しか食べないんだな。とても好きな動物は食べない」

それに対する返事として言えることはほとんどなかった。必死で吐くまいとしているリリーをあやしながら、ジャック・シーヴァーは野菜畑を出て、自分の家に戻った。エルジーがチキン・ポットパイをこしらえてくれていたが、ジャックもリリーも食事をする気分ではなかった。

関羽雲長

長生が壁を乗り越えたとき、東の空はまだ魚の腹のように灰色だった。彼がことをなし終えたころには、一番鶏はまだ時を告げていなかった。永年にわたり白蟻と鼠にぼろぼろにされた梁と壁でできている古い家は簡単に燃えた。村人たちが警報を出したころには、長生はすでに二十里離れたところにいた。

のぼる朝日が東の地平線の山並みに途切れぬ鎖のように垂れこめた雲を照らし、長生の顔の色ととても似通った赤味を帯びさせた。（血の赤さの長い雲か）と長生は思った。（天ですら、おれを祝ってくれている）復讐の歓喜に彼は呵々大笑した。羽のように身軽になった気がした。東に向かって永遠に駆けていけそうな気がした。あの長い雲か大海原まで駆けていけそうだ。

（おれには新しい名前が要る）長生は思った。（これからは関羽と名乗ろう。字《あざな》は雲長とする）

一カ月まえ、巡回裁判である秋季巡検が開かれた。反逆罪は死罪であることから、巡検使みずから裁判を監督した。関父が鎖に繋がれ、官衙の広場に連れ出され、堅い石の床に跪かされた。長生とその母は、裁判を見ようと集まった群衆にまじって見守っていた。

華雄はかつてないほど太っており、巡検使のまえで風に揺れる木の葉のように震えながら、巡検使に吟味してもらうよう賃貸証文を差し出した。巡検使は首都洛陽から来た若き学者で、皇帝に目をかけられているという傲慢さが外に溢れ出ていた。関一家を苦難のときに助けようとし、関父が八割五分の賃料を設定しようと言い張ったとき、口もきけないほど驚いた旨、華雄は説明した。

「わたしは彼に訊ねました、『それではどうやって暮らしていけるのですか？』すると、閣下、彼はこう言ったのです、『もしあの』——ここで恐れ多くも天子の御名を無礼にも口にしたのです——『が宦官どもと、近頃学者として通っている、おべっか使いの廷臣どもの助言に従ってこの国を支配するなら、だれもが餓えるだろう。税でぜんぶ失ってしまうくらいなら、収穫品を全部あんたにやったほうがましだ。かまうことはない。黄巾賊に加わって、山賊として暮らしたほうが、もっと機会は得られるだろう』と」華雄は巡検使のまえで頭を下げ、震えつづけた。

巡検使は官衙の壇の下で跪いている関父の姿を一瞥すると、不快げに口角を下げた。

「ふーむ。『近頃学者として通っている、おべっか使いの廷臣ども』か。まさに、そこな農民、きさまの目のなかに、皇帝陛下と法の至上権への敬意はないのか？　愛国心をすべて失ってしまったのか？　かかる告発に言うべき言葉はあるのか？」

関父は鎖に繋がれた姿勢でできるかぎり背を伸ばした。巡検使の若く険しい顔を見上げた。

「臣民の苦しみにまったく配慮せず、彼らの富の最後の一滴まで搾り取れる、それこそ魚や肉とおなじようなものと臣民を見なしている悪辣な顧問たちに、皇帝陛下が欺かれてきたとわたしが信じているのは事実です。ですが、わたしは皇帝陛下への自分の義務や、禁軍にわが一族が何代も奉仕してきたことを忘れたことはありません。けっして陛下へ謀反を起こすつもりはありません。わたしを告発した男は、わが家を貧しくさせ、わたしを辱めるためにああいう嘘をでっちあげたのです。ただたんにわが息子に遊戯で恥をかかされたという理由で。皇帝陛下があなたさまに生殺の権限をお任せになったのは、まちがいなくあなたさまがお若いながらも叡智の持ち主だからでありましょうし、あなたさまの叡智がわが無実の真実を明らかにするのを疑っておりません」跪いているにもかかわらず、関父が言葉とともに生み出した気配が官衙の広場にいた人間のだれよりも高くに関父を持ち上げたように思えた。巡検使ですら、感銘を受けたようだった。

巡検使の態度の変化を感じ取り、華雄は跪くと、三度立て続けに叩頭《こうとう》した。「尊師さま、確かな証拠がないかぎり、わたしは関大人を告発しようなどとするはずがありません。なにせ彼の息子とわたしは子どものころ、友だったのですから。わたしは卑しい商人にすぎず、関大人は皇帝にお仕えする将軍や学者を輩出した立派な家柄の子孫なのですから。ですが、わたしは皇帝陛下への愛と情念に動かされ、あえてそのような男を告発するに至ったのです。関大人が、一族の輝かしい経歴を盾に、すべての不敬な悪徳を隠蔽するのではないかとわたしは懸念しておりました。あなたさまが大義を守られることを祈ります」華雄は滔々と述べたあと、叩頭をつづけた。

「止せ」巡検使は苛立たしげに言った。「あの男の一族の栄光の歴史を怖れるにはおよばぬ。皇帝陛下の法は、公平無私に施行される。彼が公や親王の子息であったとしても、皇帝陛下に陰謀を企てたのであれば、彼を告発するのを怖れる必要はないのだ」巡検使は険しい顔で、関父をあらためて見た。「あの男のような邪な男をたくさん知っておる。祖先の忠義により皇帝陛下から賜った一族への栄誉に高慢となり、自分たちが法を越えた存在であると考える輩だ。さて、そんな連中をわたしはことのほか厳しく罰するつもりだ。ほかにどんな証拠を持っている？」

華雄は自分の後ろの広場の隅で小さくなっている三人の若い娘たちにうなずいた。「この若い娘たちは関大人が森のなかで斧と山刀で修業をしているのを見聴きしたのです。三人は見たのです、関大人が宙を飛び、そして……そして……」

「どうしたのだ？」

「天子に両方の武器を振り下ろす真似をするのを」華雄はまた何度となく叩頭を繰り返し、額に血を滲ませた。

「それは嘘だ」長生が群衆のなかから叫んだ。そんなあからさまな嘘を裏付ける約束をした若い娘たちに彼は激怒した。だが、そのとき、彼女たちが華雄に多額の借財をしている一家の人間であるのを見て取った。口を開かなければ首の血管が破裂しそうな気がした。

「それはおれだ――」

「長生、なにがあろうと、喋るな」関父が怒鳴った。「おまえは自分の母の世話をせねばならん」

「おい」巡検使は兵士たちを呼び、「あの無法な子どもとその不貞な母親を官衙から追い出せ。わが法廷の見学をその者たちにはさせぬ」

反撃するのを我慢しようと、長生は血が流れるまで舌を嚙んだ。兵士たちの打撃から母を守ろうとしながら、ふたりは官衙からよろよろと逃げ出した。すぐに彼の首は官衙の外にある旗竿に吊された。その日の午後、謀反を企てた罪で死刑に処された。その日の夜、長生の母親は、台所のまんなかの梁に結わえつけた縄の輪に首を通し、足下の台を蹴った。

長生は華雄を最後まで生かしておいた。華雄の所帯（およそ二十名だった）のほかの人間をあの世に送ったのち、うたた寝している華雄を起こした（そのまえに、いっしょに寝ているふたりの妾の喉を摑み、手首をすばやく捻って掻き切った）。長生が持ってきた松明の薄明かりのなかで、華雄は、赤ら顔の悪鬼を見ているのだ、と思った。魂を奪いに地獄からやってきた獄卒だ、と。

「すまん、すまん」華雄はべらべらと謝罪の言葉を述べ、脱糞した。

長生は短刀を使って、華雄の肩と腰の付け根の靭帯を切断し、完全に動けなくさせた。長生はだらんとした重たい華雄の体を寝台に戻し、命を失ったふたりの妾の死体のあいだに寝かせた。

「きさまには綺麗な死をやらん。きさまはおれの父が盗賊だと言った。盗賊がきさまのような人間をどんな目に遭わせるのか見せてやろう」

長生は家じゅうに火を放つ作業に取りかかった。まもなく煙がとても濃くなり、華雄は助けを呼べなくなった。咳が激しくなり、華雄はうろたえた。自分の唾で窒息しようとしていた。

関羽は東へ駆けつづけた。血の赤さの長い雲が彼を招いていた。心臓が羽のように軽くなり、戦いの愛と復讐の喜びはけっしてわが身から無くならないような気がした。自分が神になったような気がした。

さまざまな印象

中国人たちの採掘キャンプがある場所から川を隔てて反対側の森の中央にぽっかりあいた場所があった。六月下旬、その縁に沿った岩がちな土にライラックが満開を迎えており、新鮮な柑橘系の香りで空気を充たしていた。空き地のまんなかには、アローリーフ・バルサムルートの黄色い花が咲き誇っていて、その色の単調さを破るべくチコリの青紫の花がそこかしこに点在していた。

リリーは森のなかのその空き地の縁に立っている木々の陰で座って、目のまえの花々の彩りを見ているのが好きだった。もう少し長く座っていると、やわらかなそよ風と傾いていく日差しが協力して、それぞれの花を波打つ光の畑に混ぜ合わせるところが見えるだろう。そうなれば世界が彼女のまえで再生し、いくつもの明日と、まだ知られていない喜びに充ちたものになるだろう。そして歌を歌うことが唯一価値のあることのように思えた。

空き地の縁で一条の煙が立ち上り、リリーを物思いから目覚めさせた。煙に向かってリリーは空き地を横切った。煙のそばに男性の黒い人影がうずくまっていた。男はなにか美味しい香りのするものを料理していた。だが、その香りのなかにはどこか不快な臭いもかすかにあった。髪の毛が燃えるような臭いだ。

リリーは男の大きさがわかるくらい近づいた。ローガンよりはるかに大きい。リリーが、男の炙っているのが血のように赤い皮をした大きな犬の死骸まるごとだったのに気がつくのと同時に、男は振り返って、鋭い、短刀のような歯を剝きだして、リリーにニヤリと笑った。

クリックだった。

リリーは悲鳴をあげた。

ジャックはエルジーにベッドに戻るように告げた。

「大丈夫さ。あの子にお茶を淹れてあげるよ」

お湯が沸く音と父の腕の心安まる温もりに、リリーの心から悪夢の最後の名残が消え失せた。お茶を啜り、母に聞かれないように小声で、リリーは、ローガンとクリックのあいだの戦いで目にしたもののことをジャックに話した。

「オビーはどうなったんだ?」

「わからない、逃げてった」

「クリックの死体を彼らはどうしたんだ?」

リリーはそれについても確かなことがわからなかった。

「で、おまえはオビーが最初に撃ったのをはっきり見たんだな? そしてその銃弾がローガンの肩に当たったのを?」

リリーはきっぱりうなずいた。ローガンの肩が爆発するイメージは、彼女の脳裏に消せないほどくっきり刻まれていた。そして、ローガンがこっちを見たときに自分がとても落ち着いていたことにリリーはまたしても驚いた。まるでなにかのパワーを彼が流しこんできて、リリーが安全であることを知らしめたかのようだった。

ジャックはそのことをつらつらと考えた。もしリリーの言うことが正しいのなら、ローガンの傷は深刻なものだった。ところが、それから十二時間も経たぬうちにローガンは仲間たちの仕事に戻っていた。中国人がジャックの知るなかではもっとも頑丈な人間であるか、あるいはリリーが大げさに話しているかのどちらかだ。だが、ジャックは自分の娘のことをよく知っていた。想像力の豊かな子どもではあるが、嘘をつく子どもではない。

オビーとクリックは悪名高いならず者だった。街の大勢の住民が、街じゅうの多くの人々の生活を台無しにし、ケリー一家を死に至らしめた火事の背後に彼らがいるのではないかと疑っていた。だが、火事と殺人の目撃者はおらず、いかなる告発もなされなかった。もしオビーがローガンを殺人の罪で告発しようとしたら、オビーはローガンを絞首刑にする機会を得られるかもしれなかった。彼自身のほか、リリーと中国人全員が実際に現場を目撃していたにもかかわらず。中国人たちは、白人にあまり好かれていなかった。白人の鉱夫たちから採掘権を奪っているせいで——その採掘権の大半が、白人によって放棄されていることはおかまいなしに。というのも、白人鉱夫たちは、水の管理に関して、中国の米作り農民の技術や忍耐心を持ち合わせておらず、金を節約するために、米と野菜だけで生きていく意欲や、ちっぽけなソールトボックス型の家に可能なかぎり大勢押しこまれて暮らすのをものともしない心意気を持っていなかったからだ。ローガンが自分自身と仲間たちを守るためクリックを殺したように聞こえたとしても陪審員がどういう態度に出るのか、わからなかった。

「パパ、あたしに怒ってるの？」

驚いて物思いから覚め、ジャックは気を取り直した。「いや。どうして怒らないといけない？」

「だって、ローガンは殺人犯のように見えるとパパは言ったし、中国人たちから離れているようにとも言ったでしょ。それに……それにあたしは先週、もう少しで犬を食べるところだった」

ジャックは笑い声をあげた。「そんなことでおまえに怒れないさ。中国人の料理はとても美味しそうな香りがしたので、犬の料理にわたしも興味を持った――実を言うと、いまでも少し興味があるんだ。おまえはなにも悪いことをしていないよ。彼らの喧嘩に巻きこまれたのは危ないことだったが、絶対におまえが悪いんじゃない。それに結局、いい結果になったんだと思う。おまえは怪我をしなかったんだから」

「したよ。少しだけ」

「幸いにも、中国人の薬がその怪我を治してくれたようだ。あのローガンはなかなかの人物だ」

「おもしろいお話をしてくれるんだよ」リリーは言った。軍神関羽の戦いの物語とか、蛮族の妻になった解憂公主《かいゆうこうしゅ》の歌を父に話したかった。ウイスキーに酔ってひどくなった、割れるような訛りでリズムに乗って、ローガンがそうした物語を語るのに耳を傾けていると、どんな感じがしたか、父に表現したかった。とても変わっていると同時にとてもなじみ深い響きのする物語だった。それにローガンの大きな手の長い節くれ立った指が、滑稽な仕草と厳粛な仕草で、物語の場面を生き生きとしたものにしてくれた。だが、依然としてあまりにも新しく、ややこしいものだったので、父に物語の場面場面の正しい絵を描いて見せられるようなちゃんとした言葉を自分が知っているとは思わなかった。

「きっとそうだろうな。だからこそ、われわれはここにいるんだ。このだれのものでもない国に。だれもが自前の物語を持っている異邦人である国に。天の民たちはカリフォルニア州を一杯にし、まもなくアイダホ準州を一杯にするだろう。まもなく、ここにいるだれもが彼らの物語を知るだろうな」

リリーはお茶を飲み終えた。心地良い気分になっていたが、悪夢の昂奮がまだ残っていて、なかなか眠たくならなかった。

「パパ、歌を歌ってくれない？　まだ眠れないの」

「いいとも、ナゲット。だけど、外に出て、散歩しよう。さもないと母さんを起こしてしまう」

リリーとジャックはそれぞれの寝間着の上に上着をひっかけ、こっそり家の外に出た。夏の夜は温かく、空は雲ひとつなく、月もなく、幾千もの星明かりに輝いていた。

中国人の何人かは、まだポーチにいた。彼らは石油ランプの弱い光で、賽子遊《さいころ》びをしていた。ジャックとリリーは彼らに手を振りながら、通りをそぞろ歩いた。

「あの連中も眠れないんだろうな」ジャックは言った。「咎めちゃだめだぞ。鰯みたいにぎゅう詰めになってほかの五人といっしょに眠るところなんて想像できん。みんな鼾《いびき》をかき、足が臭いとしたら」

まもなくふたりは中国人の石油ランプの弱い明かりをあとにし、街外れを越えた。ジャックは丘につづいている道ばたの岩に腰を下ろし、リリーを持ち上げて、横に座らせ、片腕を彼女にまわした。

「どんな歌を聴きたい？」

「ママがけっして歌わせてくれない歌はどう？　葬式のあの歌は？」

「それはいい選択だな」

ジャックはパイプを取りだし、虫を追い払うため、火を点けると、歌いはじめた――

ティム・フィネガンは
ウォーキン・ストリートに住んでいた、
とても変わっていた優しいアイルランド男。
濃く甘いアイルランド訛りの持ち主で、
身を立てるため、レンガ箱を運んだ。
いまやティムはちょっとばかし酔っ払いがち、
ウイスキーへの愛とともに生まれ、
毎日働くための景気づけに、
毎朝、密造ウイスキーを一垂らし引っかける。

リリーは父親の顔をじっと見上げた。パイプの光に照らされ、赤く輝いているその顔がリリーの心に愛情と安らぎをふいにもたらした。たがいにほほ笑みあうと、父と娘はコーラス箇所を元気よく歌った——

ワック・フォル・ザ・ダー・オウ、
パートナーと踊れ、
床を強く打て、足を震わせろ。
だから言っただろ、ほんとだって、
フィネガンの通夜はとても楽しいぞ！

ジャックは歌をつづけた——

ある朝、ティムは酔っ払っている気がした、
頭が重く、そのせいで震えた。
梯子から落ち、頭蓋骨を割った、
するとみんなは通夜のため、
ティムの亡骸を家に運んだ。

ティムをとても綺麗なシーツでくるみ、
ベッドの上に寝かせ、
足下にウイスキー一ガロン、
枕元に黒ビール《ポーター》一樽。

友だちが通夜に集まり、
フィネガン未亡人が
お昼はどうですかと呼びかける。
最初に紅茶《ティ》とケーキ、
それから煙管と紙巻き煙草とウイスキーパンチ。
ビディー・オブライエンが泣き出す、
「こんなにとても綺麗な亡骸を、
見たことおあり?
ああ、ティム、愛しいあんた、
どうして死んじゃったの?」
「ああもう、お黙り」とパディ・マギー!

するとマギー・オコナーが加わって、
「もう、ビディー」とマギーは言う。
「あんたはまちがってるよ、絶対」
ビディーはマギーの口に一発喰らわし、
彼女を床に両手両脚を広げた恰好で倒す。
そうなったら、大げんかがすぐにはじまる、
女と女の、男と男の大げんかだ。
けんか騒ぎは大人気、
すぐに口げんかや殴り合いがはじまった。

するとミッキー・マロニーがひょいと頭を躱《かわ》す、
ウイスキーのコップが飛んできたのだ。
コップは逸れて、ベッドに落ち、
酒がティムにかかってしまった！
死体が生き返る！　見ろ、立ち上がったぞ！
ティモシーがベッドから起き上がり、
こう言うのだ、「ウイスキーを勢いよく

振りまくとは、もったいない、
悪魔に魂を食われろ！
おれが死んだと思ったか？」

（アイルランド民謡「フィネガンの通夜」）


「もう眠くなったかい？」

「ううん」

「わかった、じゃあ、つぎの歌を歌おう」

ふたりは星空の下、長いあいだ、じつに長いあいだ起きていた。

神格化

関羽を殺すことは不可能だと、三国の兵士たちのあいだで囁かれた。人を欺くのが得意な曹操《そうそう》と傲慢な孫権《そんけん》はその噂を一笑に付そうとし、噂を広めた者たちを処刑した。それでも戦場で関羽と相対するときがくると、無敵の呂布《りよふ》ですらひるんだ。

おっと、ちょっと先走ったな。どうやって漢王朝が倒れたのか？　どうやって三国が勃興したのか？　関羽が出世していったときの英雄はだれだったのか？　黄巾賊が国土を荒らしまくっていた。皇帝は王宮の外に足を踏み出したことのない子どもであり、宦官どもが農民の血と肉を食い物にしている、と彼らは鬨《とき》の声をあげた。叛乱軍相手に武器を手に取った、恐怖の武将曹操は、皇帝を自分の本拠である許《きょ》に人質として連れていき、北部の平原と砂漠をみずからの名のもとに支配した。

南部では、豊かな稲田と曲がりくねった川が小暴君孫権に船を支配させ、皇帝の称号への餓えをもたらした。

いたるところで疾病と飢餓が発生し、耕す者のない畑を軍隊が行軍した。

肉屋の張飛《ちょうひ》と、まだ逃げ回っていたならず者の関羽と出会ったとき、劉備《りゅうび》は草履と麦わら帽子姿のたんなる行商人だった。劉備は耳朶《みみたぶ》が肩まで届く異相をした、魅力に充ちた人士だった。関羽は有名な鬚を伸ばしはじめていたところだった。もじゃもじゃで、ビリビリ震えている鬚は、関羽を年輩にも若者にも見せていた。鬚は端整な顔立ちに恰好の付属品になっていた。その滑らかな顔は、長江の赤壁にある赤石を切り出したように見えた。

「ともに虎のように戦える部下がいれば、わたしは漢王朝の栄光を復興するつもりだ」桃園で高粱酒の器を分かち合いながら、劉備は、ふたりの見知らぬ男に語った。

「それがおれにとってなんの得があるんだい？」張飛が訊いた。彼の顔は炭のように黒く、腕は、日々牛を地面にねじ伏せて捌《さば》いていたことから逞しかった。

劉備は肩をすくめた。「あなたにはどうでもいいことかもしれません。ですが、もしわたしが皇帝になれば、県尉たちはふたたび正義を果たすようになり、田地田畑は勤勉と美徳をもって耕されるようになり、茶房はふたたび学者や踊り子たちの歌と笑い声に満ちあふれるようになるでしょう」劉備の目は関羽の顔に少しとどまった。街のいたるところで見かけた懸賞金を謳う数多くの張り紙で見慣れた顔だった。「いまは、ならず者になっている男たちが大勢います。ですが、その多くは、法が徳をもって施行されてこなかったせいで、法の外にいるのです。わたしが皇帝になれば、彼らを裁判官にするでしょう、犯罪者ではなく」

「自分が成功するとどうして思えるんだ？」関羽が問いかけた。その顔色は血の色のように濃くなっていたが、関羽は無造作に鬚を撫でた。五月に花を狩る娘たちの詩をこれから書こうとして筆の穂先を整えている学者のように。

「成功するかどうかわかりません」劉備は言った。「人生はすべて実験なのです。ですが、わたしが死するとき、自分が龍のごとく空高く飛ぼうとしたことがあったとわかるでしょう」

　そのとき、桃園で、彼らは義兄弟の契りを交わした。

「われらはおなじ年のおなじ月のおなじ日に生まれたわけではないけれど、おなじ時間のおなじ分のおなじ秒に死の喜びを与えてくれるよう運命に乞い願う」

彼らは西に向かい、山の多い蜀州で――そこで関羽は最初に麻辣を味わった――蜀漢を建国した。

天下は曹操と孫権と劉備が支配する三国に分割された。三国のなかで、曹操は北部の空の勇猛さと野性味を持ち、孫権は南部の大地の富と復元力を持っていたが、劉備だけが、民衆への徳と愛情を持っていた。

関羽は最強の戦士だった。千人の力を持ち、それ以上の愛情を持っていた。

「あいつは血と肉でできていない」千里の長征に出ている劉備に合流するため、関羽が曹操麾下《きか》のもっとも優れた将軍六名を斬り捨て、五つの砦を突破したという報告を聞いて曹操はため息をついた。

「あいつは燕と雀のなかにいる不死鳥だ」骨を削って毒を取り除かれているあいだ、関羽が笑って碁を打っていたという様子を聞いたとき、孫権は首を横に振った。翌日、関羽は馬にまたがり、剣を振るったという。

戦争は三国のあいだで何年もつづき、どの国もほかの二カ国を征服できずにいた。関羽の顔から血の赤い色が薄れることはけっしてなく、黒い鬚がどんどん伸びていき、清潔に保つためと戦いに邪魔にならぬよう絹の袋に収めるようになった。

劉備は徳の高い人であったものの、天命は彼になかった。劉備軍は、戦っては負け、負けては戦うを繰り返した。北方での戦いの退却戦で、関羽と張飛は主軍と離ればなれになり、百名の斥候からなる彼らの分隊は、一万名以上におよぶ曹操の軍に囲まれた。曹操は、ふたりに和睦を求めた。

「降伏して、おれに忠誠を誓え。そうすれば天子のまえでも跪く必要のない公にしてやろう」曹操が言った。

関羽は笑い声をあげた。「おれのような人間がなぜ戦うのか、あんたはわかっていない。もちろん、戦いの喜びはある。だが、それだけじゃないんだ」関羽は古い色褪せた戦袍《せんぽう》を広げ、生地に空いた穴や、ほつれた縁《へり》や、つぎあてにさらにつぎあてを重ねているのを曹操に見せた。「これは義兄弟の劉備からもらったものだ。この戦袍をまとうまえは、おれはだれでもなかった。法から逃げ回っている殺人者だった。だが、これをまとったあと、おれが剣を振るうのは、徳の名の下においてのみだ。それより優れたものをあんたはおれに差し出せるのか？」

曹操は背を向け、馬に乗って、自陣の野営地に戻った。即座に攻撃を開始するよう命じた。将軍たちは命令を下したが、兵士たち、何列にもならんでいる何千という彼らは、関羽と張飛と円陣を組んでいる百名の部下たちに向かって前進するのを拒んだ。

曹操はうしろで突っ立っている兵士たちをその場で殺すぞと脅した。あわてふためいた兵士たちは、たがいに前線へ押し出しあった。人の群れがゆっくりと前進し、関羽と張飛に迫った。

戦いは、朝から夜までつづき、夜通しつづいて、翌朝になった。

「桃園の誓いを忘れるな」関羽は張飛に叫んだ。軍馬、巨大な赤兎馬《せきとば》にまたがり、曹操の部下たちのあいだを関羽は駆けまわった。赤兎馬の皮膚の色は、関羽の顔の色と釣り合っており、血の汗を流しながら、巨大な蹄で男たちを踏み潰した。「もし運命がきょうこの日、おれたちを負かすとしても、少なくともおれたちは誓いを果たすことになる」

「だがそうなったら、義兄弟の劉備は遅れてしまうな」張飛は鋼の刃がついた槍でふたりの兵を串刺しにしながら言った。

「遅参は赦してやろう」関羽は言った。ふたりの義兄弟は笑い声をあげ、ふたたび戦いに向かうため、離れた。

騎上の関羽が赴き、青龍偃月刀《せいりゅうえんげつとう》を振るうたび、曹操の兵は、乗り手とその馬から逃れようと押し合いへし合いし、虎をまえにした羊の群れ、ないしは鷲のまえの鶏の群れのようにパッとわかれて道をあけた。関羽は容赦なく彼らを斬りまくり、赤兎馬は口から泡を吹いた。血への餓えが消耗に打ち勝った。

「おまえの隣で戦っていると」黒い顔から滴り落ちる血しぶきを拭いながら、張飛は言った。「恐怖がなんなのかわからなくなる。頭がますます働くようになり、心がますます鋭くなり、力が弱くなるにつれて気持ちがますます高ぶってくる」

関羽と張飛に従っていた百名の部下は、次第に減って五十名に、やがて十五名になり、ついには関羽と張飛だけが残され、曹操の軍である剣と槍の海のなかをまえにうしろに突き進んだ。

また夜になった。曹操は戦いを停止するよう命じ、部隊を退かせた。血の川が戦場に流れ、斬り落とされた手足や首が、干潮時の海辺の貝殻のように地面に点在していた。夕陽があらゆるものに長い、深紅の影を投じ、だれももはやその赤みが光なのか血なのか見極められなかった。

「降伏しろ」曹操がふたりに呼びかけた。「おまえたちは勇気と劉備への忠義を証明した。神であろうが人であろうが、だれもそれ以上のものをおまえたちに要求せぬ」

「おれは要求するぞ」関羽が言った。

曹操は冷酷で狭い心の持ち主だったが、関羽に感服した。

「おれといっしょに酒を酌み交わしてくれないか」曹操は訊ねた。「おまえが死ぬまえに」

「むろんだ」関羽は答えた。「高粱酒の誘いに否と言ったことはない」

「あいにく、ここには高粱酒はない。だが、西域の蛮族が貢ぎ物として持ってきた新しい酒が何樽かある」

その酒は葡萄からこしらえたものだった。西域の蛮族の使節が砂漠を越えてもたらした新しい果実だった。

ワインのこと？

そうだ。だけど、関羽がそれを見たのははじめてだったんだ。

関羽と曹操は翡翠の杯で葡萄酒を飲んだ。翡翠の杯の冷たい石の表面が、温《ぬる》い葡萄酒の味を見事に補った。暗くなりかけていたが、杯の翡翠が内側から輝き、ふたりの男たちの顔を照らした。曹操への貢ぎ物の一部である美しい蛮族の娘たちが、変わった梨形の琴——彼女たちはそれを琵琶と呼んだ——で悲しみに充ちた曲を奏でた。関羽はその音楽に耳を傾け、物思いに耽った。ふいに関羽は立ち上がり、蛮族の琴の調べに合わせて、歌を吟じた——

葡萄の美酒、夜光の杯
飲まんと欲すれば、琵琶馬上に催《うなが》す
酔うて沙上に臥すも、君笑うことなかれ
古来征戦幾人か回《かえ》る

（王翰「涼州詞」）

関羽は杯を放り投げた。「曹操相、葡萄酒に感謝するが、われらがやらねばならぬことに戻る頃合いだと思う」

「じゃあ、おじさんが演奏しているバンジョーみたいなものって、その琵琶なの？」ローガンが歌っていた悲しげな歌がリリーの頭にまだ残っていた。ローガンに琵琶の弾き方を教えてほしいと頼みたかった。

「ああ、そうだよ」ローガンはひざの上で琵琶を動かし、その梨形の胴体を、まるで赤ん坊をあやすように愛しげに揺らした。「これはとても古い楽器なんだ。年々音がよくなっていく」

「でも、それはほんとは中国で生まれたものじゃないんじゃないの？」

ローガンは一瞬、考えこんだ。「さあな。もし数千年むかしを振り返ってみるのなら、中国生まれじゃないと言うだろう。だけど、わしはそのようには考えない。たくさんのことが中国ではじまってはいないが、最終的に中国に落ち着いているんだ」

「天の民からそんなことを聞くとは思ってもみなかったな」ジャックが言った。どの中国の子どもも母の乳といっしょに飲んでいるとローガンが請け合った高粱酒の味にジャックはまだ慣れずに苦労していた。それを飲むのは、口いっぱいに剃刀の刃を飲むようなものだった。リリーは父がもう一杯飲んで眉間に皺を寄せる様子を見て、笑い声をあげた。

「どういうことだね？」

「きみたち天の民たちは、自分たちの長い歴史を大いに自慢しているのだと思っていた。キリストやほかのいろんなことよりまえに孔子がいたとかね。きみたちのだれかが、自分たちが蛮族からなにかを学んだと認めるのを耳にするとは思いもよらなかった」

ローガンはそれを聞いて笑い声をあげた。「わし自身、北の蛮族の血がいくぶん流れている。中国人とはなんだ？　蛮族とはなんだ？　そうした疑問は、腹に米を詰めこんでくれないし、仲間たちの顔に笑みを浮かべさせないだろう。わしなら、むしろ、ゴビ砂漠の西に生まれた緑色の目の綺麗な女の子の歌を歌い、琵琶を奏でたいね」

「よく知っていなかったら、ローガン、きみはまるで中国系アメリカ人みたいだなと言ったところだぞ」

その言葉にジャックとローガンは笑い声をあげた。「干　杯《ガアンペエイ》、干杯」ふたりは、そう言うと、ウイスキーと高粱酒の杯をグイッと呷った。

「あんたから『フィネガンの通夜』を習いたいな。あの夜、ふたりが歌っているのを聞いてから、頭から離れない」

「まず、話を最後までしてくれなきゃ！」リリーは言った。

「わかった。だが、警告しておくぞ。わしはこの話を何度も何度もしてきたんだ。話すたびに、中身が変わっている。もうこの話がどんな終わり方をするのか、よくわかっておらん」

どれくらい戦いはつづいただろうか？　油断ならぬ曹操を相手にしていたのか、人を欺くのが得意な孫権を相手にしていたのか、関羽は思い出せなかった。

覚えているのは、張飛にここを去って、劉備の元にいけと告げたことだ。

「おれが部下を率いていた。おれの不注意のせいで、連中を死なせてしまった。成都で、部下の妻や父親が、なぜ夫や息子が戻ってこないのにあなたは戻ってきたのかと訊ねられたら合わせる顔がない。ここを切り抜けてくれ、兄弟よ、そしておれの復讐を果たしてくれ」

張飛は馬を止め、雄叫びをあげた。悲しみと後悔の念に充ちた耳をつんざくその叫びに、まわりの一万の男たちは震えあがり、みな三歩あとじさった。

「さらば、兄弟」張飛は馬を駆って、西に向かい、兵たちは彼の槍と馬のまえに、争って逃れようとして、道をあけた。

「進め、進め！」曹操は腹を立てて、叫んだ。「関羽を捕らえた者は、公に取り立ててやる」

赤兎馬がよろけた。この馬もまた大量の血を失っていた。関羽は軍馬が地面に倒れるのと同時に、その背から巧みに飛び下りた。

「すまぬ、最高の友よ。おまえを守ってやればよかったのだが」血と汗を鬚から滴らせ、涙が関羽の顔の乾いた血と泥のあいだに綺麗な水路を築いた。

関羽は剣を投げ捨て、両手をうしろにまわし、宮廷にいる皇帝のまえで詩経を詠ずる学者詩人のように、周囲を眺めた。近づいてくる兵士たちを軽蔑のまなざしで見つめた。

「彼らは次の日の出に合わせて、関羽の首を斬り落とした」ローガンは言った。

「ああ」と、リリー。これは彼女が聞きたかった結末ではなかった。

少しのあいだ、三人は黙りこんだ。台所で阿彦《アーイエン》が料理する煙が澄んだ空に立ち上っていく。中華鍋に箆《へら》が当たる音が、リリーの耳には、剣が盾に当たる音に聞こえた。

「次にどうなったか、訊かないのかい？」ローガンが言った。

「どういう意味？」ジャックとリリーが同時に言った。

「どういう意味だ？」曹操は怒鳴り、あわてて立ち上がると、その動きで書き物机をひっくり返した。墨壺と筆があちこち飛んでいった。「見つからないとはどういう意味だ？」

「曹操閣下、わが目で見たままのことをお話ししております。あの男の首が地面に転がった瞬間、首と体がどこにも見つからなくなったのです。あの男は……彼はあとかたもなく消えてしまったのです」

「おれをどんなうつけ者だと思っているのだ？　おい！」曹操は衛兵たちに合図した。「こいつを縛り上げ、処刑しろ。こいつが関羽の首を失った以上、こいつの首をわが天幕の外に吊してやる」

「もちろんあの人は死んでいない」ごま塩頭の古参兵が初々しい顔の新米兵に言った。「おれは関公が捕まった日、現場にいたんだ。十万の魏軍のなかで、関公は、魏軍が塵芥であるかのように戦った。そんな人が、むざむざ処刑人の斧に命を奪われると思うか？」

「もちろんあいつは死んでいない」劉備は張飛に言った。ふたりとも弔意を示す白い鎧に身を包み、復讐のため、蜀の身体健康な男子をひとり残らず兵士とした軍を育て上げていた。「わが兄弟は、桃園の誓いが成就するまでけっして死ぬことはない」

「もちろんやつは死んでおらん」孫権は死の床で横たわりながら言った。「関羽は死を怖れておらぬ。わが唯一の悔いは、わしがこれから赴くところにやつを伴えぬことだ。いつか友となれるかもしれぬと願っておった」

「もちろんあの男は死んでおらん」曹操は、劉備の息子、劉禅《りゅうぜん》に言った。いままさに蜀の玉璽《ぎょくじ》を砕く命を下そうとしていた。ついに三国を統一したのだ。「きさまの父やきさまのことなどまったく評価していなかったが、もし関羽がきさまの父に望んで仕えていたというのなら、おれには見えぬなにかを関羽は見ていたにちがいない。関公がきさまを見守っているやもしれぬので、おれは自分が徳のない人間ではないことをあの男に見せるつもりだ。おれはきさまを傷つけぬ。きさまは賓客としてわが屋敷でずっと生きていくがいい」「もちろんあの方は死んでおられぬ」母が子に言った。「関公は中国が生んだ最高の人士です。もしおまえが関公の力と勇気の百分の一でも持っていれば、わたしは盗賊や山賊を怖れる必要はけっしてないでしょう」

「関公に祈りを捧げよう」学者が弟子たちに言った。「あの方は詩人であり戦士であった。おのれの名誉の試練として日々を生きておられた」

「関公に祈りを捧げよう」軍神を祀《まつ》る寺院を建立して、皇帝は言った。「蛮族への勝利をわれらにもたらして下さいますように」

「関公に祈りを捧げよう」黒石を持った棋士が言った。「われわれ棋士はみな、関公と碁が打てればいいのにと願っている。もしきょううまく打てば、ひょっとしたら、関公が降りてきてこられて、教えを授けてくれるかもしれない」

「関公に祈りを捧げよう」名高いセイロンやシンガポールの港を目指して、大海原に出発する準備をしている商人たちが言った。「関公がわれらを見守って下さり、海賊や颱風を鎮めて下さいますように」

「関公に祈りを捧げよう」ハワイのサンダルウッド・マウンテンやカリフォルニアの旧金山《サンフランシスコ》を目指して出発する帆船に乗りこみながら、労働者たちは言った。「関公がこの旅を耐えるのに手を貸して下さり、われらのまえにある山を断ち割って下さいますように。われらが財産を築くまで、われらを無事でいさせ、故郷まで導いて下さいますように」

中華料理店

夏の終わりごろまでには、中国人たちの採掘場に流れこんできた小川は、干上がって、チョロチョロとしか流れなくなった。ローガンと仲間たちは、水の管理を得意としていたものの、乾季の到来は、もはや砂金採掘を効率的におこなうのが不可能になることを意味していた。彼らは住まいに戻り、次の春を待たねばならなかった。

春と夏の採掘シーズンに好成績を上げたものの、中国人たちは大金を稼ぐまでには至っていなかった。アイダホ・シティでの日常生活《たつき》をはじめ、残りの年が過ぎていくのを待つことになると、彼らはほかの方便を見出そうとした。

阿彦《アーイエン》と比較的若い男たちの一部は、街に仕事を探しにいき、自分たちのなかで話し合った。街にはシャツを洗濯できないか、あるいはたんに洗濯するのを嫌がっている独身男性が大勢おり、そうした男たちのために洗濯を引き受ける洗濯女が足りていないことに彼らは気づいた。

「だけど、それって女の仕事よ！　あの男たちには慎み深さというものがないの？」ジャックから中国人たちの計画を聞いて、エルジーは信じようとしなかった。

「まあ、それがどうした？　中国人たちのすることはなんでも憎んでいるようだけど、なぜなんだい？」ジャックは、面白さと当惑がせめぎ合っている声を発した。

「サディアス・シーヴァー」エルジーは厳しい視線を夫に向けた。夫が毎日中国人たちにどんどん大胆に行動するよう勧めている張本人である以上、けしからぬ中国人たちの異様な行動に、まともな衝撃を示すと期待しないほうがましだと彼女はわかっていた。だが、そこで、サドですら認めざるをえない主張を思いついた。

「ねえ、ちょっと考えてちょうだい、サド」エルジーは言った。「あの異教徒の中国人たちの仕事のやり方を見てきたからわかるの。連中が洗濯屋をはじめたら、週七日、一日十六時間、働くわ。あの人たちの心には黄金への欲望が溢れていて、罪深い阿片を大量に摂取しているのだから、日曜日にすら神の栄光のことを考えて一瞬でも休んだりしないで、働きつづけるはず。それにあの人たちの食べ方を見てきたわ。中国人たちは蝗みたいなもの——安い米と野菜で生きていけるのよ。敬虔なクリスチャンの男や女は力を維持するために肉を食べなければならないのに。それに彼らは、こちらの男たちがするように正直で健全な娯楽や交流活動にお金を費やさない。そのおかげで、街の店や酒場が潰れずにやっていけているのに。そうではなく、耳障りな歌をうめき、謎めいた話をすることで、夜を無駄にしている。最後に、夜が更け、クリスチャンの家族は家族だけの団欒に引きこもるときに」――そこでエルジーはいったん話を止め、意味ありげな視線を夫に送った――「中国人たちは家賃を節約するため、できるだけ少ないベッドに大勢の体をぎゅう詰めにしている」

「おいおい、エルジー」ジャックは大笑いした。「気のない褒め方というのは聞いたことがあるが、気のない貶《けな》し方というのを聞いたのははじめてだぞ。このままつづけていると、よく知っていなかったら、きみが中国人大好き人間だと思ってしまうところだ。きみは中国人の駄目なところを教えてやろうと主張しているが、きみがいままで言ったのは、たんに彼らが勤勉で、つましく、聡明で、仲間同士の付き合いを楽しみ、困難に耐える意志があるということを示しているだけだ。もしそれが中国人についてきみが言える最悪のことなら、孔子の文明は、キリストの文明に優っているのは、ほぼ確実だな」

「そんなこと思っていないくせに」エルジーは冷ややかに言った。「あの中国人たちの安価な労働がもたらす避けがたい結果について、あなたはどう思ってるの？　あの中国人たちはミセス・オスカンレインやミセス・ディやほかの未亡人全員よりも安い値段で洗濯屋をやるつもりよ。彼女たちはいまですら大変な暮らしをしていて、昼も夜も働き、ひっきりなしに洗濯することで指はあかぎれだらけになっているのに、自分たちや子どもに食べさすのがかつかつなの。当然ながら、クリスチャンとしての義務がわかっていない、この街のダメな男たちは、中国人に洗濯仕事を渡してしまうでしょう。神さまと自分たちの徳を心のそばに置いている正直な未亡人よりも安い値段で洗濯を引き受けるのだから。中国人に仕事を奪われたら、その未亡人たちにあなたはなにをさせるつもり？　マダム・イザベルと彼女の罪の館の情けにすがらせようとするわけ？」

このときばかりは、ジャック・シーヴァーは、妻になんと言って答えればいいのかわからなかった。

「大工はどうだね？　家具の最終加工は？　うちの店の店員としてきみたちを雇うこともできるが」ジャックは阿彦《アーイエン》に言った。

「ぼくらを雇えるだけの給料を払えませんよ」阿彦《アーイエン》は言った。「ぼくらは、一枚のシャツの洗濯に二十五セントもらうことにしてるんです。ということは、独身男からの依頼だけで一日十ドルほどになります。ホテルから頼まれる毛布やシーツの代金は勘定に入れていません。女性たちがやっていたのよりも上手なアイロン掛けをしていると言われました」阿彦《アーイエン》は悲しげな笑みを浮かべ、細い右腕を曲げ、先が大きく広がった親指を見た。「一日じゅうアイロンを押しているせいで、親指がどんどんでかくなっています。故郷の妻は、ぼくがアイロンの達人になっているのを耳にしたら、抱腹絶倒するだろうな」

阿彦《アーイエン》が自分の家族の話をするのを聞くのは、ジャックにとって胸が痛むことだった。ジャックから見るととても若く見える阿彦《アーイエン》が、料理や洗濯のやり方を心得ているたんなる聡明な若者というのではなく、妻を同行させられなかったがゆえにそうした家事のやり方を学ばざるをえなかった夫であり、おそらくは父親でもあるということを思い出すからだ。

数日まえ、リリーはジャックに、中国人たちがあらたなアイデアを思いつき、パパの助言を欲しがっている、と伝えた。ようやくけさ、数時間店を空けてリリーといっしょにやってくることができた。娘は到着するとすぐにローガンといっしょに裏庭に駆けこんだ。考えごとをしながら、ジャックは、阿彦《アーイエン》から朝食用にもらった肉まんにかぶりついた。口のなかで肉まんは弾け、肉汁と甘い豚肉と、辛くてしょっぱい野菜の味で舌を充たした。

「待った」ジャックは好きなだけ長くこの味を味わえないのを悔やみながら、急いで呑みこんだ。「アイデアが浮かんだ。きみの料理を味わうまえだったら、キャベツと豆が、牛肉とソーセージより美味くなるなんてけっして信じなかっただろう。あるいは、あとまで残るあの苦みが好きな味になりうるだなんて。だけど、きみはわたしの考えが間違っていることを証明できた。アイダホ・シティのほかの連中にもそれを見せてみたらどうだ？　きみやほかの中国人たちは料理屋を開いて、もっとたくさん金を稼げるぞ」

阿彦《アーイエン》は首を横に振った。「うまくいきませんよ、シーヴァーさん。旧金山《サンフランシスコ》にいる友だちがやってみようとしました。大半のアメリカ人はあなたとは違っています。彼らは中華料理の味が大嫌いなんです。吐き気を催すんですよ」

「サンフランシスコには中華料理店があると聞いたぞ」

「それは中華料理の店じゃありません。まあ、そうなんですけど、あなたが考えているようなものじゃありません。オーナーは中国人なんですが、出される料理は西洋式の料理なんです——ローストビーフやチョコレート・ケーキ、フレンチ・トースト。ぼくはそういったものの作り方をなにひとつ知りませんし、自分で食べたいと思うくらいのレベルまで上手に作れるわけがない」

「だけど、しつこく言ってるけど、きみの料理の腕はすばらしいぞ。ほんとに上手だ」ジャックはあたりを見回して、声を低めた。「きみはエルジーよりはるかに上手に料理を作れる。妻はこのあたりの嫁さん連中の大半とおなじ程度の料理の腕はあるんだ。もしきみが料理屋をひらいたら、こっそり男連中に噂を広げてやる。そうすれば毎晩、満席にできるぞ」

「シーヴァーさん、褒めすぎですよ。夫の目から見た場合、だれの料理も自分の妻の料理に優るはずがない」阿彦《アーイエン》は一瞬口をつぐんだ。一時的にどこかはるか遠くの地に思いを馳せたかのように。「それに、ぼくらは料理人じゃありません。ぼくがこしらえるものは、たんなる家庭料理なんです。広東の本物の料理人なら犬にも食わさないようなたぐいのものです。アメリカに大勢の中国人が住むようになるまで、アメリカに本物の中華料理店はできないでしょう——それにその店で食べたがるほど金を持った中国人が増えないかぎり」

「では、さらに大勢の中国人がアメリカ市民にならなければならないということだな」ジャックは言った。

「あるいは、もっと大勢のアメリカ市民が、もっと中国人について学ばねばならないでしょうね」と阿彦《アーイエン》は言った。

ほかの中国人たちのうち数人がふたりの会話を聞くために、まわりに集まってきた。そのうちひとりがこの時点で中国語で一言口をはさむと、彼ら数人の男たちが爆発的に笑った。阿彦《アーイエン》の目から涙がこぼれた。

「彼はなんて言ったんだ？」ジャックはローガンと酒飲み歌を歌って、中国語を熱心に学ぼうとしていたものの、まだ会話についていけるほどの上達にはほど遠かった。リリーははるかに容易に聞き取れるようで、よくローガンと中国語と英語をちゃんぽんにして会話するようになっていた。

阿彦《アーイエン》は目を拭った。「三龍《サンロン》がその中華料理店の名前を〝犬はここで食わないし、客は犬を食わない〟にしたらいい、と言ったんです」

「どういうことかわからんな」

「中国には、狗不理包子《コウブリパオズ》というとても有名な肉まんがあるんです。狗不理とは、『犬はここで食わない』という意味です。それにあなたたちアメリカ人が犬肉を食べることについてどう思っているか」——阿彦《アーイエン》はジャックの顔に浮かんだ表情を見て、諦めた。「気にしないで。この手のユーモアは、あまりにも中国ぽくて、あなたにはわからないでしょう」

三龍が地面から小枝を拾い上げ、それを使ってなにかの真似をし、ジャックを見た。ジャックの顔のすぐまえで、酔っ払いながら、なにかの的に向かってダーツを投げようとしているかのような仕草だった。阿彦《アーイエン》やほかの連中がいっそう激しく笑った。

「客が全員、箸の使い方を学ばねばならないから、アメリカで中華料理屋はうまくいかないだろう、と彼は言っています」阿彦《アーイエン》はジャックに説明した。

「ああ、そうか、とても面白いよ。わかった、料理屋はなしだな。それから犬と、お世辞に聞こえないお世辞の話題に関して言うなら、あの夜、きみはわたしに生まれてはじめて犬を食べることに興味を抱かせたんだぞ」

「パパは仕事がなくなってしまった洗濯女のことで心配しているんだ」リリーはローガンに話した。

ふたりはチコリ・レーンのまんなかを隣り合って歩いていた。ローガンは竹竿を肩にかついでいた。竹竿の両端には、胡瓜やグリーンオニオン、人参、カボチャ、トマト、サヤマメ、甜菜《シュガービーツ》が一杯載っている巨大な編み籠がぶら下がっていた。

「パパはどうしたらいいのかわからないんだ。阿彦《アーイエン》とほかの人たちは洗濯とアイロン料金をとても低くしているとパパは言ってる。洗濯女たちがもっと安い料金にしないかぎり、白人の男たちは仕事を頼まないだろうって」

「一ダースの胡瓜が二ドル、一ダースのグリーンオニオンが一ドル！」ローガンは轟き渡る声を張り上げた。その声は四方に広がり、反響が軒を連ねてひしめきあっている家々のあいだの路地に消えていった。「新鮮な人参、豆、ビーツ！　来て自分で見ておくれ。嬢ちゃん、新鮮な野菜が肌を柔らかく、すべすべにしてくれるよ。坊ちゃん、新鮮な野菜は日光による唇の腫れを治してくれるよ！」

ローガンは売値と品物を一定の轟くような歌い調子で伝えた。労働歌で仲間たちを導いているやり方とは異なっていた。

両側のドアが開いた。興味を惹かれた奥さん連中や独身男たちが、ローガンの歌っているものの正体を見ようと、通りに出てきた。

「その野菜の一部をオワイヒー・クリークに持っていったらいいぞ。デイヴィーのところの作業員たちが、インディアンに手を借りて見つけたあの泉の採掘場でまだ働いている」男たちのひとりが言った。「もう一週間、青物をまったく口にしていないんだ。連中なら、その胡瓜一ダースで五ドルは払うだろう」

「貴重な情報をありがとう」

「どこでその野菜を手に入れたの？」奥さん連中のひとりが知りたがった。「シーヴァーの店で見つかるものよりずっと新鮮に見えるじゃない。あの人ができるかぎり早く出荷しているのは知っているけど」

「奥さん、わしらの裏庭で育てているんですよ。この人参はけさ、地面からわしが直接抜いてきたもので、まだ一時間も経っていません」

「自分の裏庭で？　どうやって育てているの？　あたしはほんの少しのセージやローズマリーでさえ、まともに育てられないのに」

「そうだね」ローガンは言った。「わしの出発点は中国の極貧百姓だった。どうにかして、土から食べ物を手に入れるコツを持っていたんだろうな」

「この春、一日置きに酢漬けのジャガイモを嚙まなきゃならないかわりに、この新鮮なグリーンオニオンと胡瓜を食べられていたならなあ」年輩の鉱夫のひとりが、ローガンの籠から愛しげに巨大な胡瓜とトマトを手に取りながら、言った。「壊血病が恐ろしい病気だというのは本当だぞ。新鮮な野菜を食べるのがその病気に罹《かか》らない唯一の方法だ。手遅れになるまで若い衆がだれもそれを信じていないのは、残念すぎる。これを一ダースもらおう」

「籠を空にせずにきょうここを出ていかせるつもりはないからね」比較的若い奥さん連中のひとりがそう言うと、ほかの女性たちの賛同の声が上がった。「自分の分や友だちの分を残しているの？」

「わしらのことは心配ご無用」ローガンは言った。「ことしは、うちの畑から、五、六回は収穫できるはずです。好きなだけ買っていただきたい。二、三週間したら、また来ますよ」

ほどなくローガンは持ってきた野菜を全部売り尽くした。二十ドルを数えると、その札をリリーに渡した。「十ドルをミセス・オスカンレインにやってくれ。彼女にあまり蓄えがないのは知っている。食べさせなきゃならない育ち盛りの息子がふたりいる。残りの金を受け取るのはだれがいいのか、あんたの父さんに訊いてくれ」

老人と幼い少女は、回れ右をすると、街の反対側にある中国人の家に向かって、長い、のんびりとした散歩をはじめた。真昼のまばゆい、揺らめく陽の光を浴びた人けのない通りを、背の高い中国人のゆったりとした足並みと、肩にかけた竹竿の端で物憂げに揺れている籠が、太陽に照らされた池の静かな水面をゆったりと渡るアメンボのような姿に見せた。

次の瞬間、男と少女は通りの角を曲がって姿を消し、通りはふたたび静まり返った。

中国の旧正月

一週間丸々雪が降った。二月中旬、アイダホ・シティ全体が諦めてまだ数カ月先の春を待つことにし、眠りについているようだった。

いや、アイダホ・シティのほぼ全体がだ。中国人たちは旧正月を祝う準備に忙しくしていた。

丸一週間、中国人たちが話題にするのは、来《きた》る新年の祝いのことだけだった。サンフランシスコから発送されてきた真っ赤な爆竹が荷解きされ、乾燥させておくために棚に並べられた。手先の器用な数人が、線香とともに祖先に供える紙の動物を折ったり、切り抜いたりしていた。新年の初甘味として子どもたちに手渡すためのキャンディーや乾燥蓮の実を赤い紙に包む作業にだれもが取り組んだ。大晦日の前日と前々日、阿彦《アーイェン》は元日に食べ尽くされるであろう数千個の餃子の準備に、男たち全員に指示を出した。居間は餃子工場の製造ラインに変えられた。一方の端で生地を伸ばす担当が何人かいて、賽の目に切った豚肉と小海老、みじん切りの野菜をごま油と混ぜた具を用意する者も数人おり、残りの連中は具を掬《すく》って生地に包んで、閉じた貝殻のような形にした。仕上がった餃子は、バケツに詰められ、蓮の葉を乾燥させたもので覆い、凍らせるため外に置かれた。大晦日にお湯で茹でて食べられるようにするのだ。

リリーはできるだけあちこちで手伝った。大きさごとに爆竹を仕分けし、指が火薬で臭くなった。色紙を切って、鶏や山羊や羊の形にするのを学んだ。神さまやご先祖のまえで燃やし、祝いの膳に加わってもらおうとするのだ。

「関公が来て、紙の羊を味わってくれるかな？」リリーはローガンに訊いた。

ローガンは一瞬、おもしろいと思った表情を浮かべてから、寒さのせいで普段よりいっそう赤くなった顔を真顔にした。「関公は必ずおこし下さるぞ」

結局、リリーは餃子製造ラインの最終工程でもっとも役に立つことを証明した。フォークを使って繁栄が途切れぬことを示すホタテ貝の波打つ模様を餃子の縁につける名人だった。

「ほんとに上手だな」ローガンは言った。「赤い髪の毛と緑の目がなかったら、あんたを中国人の女の子だと思っただろうな」

「パイ生地の成形をするのとおなじだよ」リリーが言った。「ママに教えてもらったんだ」

「正月が終わったら正しいパイ生地の作り方を教えてもらおう」阿彦《アーイエン》が言った。「あのアメリカ流の料理のコツを学びたいとずっと思ってたんだ」

中国人たちの活動は、アイダホ・シティのほかの住民にさまざまな昂奮を巻き起こした。

「お金やお菓子が詰まった赤い袋をだれもがもらえるんだって」子どもたちはたがいに囁きあった。「やらなきゃならないのは、中国人の家の戸口に立って、新年に幸運が来ますようにと願うだけだって」

「ジャック・シーヴァーはもう何カ月も中国人の料理を褒めちぎっているわ」店や通りで女たちがたがいに話し合った。「試してみるチャンスが来たんじゃない。中国人たちは、戸口にやってきただれにでも、この世のすべての味が備わっている肉まんを出してくれるそうよ」

「新年の祝いをしている中国人の家にいかないか？」男たちはたがいに訊いた。「異教徒たちは、先祖を祀るパレードをするそうだ。やかましい音楽を奏で、カラフルな衣装を着て。最後に、ボイシ盆地のどこでもこれまで見られたことのないご馳走を食べさせてくれさえするんだって」

「中国でのローガンはどんな様子だったの？　あそこでも大家族だったの？」リリーは筍を入れた大きな広口瓶を家に運ぶ阿彦《アーイエン》を手伝いながら、訊いた。この日自分がやってのけた仕事でくたびれており、あしたのお祭りを待ちきれない思いでいた。正直言うと、リリーは少し疚《やま》しい気がしていた。母親に家事の手伝いをするよう求められたときは、こんなに熱心に働いていなかった。あしたが済んだら、もっとちゃんと手伝おうと決心した。

「わからないんだ」阿彦《アーイエン》は言った。「ローガンはうちの村の出身じゃない。南の出身でさえない。ぼくらの船がサンフランシスコに向けて出発する当日に、波止場に姿を現したんだ」

「ということは、自分の国でもローガンは、よそ者だったんだ」
「そうさ。ここまでのぼくらの旅の物語を話してほしいとローガンに頼めばいい」

亡命する者に、幸せな者、権力を持っている者はほとんどいない。
——アレクシ・ド・トクヴィル

アメリカに向かう旅

天気のいい日に船長は、少し外の空気を吸わせてやるため、少人数ずつ船底から甲板に上がってくるのを認めた。それ以外のときは、個々の男たちは、棺桶よりも狭い六フィートの寝台でどうにか過ごした。鍵のかけられた貨物庫の真っ暗闇のなかで、彼らは何時間も寝て過ごそうとした。彼らの見る夢は、根拠のない希望と謎めいた危険がない交ぜになったものだった。つねにつきまとうのは、六十人の男たちの臭いだった——元々、綿の梱《こり》やドラム缶入りのラム酒用のスペースに押しこまれた男たちの、嘔吐物や排泄物、食べ物、洗っていない体の臭い。それと、太平洋を横断する六週間の旅のあいだ、絶えず揺れている帆船の動き。

一行は水を要求した。その要求が認められるときもあったが、雨が降るのを待ち、それが貨物庫に伝い落ちてくる音に耳を澄まさねばならないときもあった。彼らはすぐさま塩漬けの魚を食事から省くようになった。喉が渇いて仕方なくなるからだ。

暗闇に頭がおかしくならなくするため、彼らはそれぞれが諳《そら》んじている物語をたがいに語った。

彼らは順繰りに軍神関公の物語を話すようになった。いかにして関公が、軍馬赤兎馬と、頼りになる剣、青龍偃月刀の力だけを借りて、六つの砦を突破し、人を欺くのが得意な曹操の将軍五人を斬り殺したか。

「多少の渇きや餓えや、小さな船で旅をしていることに不平を漏らしているのを関公がお聞きになったら、わしらを幼子のようだと笑われるだろう」ほかの者たちが老関《ラオグウアン》と呼んでいる中国人が言った。彼はとても背が高く、膝を丸めて胸のところまで持っていかねば寝床で眠れなかった。「わしらはなにを怖がる必要がある？　わしらは戦争をするためあそこにいくのではなく、鉄道を建設するためにいくのだ。アメリカは狼や虎のいる土地じゃない。人がいる土地だ。わしらとおなじように、働いて食わねばならない人がいるところだ」

ほかの者たちは暗闇のなかで笑い声をあげた。いかなる戦いでも怖れることなく、知略に長け、いかなる罠からも抜け出せる関公の赤ら顔を彼らは思い浮かべた。関公が一万倍ひどい危険に直面したのに比べれば、多少の餓えや渇きなど、なにほどのものだろう？

彼らは故郷の村の畑から持参した蕪《かぶ》やキャベツを舐め、大切そうに手に抱いた。男たちはそれらの野菜を鼻に持っていき、その根にまだくっついている土の匂いを深々と吸いこんだ。その匂いを嗅ぐのはこの先何年もないかもしれなかった。

一部の男たちが病気になり、一晩じゅう咳をした。その音で全員が長いあいだ寝られなかった。病人の額は、ストーブの上に長く置きすぎていたアイロンのように熱くなっていた。男たちは薬を持参しておらず、氷砂糖の欠片や風邪に効く鴨梨《ヤーリー》のスライスも持っていなかった。彼らにできることは、暗闇のなかでじっと待つことだけだった。

「母親に子どものころ歌ってもらった歌を歌おう」老関《ラオグウアン》が言った。とても背が高いので、暗い貨物庫のなかを手探りで動きまわるには身をかがめないとならなかったが、老関《ラオグウアン》は、病気の者も健康の者もおなじように、仲間ひとりひとりの手を握った。「家族がいっしょにいないことから、わしらは、関羽と劉備と張飛のお三方が桃園でやったことをやるべきだ。わしらはたがいに義兄弟にならなければならん」

貨物庫の息苦しい空気のなかで、彼らは子どものころの意味のない歌を歌い、その歌声は涼しいそよ風のように病気の男たちの体を洗い流し、彼らを眠りに誘った。

朝になると咳は再開しなかった。病人のうち数人は、棺桶幅の寝床で見つかった。もはや動いていない脚は眠っている赤ん坊のように丸くなっており、じっとしている胴にぴったりくっついていた。

「船の外に投げこめ」船長は言った。「残りのおまえらで、死んだ連中の渡航費を肩代わりしてもらうぞ」

老関《ラオグウアン》の顔が、熱に浮かされて紅潮している病人の顔よりも赤くなった。彼は遺体に身を屈め、それぞれの髪の毛を一房ずつ切り取り、それぞれを別々の封筒に慎重に収めた。

「いつかこの髪の毛をこの連中の故郷の村に持ち帰る。そうすれば連中の魂が故郷に帰れずに大海原をさまよわずにすむだろう」

薄汚れたシーツにくるまれ、遺体は船の縁から投げ捨てられた。

ついに一行はサンフランシスコに、中国名〝旧金山〟に到着した。船に乗船したのは六十名の男たちだったが、渡し板を下って波止場に降り立ったのは五十名だけだった。男たちは眩《まばゆ》い日差しに目を細くして、起伏の激しい丘の上から下まで並んでいる小さな家の列を見た。道は、黄金で舗装されていないのに彼らは気づき、波止場にいる一部の白人は自分たちとおなじように腹を空かし、汚れているように見えた。

一行は、白人のような服装をしたひとりの中国人に率いられ、チャイナタウンのじめじめした地下室にやってきた。その男は弁髪を伸ばしておらず、髪の毛は横分けにし、油でぴったり撫でつけられていた。ほかの中国人たちはその髪油の変な臭いにくしゃみをした。

「ここにおまえらの雇用契約書がある」白人もどきの中国人は言った。彼は蠅の頭よりも小さな文字がぎっしり書かれている紙を渡して、署名させようとした。「これによると」老関《ラオグウアン》は言った。「わしらは中国からの渡航料金の利息をあんたに負うことになっている。だけど、ここにいる連中の家族は、わしらをここに連れてくる乗船券を買う金を捻出するため、売れるかぎりのものを売ってしまったんだ」

「気に入らないなら」白人もどきの中国人は、マニキュアをした右手小指の長い爪で歯をせせりながら、言った。「独力で帰る方法を探してみるがいい。どう言えばいいのかな？中国人を運ぶのは金がかかるんだ」

「だが、あんたがいうわしらの借金額を払うには三年働くことになるし、海で死んだ連中の借金も払わせるのなら、さらに長くかかる」

「だったら、病気にならないよう気をつけるべきだったな」白人もどきの中国人は、懐中時計を確認した。「さっさと契約書に署名してくれ。丸一日あるわけじゃない」

翌日、彼らは荷馬車に押しこまれ、内陸の場所に連れていかれた。一行がようやく下ろされた山のなかのキャンプは、テントで作られた街だった。キャンプの一方には、目が届くかぎり遠くまで延びている鉄道があった。反対側には、山があり、鋤やツルハシを抱えた中国人たちが蟻のように群がっていた。

夜になり、キャンプの中国人たちはキャンプファイアのそばで新入りたちの歓迎会を催した。

「食え、食え」彼らは新参者たちに言った。「好きなだけ食え」新参の中国人たちは、どちらがより甘いのか決めがたかった——腹に収まる料理か、それとも耳に届く同国人の言葉の響きか。

古参たちが〝ウイスキー〟と呼んでいる酒の入った瓶を回し飲みした。その酒はきつく、全員が酔っ払えるくらいたくさんあった。酒が切れると、古参たちは新参者の一行に、キャンプの外れにある大きなテントにいっしょに行きたいかどうかと、訊ねた。赤い絹のスカーフと一揃えの婦人靴が、テントの外にある旗竿からぶら下がっていた。

「おまえらは運のいい野郎どもだ」古参のひとり、三龍という名の男が言った。「おれは持ち金ありったけを月曜にアニーに使っちまった。あと一週間待たなきゃならん」

「アニーはツケにしてくれるぜ」古参のほかの者が言った。「今夜は、アニーじゃなくサリーといっしょにいなきゃならんだろうが」

三龍は歯を剝きだして笑い、仲間に加わるため立ち上がった。

「ここは天国にちがいない」阿彦《アーイエン》が言った。まだ少年と言っていいほどの歳だった。「金があればどんなに自由になるかわかるかい！　借金を払い終えて、ああいった愉しみをするかたわら、家族のための金を貯めておけるくらいたくさん稼いでいるのにちがいない」

老関《ラオグウアン》は首を左右に振り、鬚を撫でた。焚き火の消えかけている燠火《おきび》の隣に腰掛け、パイプをふかしながら、絹のスカーフと婦人靴のぶら下がっている大きなテントをじっと見つめていた。テントのなかの明かりは、深夜になっても灯されたままだった。

仕事はきつかった。鉄道を通すため、目のまえにある山に道を切り出さねばならなかった。山は中国人たちのツルハシや鑿《のみ》に渋々屈したが、繰り返しツルハシや鑿を振るう男たちが肩や腕を骨まで痛めてやっとだった。動かさねばならない山があまりにたくさんあり、まるで木の匙で皇帝の宮殿にある鋼の扉をえぐり取ろうとしているかのようだった。その間ずっと、白人の親方が中国人たちにはやく動けと怒鳴り、少しのあいだでも腰を下ろそうとする者には、鞭と拳で打擲《ちようちやく》にかかった。

来る日も来る日もほんの少ししかまえへ進めず、男たちは仕事がはじまるまえから毎朝くたびれ果てていた。意気は下がった。ひとり、またひとり、彼らは道具を置いた。山が彼らを打ちのめした。白人の親方連中は飛び回り、中国人たちを鞭打って、仕事に戻らせようとしたが、彼らはたんに鞭を避けるだけだった。

老関《ラオグウアン》は、ほかのだれよりも背が高くなれるよう、山の際にあった岩に飛び乗った。「操《ツアオ》－你《ニー》－媽《マー》」彼は叫び、山に向かって唾を吐いた。「ツァオ－ニー－マー」彼は白人の親方たちを見て、彼らにほほ笑んだ。

峠は中国人たちの笑い声で充たされた。ひとり、またひとり、詠唱に加わった。「ツァオ－ニー－マー！　ツァオ－ニー－マー！」彼らは歌いながら、白人の親方たちにほほ笑みかけ、なにやら仕草を示した。白人の親方たちは、なにを求められているかよくわからぬまま、詠唱に加わった。そうすると中国人たちをいっそう喜ばせたようだった。中国人たちは道具を手に取り、詠唱のリズムに後押しされた怒りと復讐心で、山に切りかかる作業に戻った。その日の午後は、これまで何週間もかけていたのよりもずっと掘り進むことができた。

「あのいまいましい猿ども」現場監督が言った。「だが、その気になれば、やつらはちゃんと働けるようだ。連中が歌っているあの歌はどういう意味だ？」

「わかるわきゃない」親方たちは首をひねった。「あいつらのピジン英語はよくわかりませんよ。なにかの労働歌ですかね」

「この峠をツニマと名づけると言ってやれ」監督は言った。「ひょっとしたら、列車がこの場所を通るたび、連中の歌が永遠に記憶されることを知れば、あの猿どもはもっと熱心に働くかもしれない」

中国人たちはその日の仕事が終わったあとも詠唱をつづけた。「ツァオーニーマー！」彼らは白人の親方たちに向かって叫んだ。これまでにないほど開けっぴろげな笑みを浮かべて。「くたばりやがれ《ファック・ユア・マザー》！」

週の終わりに中国人たちは給金の支払いを受けた。

「約束の金額じゃない」老関《ラオグウアン》は職員に言った。「わしの賃金の半分にもなっていないじゃないか」

「食べた食事とテントの場所代を引いているんだよ。それが高いというのなら、計算を見せてやるよ」職員はテーブルから追い払う仕草をした。「次！」

「やつらはこんなことをいつもやってるのか？」老関《ラオグウアン》は三龍に訊ねた。

「ああ、そうだ。いつもあんな具合だ。やつらが食べ物と寝るところに請求する金額は、ことし、三度も値上がりしている」

「だが、それだと、借金を払い終え、故郷に持って帰る金を貯めることなどけっしてできないぞ」

「ほかになにができる？」三龍は肩をすくめた。「ここから五十マイル以内に食べ物を買える場所はない。いずれにせよ、おれたちはけっして借金を返せないのさ。だれかが全額返しそうになったら、あいつらは利息を上げるだけだ。おれたちにせいぜいできるのは、手に入る金を使って酒を買い、賭け事をし、アニーやほかの女の子に全部使ってしまうことだけだ。酔っ払って眠れば、借金のことなど考えずにすむ」

「じゃあ、やつらはわしらをペテンにかけている」老関《ラオグウアン》は言った。「これは罠にちがいない」

「なあ」三龍は言った。「そのことをいまわめいても手遅れだ。旧金山について語られた話を信じてしまった報いだよ。自業自得さ」

老　関《ラオグウアン》は動きまわり、男たちに自分のところに来るよう頼んだ。彼には計画があった。山に逃げこみ、身を潜め、サンフランシスコに戻るのだ。

「もし金を稼ぎたかったら、英語を学んで、この国のやり方を理解する必要がある。ここに留まっているのは、自分たちを奴隷にすることでしかない。白人たちの帳簿に記されている募る一方の借金以外、なにひとつ持たない奴隷にな」老　関《ラオグウアン》はひとりひとりの目を見た。彼はとても背が高く、堂々としていたので、ほかの男たちは、目を合わせようとしなかった。

「だけど、そんなことをすれば契約を破ってしまい、借金を返さないままになってしまうよ」阿彦《アーイエン》が言った。「家族やご先祖さまに恥をかかせてしまう。人の約束を破るのは中国人じゃない」

「あの連中にわしらが負っている借金の二十倍以上はもう返している。やつらがわしらに正直でないのに、なぜわしらが信義を守らねばならん？　ここはずる賢い行為が横行している国だ。わしらは、アメリカ人とおなじようにずる賢くならねばならん」

男たちはまだ納得していなかった。老　関《ラオグウアン》は、漢朝の王女、解憂公主の物語を彼らに聞かせようと決心した。解憂とは、「悲しみを解かす」という意味の名前だった。

解憂公主は父親の武帝の命で、中国から千里離れた西域の烏孫《うそん》の蛮族の王と結婚する形で差し出された。そうすれば、蛮族は、中国軍が帝国を守るために必要な屈強な軍馬を売ってくれるだろう。

「おまえが望郷の病に罹っていると聞いた」武帝は手紙に記した。「わがかけがえのない娘よ、おまえが異国人のろくに調理されていない肉を呑みこめず、ヤクや熊の毛の強《こわ》い皮でできた寝台では眠れずにいると聞いた。砂嵐が、かつては絹のように傷ひとつなかったおまえの肌を傷つけており、冬の凍てつく寒さがかつては月のように輝いていたおまえの瞳を暗くさせていると聞いた。おまえが故郷を求めて声をあげ、泣き疲れて眠っていると聞いた。もしそのどれかでも真実であるなら、余に書いて寄越すがいい。全軍を率いて、おまえを故郷に連れ戻す。おまえが苦しんでいるのは考えたくないのだ、わが子よ。なぜならおまえは年老いた余の光であり、わが魂の慰めであるからだ」

「父上にして皇帝陛下」公主は書き記した。「あなたがお聞きになられたことは真実です。ですが、わたしは自分の義務をわかっております。陛下もご自身の義務をわかっておいででしょう。帝国は、匈奴《きょうど》の襲撃に対する国境防衛のための馬を必要としています。娘の不幸せのせいで、蛮族の侵略軍によって、陛下の臣民が死と苦難の危機にさらされていいものでしょうか？　陛下はわたしに賢明な名前をつけて下さいました。わたしは自分の悲しみを解かし、新しい故郷での幸せを学ぶ所存です。ごつごつした肉を牛乳と混ぜることを学び、寝間着を着て眠ることを学ぶつもりです。顔を面紗で覆うことを学び、夫といっしょに馬に乗って暖を保つことを学ぶつもりです。わたしは異国の地におります以上、異国人のやり方を学ぶつもりです。蛮人のひとりになることによって、わたしは本当の中国人になれるでしょう。二度と中国に戻るつもりはありませんが、わたしは陛下に栄光をもたらすつもりです」

「たとえ公主が武帝の娘だったにせよ、若い娘よりわしらが賢くなく、男らしくないなんてありうるだろうか？」老関《ラオグウアン》が言った。「ご先祖さまや家族に栄誉をもたらしたいと本気で願っているなら、まず最初にアメリカ人にならなければならん」

「神々はこのことをどう思われるだろうな？」三龍が訊いた。「おれたちはならず者になるんだぞ。運命に逆らうことになりはしないか？　おれたちのなかには大きな富を得る運命になく、働いても餓えに苦しむしかない連中がいる——いま手に入っているものだけでも、おれたちは運がいい」

「関公もかつてはならず者ではなかったか？　神々は、自分の運命を手中に収める者にほほ笑むだけであることを関公は教えて下さらなかったか？　わしらは山々に道を通せるくらい腕のなかに力があり、物語と笑い声だけで大海原を生き抜けるだけの智慧が頭のなかにあるというのに、どうして人生の残りになにも手に入れないことで手を打たねばならないのだ？」

「だけど、逃げ出すとして、なにかましなものが見つかるとどうしてわかるんだい？」阿《アー》彦《イエン》が訊いた。「捕まったとしたらどうする？　山賊に襲われたとしたらどうする？　このキャンプの火明かりの向こうにある暗闇のなかにもっとつらいことや危険しか見つからないとしたら？」

「この先、わしらになにが起こるか、わしにはわからん」老《ラオ》関《グウアン》は言った。「人生はすべて実験だ。だが、人生の最後に、わしらは知るだろう、だれもわしら自身を除いて、好きなようにわしらの人生を左右できなかったことを。そしてわしらの勝利も失敗もわしら自身のものだったことを」

老《ラオ》関《グウアン》は両腕を伸ばし、まわりの地平線に円を描いた。長い雲が西の空低くたなびいていた。「この地は故郷とおなじ匂いはしないけれど、ここの空はわしがかつて知っていたものより幅広く、高い。毎日、わしは存在するのを知らなかった物事の名前を学んでおり、自分ができるとは知らなかった離れ業を達成している。できるだけ高く上り、わしら自身に新しい名前をつけることをどうして怖れなければならんのだ？」

ほの暗い火明かりのなかで、老《ラオ》関《グウアン》は、ほかの仲間たちが木のように背が伸びるのを期待し、炎の色をした顔にはまった宝石のように、切れ長の細い目が輝いた。中国人たちの心が突然、決意と、いまだ名前を知らぬなにかへの憧れに充たされた。

「感じられるか？」老関《ラオグゥアン》は訊いた。「心のなかでそれが持ち上がるのを感じられるか？頭が軽くなるのを感じられるか？　それがウイスキーの味だ、アメリカの本質だ。酔っ払って眠るわしらはまちがっていた。わしらは酔っ払って戦わねばならんのだ」

故郷にいれば貧乏人でも味わえる素朴で静かな楽しみを捨て、新天地の豊かな生活が与える不毛の喜びに取り替えよ。親の家を出、祖先の眠る土地を離れよ。いま生きている者も死せる者も棄《す》てて、富を求めて走れ。彼らの目にはこういったことより称賛に値するものはない。

——アレクシ・ド・トクヴィル
『アメリカのデモクラシー』より（松本礼二訳）

鶏の血

アイダホ・シティ・ブラスバンドが、ローガンのしつこい頼みに応じて、「フィネガンの通夜」を演奏した。

「音が足りん」ローガンはバンドの面々に言った。「中国では、村の子どもたち全員に一日じゅう爆竹や花火に火をつけさせ、欲深い悪鬼を追い払わせるんだ。ここでは数時間分の爆竹しか手に入らない。悪鬼を怖がらせるには、あんたらの協力が必要なんだ」

ブラスバンドの面々は、餡が詰まった餅と辛くてスパイシーな餃子で満腹になり、約束した仕事に心から満足してとりかかった。独立記念日でもこんなにはりきって演奏したことはなかった。

中国の旧正月の祝いの噂は本当だった。子どもたちのポケットはお菓子やチャラチャラ鳴る硬貨で溢れ返り、男も女も目のまえで繰り広げられる祭りを楽しんで、笑い声をあげていた。いつまでもつづく爆竹の破裂と、ブラスバンドの激しい演奏のなか、彼らは大声で叫ばないと相手に言葉が伝わらなかった。

ジャックはエルジーが野菜畑でほかの女たちといっしょにいるのを見つけた。そこでは焚き火をして、客たちが温まりながら、交流し、食べられるようになっていた。

「きみには驚いたよ」ジャックはエルジーに言った。「誓って言えるが、きみが餃子を三皿取っていたのを見たぞ。中国人の料理にはけっして手を付けないと言ってたと思うが」

「サディアス・シーヴァー」エルジーは厳しい声で言った。「どこでそんな妙な考えを聞いたのかしら。ご近所さんが家を開放し、お祭りで食事をわけあうよう招いて下さったときに、いまあなたが言ったような振る舞いをするのは、クリスチャンにあるまじき態度です。あなたのことをよく知らなかったなら、あなたが不信心者だと思ったところだわ」

「それでこそうちの奥さんだ」ジャックは言った。「そろそろわたしをジャックと呼んでくれる頃合いじゃないだろうか？　ほかのだれもがそうしているぞ」

「その件は、あの甘い生姜をいただいてから考えてみるわ」エルジーは言った。彼女は笑い声をあげ、ジャックはその声をアイダホ・シティに引っ越してきて以来ずっと聞いていなかったことに気づいた。「わたしが最初に好きになった男の子の名前がジャックだったって知ってた？」

ほかの女たちがどっと笑い、ジャックも彼女たちといっしょに笑った。

ふいにブラスバンドが演奏を止めた。ひとりまたひとり、男たちは喋るのを止め、家の扉のほうを見た。戸口に、ギャスキンズ保安官が立っていた。申し訳なさそうな様子で、少し決まり悪さを覚えているようだった。

「すまない、みなさん」保安官は言った。「ここに来たのは、わたしの考えではないんだ」

保安官は部屋の隅にいる阿彦《アーイエン》を目にし、手招きした。「次に税金を集めにきたとき、きみを見間違えたりしないだろう」

「あとでその時間はたっぷりありますよ、保安官。きょうはお祭りと楽しみのための一日です」

「きみはそれに専念したいかもしれないな。わたしがここに来たのは、公用なんだ」

ローガンが部屋に入ってきて、人々は彼のまえに道をあけた。ローガンは保安官と向かい合った。別の男が保安官の背後にいて視野に入ってきたが、すぐに視界からこっそり姿を消した。

「オビーがきみを殺人容疑で告発したんだ」保安官は言った。「わたしはきみを逮捕しに来た」

子どものころ、ペンシルヴェニア州モックタートルで育った人間として、エメット・ヘイワースが最後までするこことはないだろうと思っていたのは、ロッキー山脈のまんなかで判事になることだった。

エメットは父親同様、大柄な男だった。父は、銀行員で、引退してフィラデルフィアを出、田舎で静かに暮らしていた。二十歳になるまえのエメットの最大の自慢は、三年連続で全郡パイ食い競争に優勝したことだった。エメットは、大成することはけっしてないと思われていた。というのも、彼は懸命に働かずともいいくらいの金があり、ありすぎてとても面倒な目に遭うほどの金はないからだった。だれもが彼を好いていた。というのも、「サー」を付けて呼びかけさえすれば、エメットは必ず一杯奢ってくれるからだ。

そんなところに戦争が起こった。その当時、だれもが南軍は三カ月以内にトランプ札でこしらえた家のように崩れてしまうだろうと思っていた。エメットはひとりごちた。「やらいでか。ニューオーリンズを見る生涯唯一のチャンスになるだろう」父親の金で、連隊を作り上げ、一夜にして彼は、連邦軍のエメット・ヘイワース大佐になった。

エメットは驚くほど兵士に適していた。馬に乗り、また食べるものが充分になかったせいで、痩せていったが、彼の上機嫌さはけっしてゆるがなかった。どういうわけか、彼の連隊は、新聞の見出しを飾る大戦闘である、潰滅戦には加わらずにすみ、大半の連隊よりも少ない被害しか受けなかった。部下たちはエメットの運のよさをありがたがった。「あぁ、ほんとは男だけど、もしおれが女だったら」彼らは歌った。「ヘイワース大佐がおれの結婚する相手になる。大佐の両手はしっかりして、大佐の言葉はいつだって陽気。大佐がおれたちをニューオーリンズに連れていってくれる」その歌を聞くとエメットは笑い声をあげるのだった。

結局、連隊はニューオーリンズにたどり着いたが、そのころには、そこはもはやパーティー・タウンではなくなっていた。南北戦争が終わり、エメットは体に銃弾の穴もなかったが、なんの勲章も得られなかった。「そんなに悪いもんじゃなかった」彼はひとりごちた。「なんとかやっていけるさ」

だが、そのとき、リンカーン大統領からワシントンDCで会いたいとの命令を受けた。エメットはその面談のことをあまり覚えていなかった。ただ、リンカーンは彼が想像していたよりはるかに背が高かった。ふたりは握手をし、リンカーンはアイダホ準州の状況について、エメットに説明しだした。

「ミズーリを出た南軍民主党の難民が、アイダホの鉱山で数を増している。きみのような人間にあそこに入ってもらう必要がある。おのれの勇敢さや、誠実さ、大義への献身を証明してくれた人間にな」

エメットの頭に浮かんだのは、彼らが間違った人間を選んだということだけだった。

実は、やがて判明したのだが、全面的に、部下の男たちがジョークとしてこしらえたあの歌のせいだった。ほかの連隊のあいだでも有名になり、連合軍が行軍するどこにでも広まった。人から人へ伝わるにつれ、新しい歌詞が付け加えられ、兵士たちは、エメット・ヘイワースがどんな人間なのかさっぱり知らずに、偉大なる勇敢な行為や犠牲を彼の手柄だと歌った。ヘイワース大佐は有名になった。奴隷制度廃止運動家であるジョン・ブラウンとおなじくらい有名になった。

それがどうであれ、エメット・ヘイワースは持っているものを全部荷造りして、ボイシへ出発した。そして到着してはじめて、準州知事がエメットをアイダホ準州地区判事に任命したばかりなのを知った。

ジャック・シーヴァーは、机を挟んで、エメット判事閣下のふっくらした体を見た。判事は昼食として出されたフライドチキンの皿にまだ取り組んでいた。急激に発展しているここアイダホ準州での生活は、エメットにとっていいものだった。彼はそれを樽のような胸、ズダ袋のような腹、てかてか光る額から滴り落ちる汗で示していた。チキンの脚からジューシーな肉を舐め取ろうとする努力から生じた汗だった。

この男は、戦争のある種の英雄であると思われていた。ジャック・シーヴァーはこの手のタイプを知っていた――父親の金で暮らすことに慣れている男だ。その父親がたぶん補給線を管理する楽な任務を息子に買い与え、連合軍と栄光の名のもとにあらゆる成果を針小棒大に膨らませ、言葉巧みにここの名誉職に至らしめたのだろう。その一方で、ジャック・シーヴァーのような男たちは、泥のなかで銃弾を避け、冬の寒さに足の指を落としていた。ジャックは歯を食いしばった。自分の軽蔑を表に出す時でも場所でもない。東部にいたときエルジーの父親に言った言葉にもかかわらず、いまジャックは弁護士になる勉強をしておけばよかったと悔やんだ。

「鶏の血についてわたしが聞いたこの話はどういうものかね？」エメットが訊ねた。

「そんなのとんでもない」オビーが言った。「おれはやりませんよ。なぜ中国人に話させるんですか？　カリフォルニアじゃそんなふうにおこなわれない」

「きみはそうしなければならないんだ」ヘイワース判事がオビーに言った。最初、中国人たちの儀式の考えにはあまり心を惹かれなかったが、あのジャック・シーヴァーという男の話にはとても説得力があった。もしあの男が弁護士になると決断したなら、街にいるほかの弁護士をこてんぱんにやっつけてしまうだろう。「カリフォルニアでは、中国人が法廷で証言できないから、白人の言葉をそのまま受け入れるかもしれないが、ここはカリフォルニアではない。被告は公正な裁判を受ける権利がある。われわれの習慣に従って、聖書に手を置いて宣誓することに同意した以上、彼の同胞が証人として宣誓してきたやり方で、きみに宣誓してもらうのが、充分公正なのだ」

「野蛮だ！」

「そうかもしれない。だが、もしきみがやらないとすれば、わたしは陪審に無罪の指示を出さねばならない」

オビーは小声で悪態をついた。

「いいですよ」オビーは言った。彼はローガンを睨んだ。ローガンは法廷の反対側の位置にいた。オビーは憎しみに満ちあふれた目つきをしており、そのせいでいつも以上に鼠に似た様子になっていた。

阿彦《アーイエン》が呼ばれ、彼は証言席にやってきた。左手に、脚を摑まれて逆さにされ、あらがっている雌鶏を摑み、右手には小さな盥を持っていた。

阿彦《アーイエン》はオビーのまえに盥を置いた。ベルトからナイフを抜き取ると、阿彦《アーイエン》は効率的に雌鶏の喉を掻き切った。雌鶏の血が盥に滴り落ち、やがて雌鶏は阿彦《アーイエン》の手のなかで脚を蹴るのを止めた。

「あんたの手を血に漬け、手全体を覆うようにしてくれ」阿彦《アーイエン》は言った。オビーは渋々言われたようにした。手が震えるあまり、置かれている木の表面に盥が当たってカチカチいった。

「さて、あんたはローガンの手を握って、彼の目をまっすぐ覗きこみ、自分は真実を話すと誓ってくれ」

ローガンがギャスキンズ保安官に連れられて、証人席までやってきた。両脚と両腕が鎖に繋がれているため、それには少し時間がかかった。

ローガンはオビーを見下ろした。血の色をした顔の皺という皺に軽蔑が刻まれていた。盥手かせをはめられた両手をローガンは鶏の血が入っている盥に浸し、完全に濡らした。盥から両手を持ち上げると、ローガンは余分な血を振り払い、右手のてのひらを開いて、オビーに向かって差し出した。手の色はいまや、ローガンの顔の色とおなじになっていた。

オビーはためらった。

「さて」ヘイワース判事はじれったそうに言った。「はじめてくれ。その男の手を握るんだ」

「閣下」オビーは判事のほうを向いた。「これはペテンです。もしおれがこいつに手を差しだしたら、こいつはおれの手を砕くつもりです」

笑い声が法廷を揺るがした。

「いや、その男はそんなことはしないな」判事はそう言って、ニヤニヤするのを抑えようとした。「もしそんなことをしたら、わたしがみずからその男を鞭打つ」

オビーは恐る恐る自分の手をローガンの手に近づけた。オビーの目は、まるで自分の命がそこにかかっているかのように、近づいていく手と手のあいだの距離に焦点を当てていた。オビーは息を止めていた。彼の手が激しく震えた。

ローガンはまえに進み出て、オビーの手を摑んだ。ローガンは喉の奥から低い唸り声をあげた。

オビーは火搔き棒で刺されたかのような悲鳴をあげた。もの凄い勢いでうしろによろけ、ローガンに摑まれている手を引き離した。ズボンの股の部分に濡れた染みが広がっていく。一瞬ののち、保安官と判事は、糞便の不快な臭いに鼻をつかれた。

「彼に触りもしなかったですよ」ローガンはそう言って、両手を上げた。右手の鶏の血で出来た模様は、オビーの手に付いた血に乱されていなかった。

「静粛に、静粛に！」ヘイワース判事は小槌を叩いた。だが、彼は諦めて、信じられぬという面持ちで首を横に振った。「その男をここから連れだし、清掃をしなさい」それから、笑うのをこらえようとしているギャスキンズ保安官のほうを向き、「笑うのを止めなさい。

それは、あー、司法職員としてふさわしくない態度だ。それからその鶏をわたしによこしてくれるかね？　これほどまでに立派な家禽を無駄にしていい道理はない」

「やらなきゃいけないのは、ほんとのことを話すことだけ」リリーはローガンに言った。

「それがパパがあたしにしろと言ったこと。簡単よ」

「法律とは変なものだな」ローガンは言った。「おまえさんはわしの話をたくさん聞いてくれた」

「ここではあんなふうにはならないよ。約束する」

その日早く、リリーは中国人のキャンプであの日目撃したことを判事に話した。法廷の一番まえの席に座っていたミセス・オスカンレインは、リリーが判事の隣にある証人席に座ろうと歩いていくと、彼女にほほ笑みかけた。それがリリーの気持ちをとても勇敢なものにした。

陪審員席にいる男たちの顔は、厳しく、表情がなかった。リリーは怖かった。だが、そのとき、お話をするようなものだとリリーは自分に言い聞かせた。ローガンが話を語ってくれたときのように。肝腎なのは、ぜんぶ本当の話であり、リリーは作り話をする必要がまったくないことだった。

証言のあと、陪審員たちが自分の言ったことを信じたのかどうか、リリーにはわからなかった。だが、ミセス・オスカンレインや法廷にいるほかの人たちがリリーの証言のあと拍手をし、それでリリーは嬉しくなった。判事が何度も小槌を叩いて、傍聴人たちに落ち着くよう求めたあとでさえ。

だが、いまはそのことをローガンに話すときではなかった。「もちろん、あの人たちはあなたのことを信じるはず」リリーはローガンに言った。「あそこの人たちになにが起こったのか見せたんだから」

「だけど、きみを別にして、彼らにとって、わしらはみな価値のない中国人だからな」

「どうしてそんなことを言うの?」リリーは腹を立てた。「オビーの嘘を信じるような人間になるくらいなら、あたしは中国人になるわ」

ローガンは笑い声をあげたが、すぐに真顔に戻った。「すまん、リリー。わしぐらい長く生きている人間でも、ときにはひねくれてしまうんだ」

ふたりはしばらく黙って、それぞれの物思いに耽った。

ややあって、リリーが沈黙を破った。「釈放されたら、中国に帰るんじゃなくて、ここに残るよね?」

「わしは家に帰るつもりだ」

「ああ」リリーは言った。

「ずっと借りているより自分の家を持ちたいんだ。どうだろう、ひょっとしたらあんたの父さんが、家を建てる手助けを考えてくれるかもしれないんじゃないかな？」

リリーはわけがわからずにローガンを見た。

「ここが家だ」ローガンはそう言って、リリーにほほ笑みかけた。「ここがわしがこの世のすべての味を見つけた場所だ。甘みと苦み、ウイスキーの味と高粱酒の味、飼い慣らされていない野性の昂奮と動揺、美しい男や女、入植されたての土地の平穏と孤独——要するに、魂を高揚させてくれるのは、アメリカの味なんだ」

リリーは嬉しくて叫びたくなったが、高望みはしたくなかった。まだいまは。ローガンはあした陪審員に語らねばならない自分の話がまだあった。

だが、いまのところ、まだ物語をする夜が残っていた。

「ちがうお話をしてくれる？」リリーが訊いた。

「もちろんだ。だけど、いまからは、わしの中国人としての人生に関する話はもうしないよ。いかにしてわしがアメリカ人になったかの話を聞かせてあげよう」

疲れ切り、痩せこけた中国人男性の一行が、風変わりな竹製の担ぎ棒を肩にかけ、アイダホ・シティに姿を見せたとき……

エピローグ

一八〇〇年代後半、アイダホ準州の人口で中国人は大きなパーセンテージを占めていた。[*1] 彼らは鉱夫や料理人、洗濯夫、庭師からなる活気溢れるコミュニティを形成し、鉱山町の白人コミュニティとよく結びついていた。ほぼすべての中国人が、アメリカで一財産を築こうとやってきた男性だった。[*2]

その多くがアメリカに落ち着き、アメリカ人になろうと決心したころには、中国人への排斥感情が合衆国の西半分に急速に広まった。一八八二年の排華移民法可決にはじまる、一連の連邦法や州法、裁判所命令で、彼ら中国人男性が中国からアメリカに妻を呼ぶことが禁止され、男女を問わず、さらなる中国人のアメリカへの流入の流れが止められた。白人と中国人間の結婚は法によって認められていなかった。結果として、アイダホの鉱山町の中国人独身男性コミュニティは、萎《しぼ》んでいき、第二次大戦中に排華移民法が廃止になるまえにすべての中国人が死んでしまった。

こんにち、アイダホの鉱山町の一部では、いまでも自分たちのなかに中国人がいたことを記念して、中国の旧正月が祝われている。

＊1　一八七〇年のアイダホの人口の二八・五パーセントが中国人だった。

＊2　ゴールドラッシュ時代のアイダホの中国人の歴史に関してさらに詳しくは、朱立平『中国人男性のチャンス　ロッキー・マウンテン採鉱フロンティアでの中国人』*A Chinaman's Chance: The Chinese on the Rocky Mountain Mining Frontier*（コロラド大学出版、ボールダー、一九九七年、未訳）を参照されたし。

編・訳者あとがき

五月刊行のケン・リュウ短篇傑作集3『母の記憶に』につづく、傑作集4『草を結びて環《たま》を銜《くわ》えん』をお届けする。

本書は、日本オリジナルのケン・リュウ作品集第二弾『母の記憶に』（〈新☆ハヤカワ・SF・シリーズ〉、二〇一七年四月刊）を親本とした文庫化（の二巻目）である。

文庫化に際し、『紙の動物園』同様、二分冊にし、作品収録順の入れ替えをおこなった。傑作集3がSF色濃いめで、本書のほうが中国色濃いめになった結果、ケン・リュウの良さを凝縮したすこぶるハイレベルの作品集が出来上がってしまったことに選んだ当人が驚いている。ケン・リュウのエッセンスが本書にあると言っても過言ではないだろう。その豊潤な物語世界に読者が酔いしれていただければ幸いである。

紙幅が限られているので、書誌中心に各作品を短く紹介する――

「烏蘇里羆《ウスリーひぐま》」“The Ussuri Bear”（オリジナル・アンソロジー *Beast Within 4: Gears and Growls*、二〇一四年／〈ＳＦマガジン〉二〇一六年四月号訳載）
オルタネート・ワールド物を書かせると、ケン・リュウの筆がことのほか冴えるのは、「良い狩りを」や「太平洋横断海底トンネル小史」を読めば、一目瞭然だが、本作は、内容から、おそらく日本の読者がもっともその良さを満喫できるのではないだろうか。

「『輸送年報』より「長距離貨物輸送飛行船」（〈パシフィック・マンスリー〉誌二〇〇九年五月号掲載）」“The Long Haul: From the ANNALS OF TRANSPORTATION, The Pacific Monthly, May 2009”（〈クラークスワールド〉二〇一四年十一月号／〈ＳＦマガジン〉二〇一五年六月号訳載）
つづいて作者お得意のオルタネート・ワールド物を。なんと三種類の年刊傑作選に収録されたという滅多にない事態が起こったくらい、ＳＦ読みのプロたちが太鼓判を捺した作品。飛行船が主要な輸送手段になっているという設定以外、なにも起こらないのだが、その静謐な雰囲気がじつに心地良い。

「存在《プレゼンス》」“Presence”（〈アンカニー〉二〇一四年十一月十二月合併号）
上巻の「ループのなかで」同様、〝ガジェットと家族関係〟テーマに基づく作品の一篇。

この作品は、老親介護を経験した訳者のような人間には、まさに「身につまされる」内容である。

「シミュラクラ」〝Simulacrum〟（〈ライトスピード〉二〇一一年二月号／〈SFマガジン〉二〇一六年一二月号訳載）

この作品も、〝ガジェットと家族関係〟の一篇。あるガジェットをあいだに挟んだ親と子どもの、ある意味、古典的な確執が描かれている。二〇一七年第四十八回星雲賞海外短編部門を受賞。

「草を結びて環《たま》を銜《くわ》えん」〝結草銜環（Knotting Grass, Holding Ring）〟（オリジナル・アンソロジー *Long Hidden*〟二〇一四年）

原題の「結草銜環」は、中国の二つの故事に基づく四字熟語（「結草啣環」とも書く）。「結草」については、本文中で説明されているが、「銜環」は、怪我をした雀を助けた男のもとを、雀が化けた童子が西王母の使いとして訪れ、白環（白玉の環）を男に与え、男の子孫は出世したという故事。要するに「情けは人の為ならず」という四字熟語である。

「訴訟師と猿の王」〝The Litigation Master and the Monkey King〟（〈ライトスピード〉二

○一三年八月号）

「草を結びて環《たま》を銜《くわ》えん」の姉妹篇。官吏を欺く剽軽なトリックスターに降りかかった災厄とは。

「万味調和――軍神関羽のアメリカでの物語」"All the Flavors"（〈ギガノトサウルス〉二○一二年二月号）

親本収録全十六作中、最長の作品。のちに『蒲公英王朝記《ダンデライオン》』として開花する表現スタイルの萌芽を読み取ることができる。

古沢嘉通

二○一九年五月（親本の訳者あとがきを元に適宜書き直した）

本書は、二○一七年四月に早川書房より新☆ハヤカワ・SF・シリーズ『母の記憶に』として刊行された作品を二分冊し『ケン・リュウ短篇傑作集4　草を結びて環《たま》を銜《くわ》えん』として改題、文庫化したものです。

なお、本書収録作品の選定は古沢嘉通氏がおこないました。

HM=Hayakawa Mystery
SF=Science Fiction
JA=Japanese Author
NV=Novel
NF=Nonfiction
FT=Fantasy

ケン・リュウ短篇傑作集4
草《くさ》を結《むす》びて環《たま》を銜《くわ》えん

〈SF2236〉

二〇一九年六月二十日 印刷
二〇一九年六月二十五日 発行
（定価はカバーに表示してあります）

著者 ケン・リュウ
訳者 古《ふる》沢《さわ》嘉《よし》通《みち》・他
発行者 早川浩
発行所 株式会社 早川書房
郵便番号 一〇一 - 〇〇四六
東京都千代田区神田多町二ノ二
電話 〇三 - 三二五二 - 三一一一（大代表）
振替 〇〇一六〇 - 三 - 四七七九九
http://www.hayakawa-online.co.jp

乱丁・落丁本は小社制作部宛お送り下さい。
送料小社負担にてお取りかえいたします。

印刷・精文堂印刷株式会社 製本・株式会社フォーネット社
Printed and bound in Japan
ISBN978-4-15-012236-2 C0197

本書は活字が大きく読みやすい〈トールサイズ〉です。